Violoniste de renommée internationale, Igal Shamir a été pilote dans l'armée israélienne. Avec *Le Violon d'Hitler*, il signe un thriller palpitant qui mêle à l'histoire la plus sombre du XXe siècle, le mystère de la création artistique.

Igal Shamir

LE VIOLON D'HITLER

ROMAN

Plon

TEXTE INTÉGRAL

ISBN 978-2-7578-1361-4
(ISBN 978-2-259-20488-0, 1re publication)

À Nicole ma femme, à qui je dois tout...

Mon affection pour Chantal et René-Michel Moreau,
seigneurs et véritables amis

Mes remerciements à Béatrice Ravier,
fourmi et cigale à la fois

Prologue

La seule chose qui gênait Gustav Schultz, c'était son uniforme de la Wehrmacht, devant lequel accélérait cette femme sur le trottoir pour ne pas être rattrapée par un officier allemand. Cet uniforme qui faisait se détourner les têtes sur son passage et lui valait les regards inquiets d'enfants parisiens apeurés. Ce que ces yeux lui renvoyaient chaque fois qu'il sortait dans la rue : envahisseur, tortionnaire, fridolin, boche... Les blessures invisibles de l'amour-propre.

Mais il avait mieux à faire que s'attarder sur ces désagréments.

La tournure qu'avait prise sa vie était tellement inattendue. Que de chemin parcouru depuis son premier prix à la Hochschule für Musik de Berlin en 1933, sous la direction du grand Adolf Busch ! Ç'avait été des années magiques, totalement dévolues à la musique et au violon, à la façon d'apprivoiser l'instrument, comme s'il s'agissait non pas d'un simple objet, mais d'un être vivant, une extension de soi-même à maîtriser. Trop absorbé par ses études, il avait à peine pris garde à la montée du national-socialisme et à l'inéluctable approche de la guerre.

S'il forçait l'allure, ce n'était pas pour rattraper cette femme, mais pour arriver plus vite aux archives de la Schola Cantorum, la fameuse école musicale française fondée par Vincent d'Indy à la fin du XIXe siècle.

Jamais il n'avait ressenti une telle fébrilité que lorsqu'il avait découvert ces documents. Telle devait être l'excitation d'un chercheur d'or tombant sur un filon, ou d'un mathématicien découvrant le théorème après des années de travail. La gloire d'une telle découverte rejaillirait sur le Reich.

Parvenu devant l'entrée de la Schola Cantorum, il laissa filer la femme, pénétra dans la cour puis gravit quatre à quatre les marches de l'escalier menant à son bureau.

Une surprise l'attendait. Elle le ramenait tout droit à ses années de conservatoire, une époque où l'avenir était encore un immense point d'interrogation riche d'une infinité de possibilités.

Physiquement Franz Becher n'avait pas changé, malgré l'autorité qui émanait aujourd'hui de sa personne, avec son uniforme de lieutenant et ses bottes rutilantes dont les talons étaient posés sur son bureau. À son entrée il sauta sur ses pieds et, avec une raideur martiale, fut debout aussi vite que s'il avait été monté sur un ressort. Depuis quand ne l'avait-il pas vu ? Bien avant la déclaration de la guerre, mais il avait suivi sa progression au sein de la Wehrmacht et appris qu'il était devenu aide de camp du feld-maréchal Keitel, le chef du commandement suprême des forces allemandes. Lui-même aurait vécu l'abandon du violon comme un déchirement, mais Franz Becher était un homme de pouvoir, et dès qu'il avait compris qu'il ne serait jamais un virtuose il avait changé de voie.

Après s'être observés une seconde, les deux hommes se serrèrent dans les bras l'un de l'autre, non sans s'être acquittés du salut réglementaire et avoir prononcé le nom du Führer. Gustav s'en serait passé, mais un tel manquement en présence de l'aide de camp de Keitel était impensable.

– Paris te va bien, constata Becher en tenant son ami par les épaules. N'est-ce pas formidable de se retrouver dans cette ville comme chez nous ?

Il émanait de sa personne un air de satisfaction propre aux conquérants, l'air qu'arborent ceux dont les ambitions sont enfin satisfaites. Visiblement, Becher n'était pas du genre à prêter attention aux regards des enfants et aux réactions des Parisiens dans la rue.

– Aucun talent ne sera laissé de côté, reprit Becher comme s'il avait deviné les pensées de Schultz. Tu as ton violon avec toi ?

Cette fois, le violoniste éclata de rire : Franz Becher lui-même était conscient du côté superflu de sa question. Non, Schultz ne se déplaçait jamais sans son instrument et il ne se passait pas un jour sans qu'il en joue, un Klotz que lui avaient offert ses parents après l'obtention de son premier prix qui avait tant forcé le respect de Becher. Moins connus que les Stradivarius, les Klotz émettent un son légèrement cristallin comparable à celui des violons italiens.

– Alors tu as une demi-heure pour préparer tes affaires. Ce soir tu joues devant des huiles dans un château en pleine campagne française. C'est moi qui t'y emmène.

– Mais…

– Pas de « mais », Gustav, l'interrompit-il avec une autorité qu'il ne lui connaissait pas. Et ne pose pas de questions, je serais dans l'incapacité d'y répondre. Dis-toi seulement qu'il s'agit d'une occasion unique pour ta carrière. Et que c'est pour la raison d'État que tu joueras ce soir. Franz Becher n'est pas du genre à oublier ses amis, et j'ai tout de suite pensé à toi. Où sont tes affaires ?

– Rue des Pyramides, grimaça le musicien.

– Alors allons-y. Et n'oublie rien ici dont tu aurais besoin sur place, parce qu'il ne sera pas question de repasser.

Avant de quitter son bureau, Gustav Schultz mit dans sa serviette les documents qui résumaient le mieux le fruit de ses recherches. Franz Becher ne croyait pas si bien dire, en parlant d'occasion unique pour sa carrière. Peut-être était-ce enfin le moment de demander à être muté à Venise pour tenter de vérifier ce qu'il pensait avoir découvert, puisque c'était dans la cité des Doges que l'essentiel de cette histoire s'était déroulé trois siècles plus tôt.

Après Paris, Venise. La guerre semblait se résumer à une série de voyages de recherche…

Une fois la porte d'Orléans passée, l'imposante Mercedes se mit à avaler les kilomètres des routes de campagne en direction du sud. À la vue de la limousine, le violoniste s'était raidi : ce véhicule matérialisait la solennité de ce qui l'attendait. Profitant du silence uniquement meublé par le ronronnement du moteur, il s'abandonnait à la gravité qui s'était emparée de lui, malgré l'amitié dont avait tenté de l'enrober Franz Becher.

Son instrument posé dans son étui sur la banquette entre Becher et lui-même, à ses pieds la serviette en cuir contenant les inestimables reliques à soumettre à l'examen des hautes autorités du Reich, il appréhendait le moment fatidique où il pourrait formuler sa requête. Keitel serait-il disposé à écouter sa demande ? Un refus annihilerait tout espoir de partir pour Venise. Après avoir évalué l'opportunité d'informer Becher de son intention, il avait écarté l'idée : son ami, un soldat obéissant strictement aux ordres et étranger à l'improvisation, risquait plutôt de le décourager en lui recommandant de se borner à son rôle : jouer du violon.

– Je sais, je dois simplement jouer, dit enfin Schultz, histoire de donner plus de corps à ses pensées. Mais voilà plusieurs semaines que je n'ai pas affronté un public. Alors d'un seul coup, prendre mon violon devant le feld-maréchal, ce n'est pas très rassurant.

– Ne me raconte pas d'histoires, pas toi, pas un premier prix ! plaisanta Becher.

Mais cette plaisanterie révélait plutôt la rancœur de son ami. Malgré l'admiration qu'il vouait au violoniste et les succès que lui-même avait rencontrés dans la Wehrmacht, il n'avait manifestement pas encore digéré son échec. Gustav Schultz perçut tout cela et se le tint pour dit. Puis il se rendit compte que, obnubilé par son dessein, il en avait oublié de réfléchir à ce qu'il allait jouer, et décida d'interpréter du Bach, comme d'habitude. Peut-être aussi un morceau de Monteverdi que d'Indy surnommait « le Wagner italien ». Et si l'assistance lui réclamait un autre morceau, il pourrait toujours glisser un extrait de Rossi, avant de poser son violon et d'entrer dans le vif du sujet…

– Tu m'as dit qu'il y avait cinq heures de route. Je vais arriver éreinté… Où allons-nous exactement ?

– Tu le sauras bientôt. Pense à Mozart qui sillonnait l'Europe dans une voiture à cheval sur des chemins creusés d'ornières. Il se reposait dans des relais de poste sans confort et à son arrivée, il devait donner des concerts sur des pianos qui n'en n'étaient pas vraiment.

– Je ne suis pas Mozart ! Et cette vie ne lui a pas si bien réussi : je te rappelle qu'il est mort à trente-cinq ans.

Puis ils se turent. De toute façon, le bruit du moteur gênait leur conversation. Le chauffeur conduisait à une allure régulière invitant chacun à s'attarder sur ses réflexions. Seuls les arrêts aux barrages rompaient la monotonie du voyage. À chaque poste de contrôle, le même scénario : un soldat chargé de vérifier l'identité des passagers s'approchait du véhicule, saluait respectueusement ses occupants, réclamait leurs papiers et, sitôt instruit du nom du propriétaire de la Mercedes, les restituait promptement au chauffeur.

La voiture roulait depuis une heure en direction de Lyon quand le chauffeur bifurqua vers Nevers. Malgré le temps sec et ensoleillé qui éclairait le paysage, le trajet paraissait interminable. Moins porté à la méditation, Becher finit par céder au besoin de meubler le silence. Avec une certaine nostalgie, il évoqua ses souvenirs. Le conservatoire et le violon bien sûr, mais surtout les mouvements de jeunesse hitlérienne, le rêve allemand, son adhésion au parti puis son engagement dans l'armée.

– Tu verras, dit-il avec entrain après un court silence, l'Allemagne va bientôt régner sur le monde. Avec ton instruction et ton talent, tu deviendras quelqu'un d'important. Hitler te nommera à la direction de la Musique à Berlin. Le concert de ce soir est peut-être le prélude à ton ascension.

Gustav Schultz hocha la tête en signe d'impuissance. Il aimait entendre son ami envisager ainsi l'avenir, mais au fond de lui-même, il maudissait cette guerre.

Becher regarda sa montre.

– Dans une heure et demie, nous arrivons, dit-il avec satisfaction.

L'automne écourtait les jours. Dans la nuit tombante, les phares masqués de bleu n'éclairaient pas loin. Pour refouler son appréhension, Schultz entretenait en lui l'espoir que Keitel mesurerait l'importance de sa découverte.

Quand la voiture se présenta enfin devant les grilles du château, il faisait nuit noire. Pistolet-mitrailleur en travers de la poitrine, un sergent barrait le passage. Braquant sa torche sur la plaque d'immatriculation puis vers l'intérieur du véhicule, il se redressa vivement dans un salut et s'écarta. Devant le château que cernait un cortège de voitures vides, de nombreux soldats montaient la garde. Des SS, constata le violoniste avec un certain déplaisir. Trop nombreux pour ne pas signifier la présence d'une personnalité importante. Qui Keitel pouvait-il bien recevoir dans ce château de la Nièvre dominé par la silhouette imposante d'un donjon, seul détail architectural qu'il parvint à percevoir dans la nuit ?

La Mercedes s'immobilisa. Pour Schultz l'heure de vérité approchait, et c'est l'estomac noué, tenant fermement l'étui de son violon contre sa poitrine, qu'il descendit de la voiture et posa le pied sur le gravillon de l'esplanade.

On l'avait installé dans une chambre donnant sur l'arrière du château, au deuxième étage. De jour, la vue devait être magnifique, mais en se mettant à la fenêtre il devait se contenter de deviner un paysage enchâssé dans la nuit. Son attention était surtout attirée par les reflets des casques, des armes et des bottes des sentinelles qui montaient la garde, parfois précédées d'un chien qu'elles tenaient en laisse. Ce déploiement de force n'était pas pour le rassurer. Il était convaincu que Becher ne lui avait pas tout dit Keitel n'était pas le personnage le plus important devant qui il allait devoir jouer d'ici quelques heures.

Impatient et anxieux, il allait et venait de la fenêtre au lit, comme un lion en cage, tâchant pour s'apaiser d'imposer le rythme de ses pas au flot de ses pensées. Becher lui avait brièvement expliqué le programme de la soirée : au son de cloche, descendre aux cuisines du sous-sol pour le souper, puis monter au salon du premier étage pour la dégustation de digestifs et le concert devant la cheminée. En dehors de cela, il n'était au courant de rien.

L'heure approchait. Il se rafraîchit le visage dans la salle de bains, retira son uniforme de Feldwebel et enfila son frac après s'être frictionné à l'eau de Cologne, habitude qui lui permettait de ne pas trop transpirer. Puis, d'un geste grave, il sortit le dossier de la serviette en cuir. Les pages manuscrites disposées sur le petit bureau en chêne, il élabora mentalement un discours cohérent pour justifier le voyage de recherche qu'il venait solliciter. Une fois ses idées claires, il ouvrit l'étui à violon, en sortit le précieux instrument et l'accorda. Quelques gammes pour se dégourdir les doigts et il fut prêt. Il se sentait beaucoup mieux depuis qu'il avait fait le point. Et les notes qui s'étaient élevées dans la chambre avaient achevé de le rassurer ; avec la musique, il était partout chez lui.

Enfin la cloche sonna. Son violon remis dans son étui, il vérifia sa tenue d'un rapide coup d'œil devant le miroir de l'armoire, quitta sa chambre et emprunta le grand escalier à vis du donjon.

Au rez-de-chaussée, le défilé des convives cheminant en rang vers les cuisines l'arrêta. Il s'écarta pour laisser passer les officiers, répondant au salut de quelques-uns, quand brusquement il sentit ses jambes se dérober sous lui… Il avait dû se tromper, ce n'était pas possible, pas dans un tel lieu en France… Mais lorsque les derniers officiers furent passés, plus aucun doute ne fut permis et il manqua défaillir : à trois mètres de lui, le Führer s'entretenait avec son aide de camp.

Les jambes flageolantes, Gustav Schultz maudit Becher de lui avoir caché la vérité. Cette hypothèse lui avait bien traversé l'esprit au cours du trajet en voiture, mais il l'avait chassée comme une absurdité.

Pourtant, il lui fallait se rendre à l'évidence : il allait devoir jouer devant Adolf Hitler, et il était terrorisé.

Et puis distraire le futur maître du monde requérait du doigté, se dit Schultz chez qui le musicien avait repris le dessus. Les grands hommes d'État, exception faite du Polonais Paderewski, ne se passionnaient guère pour la musique. Hitler n'échappait pas à la règle. Hormis Wagner, pour lequel il éprouvait un véritable engouement, les plus célèbres compositeurs lui étaient inconnus. Mais jamais Wagner n'avait écrit d'œuvres pour violon. Et tout à coup Schultz douta d'avoir mis les morceaux convenant au programme de la veillée. Que jouer pour ne pas déplaire ? À peine eut-il le temps d'ébaucher une réponse que le Führer l'interpella :

– Vous devez être le violoniste qui va tenter d'adoucir nos mœurs ce soir…

Il avait sous sa moustache un sourire empreint d'une certaine timidité que Schultz se surprit à trouver presque agréable. Il déglutit et tenta de lui renvoyer ce sourire avant de répondre au trait d'esprit. Après tout, le Führer n'était-il pas un peintre raté, et par conséquent sensible aux arts ?

– Oh, ce sera bien peu de chose, par rapport à l'importance des affaires qui vous occupent, parvint-il à bredouiller.

Cette fois Gustav Schultz crut percevoir un sourire presque affable, mais il n'eut pas le loisir de s'y attarder : d'un geste, le petit homme l'invitait à descendre pour gagner le sous-sol. Se demandant par quel miracle ses jambes l'avaient porté jusqu'en bas, le musicien pénétra dans une immense salle voûtée dans laquelle des tables avaient été dressées. Et à peine eut-il gagné sa place à laquelle un soldat le guida, qu'il entendit retentir un unique claquement de talons et, dans un ensemble aussi parfait, un « Heil Hitler » fracassant.

Une fois assis, Schultz s'aperçut qu'il était exactement en face de Becher qui le regardait avec un air malicieux, comme s'il riait encore de la surprise qu'il lui avait faite. Et lui ne pouvait même pas le lui reprocher, en présence de tous ces officiers qui les entouraient.

On servit le premier plat et il constata qu'il était incapable d'en avaler ne serait-ce qu'une bouchée : il avait l'estomac beaucoup trop noué par la perspective de l'épreuve qui l'attendait après le dîner.

Tout juste eut-il le loisir de remarquer l'homme assis face à Hitler et qui ne portait pas d'uniforme. John Dale, un Américain pur produit de l'extrême droite, lui souffla Becher au, milieu des conversations, des rires et du brouhaha général. Penché au-dessus de la table, il parvint à lui expliquer qu'Hitler fondait beaucoup d'espoir sur cet ami intime du duc de Windsor. Tous les deux avaient de solides raisons de vouloir aider l'Allemagne. L'extrême droite américaine cherchait en effet à établir un pont entre Berlin et New York afin de nettoyer le pays des Noirs et des Juifs. Quant à l'ex-roi Édouard VIII, il se voyait bien remonter sur le trône qu'il avait abandonné en 1936. Si Hitler acceptait le plan d'action soumis par Dale, il aurait une chance de s'assurer l'appui de la plus grande puissance mondiale et de faire basculer définitivement l'équilibre des forces en faveur de l'Allemagne.

Évidemment, John Dale ne détenait aucune position officielle aux États-Unis, concéda Becher face à l'étonnement du violoniste, mais un réseau de relations extrêmement étendu et solide, et donc une influence sur les hautes sphères du pays grâce à laquelle il pourrait faire pencher l'opinion du côté de l'Allemagne.

Une carte à jouer comme une autre, songea Schultz qui n'entendait pas grand-chose à ces questions diplomatiques.

Soudain, la rumeur qui résonnait sous les voûtes de pierre se mit à faiblir, très vite couverte par une seule voix, celle du Führer, avant de s'éteindre tout à fait. Le silence s'était propagé de table en table, chacun prêtant une attention respectueuse à la diatribe du Führer où il était question de construction européenne, de faiblesse italienne, de pusillanimité espagnole et de duplicité britannique et soviétique. La voix d'un seul avait fait taire toutes les autres, suspendu tous les gestes. Plus personne n'osait continuer son repas, de peur de faire tinter ses couverts, et c'est ce qui impressionna le plus Schultz : parmi les plus hauts gradés de l'état-major, parmi tous ces dignitaires du Reich – il avait reconnu Ribbentrop, le ministre des Affaires étrangères, l'artisan du pacte de non-agression germano-soviétique – il n'y avait aucun contre-pouvoir, aucun garde-fou. La folie d'Hitler semblait ne pas avoir de borne. Au fond, tous ces officiers supérieurs tellement craints et respectés, ces hommes qui avaient tous connu le front, étaient aussi terrorisés que lui par Hitler.

Un grand raclement de chaises annonça la fin du dîner. Schultz avait su résister à la tentation de boire de ce mercurey qui leur avait été servi, par peur des effets de l'alcool sur son jeu, mais en remontant jusqu'à sa chambre pour y prendre son violon et la serviette contenant ses précieux documents, il regretta de ne pas y avoir touché : quelques gorgées de vin n'auraient pas été de trop pour lui donner du courage.

Dans le grand salon, d'énormes bûches posées en travers de la cheminée donnaient un feu d'enfer. L'Américain était au premier rang, identifiable à son costume, seul vêtement civil parmi tous ces uniformes. Il le fixait avec bienveillance et Schultz se surprit à se raccrocher à ce regard.

Lorsqu'il sortit son instrument de son étui et le cala entre son épaule gauche et sa mâchoire afin de faire retentir les premières notes, son attention fut attirée par une présence incongrue au fond de la pièce ; celle d'un garçon d'une dizaine d'années vêtu d'un pyjama et d'une robe de chambre. Assis sur le rebord d'une des fenêtres derrière les rideaux entrouverts, comme s'il souhaitait ne pas se faire remarquer, il l'observait, fasciné. Gustav sourit intérieurement. Qui pouvait-il être ? Un petit Français, fils des châtelains dont l'envahisseur avait investi la demeure ? Sa seule apparition suffit à le rassurer. Il avait toujours aimé jouer devant des enfants, leur écoute attentive était pour lui pleine d'espoir quant à l'avenir de la musique. Mais ce soir, cette présence inattendue représentait beaucoup plus encore : une fraîcheur salutaire dans cette atmosphère angoissante.

Hitler n'était pas encore là. Sa place à côté de l'Américain était vide et Schultz hésitait à commencer. Après quelques secondes de flottement, John Dale lui demanda ce qu'il avait choisi d'interpréter. Voyant Hitler apparaître enfin et gagner sa place avec une certaine nervosité, Schultz annonça la première sonate de Bach, adagio et presto. Il avait finalement décidé de ne rien changer à son programme. S'il était inutile de tenter de deviner ce qui pourrait satisfaire le Führer, rien dans ce qu'il avait choisi de jouer ne risquait de lui déplaire.

Bien lui en avait pris : à la fin de son récital, après avoir interprété différentes œuvres de Bach, puis de Monteverdi, il eut droit à un tonnerre d'applaudissements initié par l'Américain qui, aussitôt la dernière note éteinte, s'était dressé de toute sa hauteur en manifestant bruyamment son enthousiasme. Hitler lui-même applaudit et Schultz, soulagé, put goûter le spectacle auquel il n'aurait jamais songé assister un jour, de cet aréopage d'officiers le félicitant pour ses interprétations. Lorsqu'on lui réclama un nouveau morceau, encouragé par ce succès il annonça « un morceau extrait de l'œuvre de Rossi ».

– Qui est ce Rossi ? entendit-il tandis que, l'archet en suspens au-dessus de son violon, il s'apprêtait à délivrer la première note.

Il avait reconnu la voix d'Hitler et tressaillit.

– Un Italien contemporain de Monteverdi, dit-il d'une voix qu'il aurait souhaitée plus assurée.

– Un compositeur du XVIIe siècle, alors. Je vous en prie, Herr Schultz, continuez.

Intérieurement Gustav Schultz poussa un soupir de soulagement. La question était sans doute exempte de menace, mais l'homme provoquait une telle crainte autour de lui qu'on ne pouvait que trembler dès qu'il vous adressait la parole. Au moment de lever son archet, il intercepta le regard de l'enfant toujours à son poste d'observation au fond de la pièce, ce qui curieusement lui donna le courage de continuer.

Pour la troisième fois de la soirée, une ordonnance vint déranger Hitler dont le mouvement d'humeur fit trembler la main tenant l'archet : un appel téléphonique, sans doute, pour lequel il crut bon de se déplacer. La plupart de ses officiers, tout comme le violoniste, le regardèrent s'éloigner en tentant d'interpréter la moindre de ses expressions.

Quand il reprit sa place cinq minutes plus tard, sa nervosité était perceptible. Ses jambes qu'il croisait et décroisait sans cesse perturbaient le jeu de Schultz qui parvint miraculeusement à la fin du morceau sans une fausse note.

Sans transition, avec ses manières mondaines, Ribbentrop le pressa alors d'enchaîner sur quelque chose de plus gai, de plus vivant. Strauss par exemple, *Le Beau Danube bleu*, suggéra-t-il.

Alors, entamant la célèbre valse, pour tenter d'être drôle, Schultz balança lourdement son corps de droite et de gauche, stimulé par les rires des officiers qui se mirent à rythmer ses déhanchements à grands martèlements de pieds sur le parquet. On n'était plus du tout dans un récital classique, mais le violoniste avait l'impression de tenir son public en son pouvoir, un auditoire qui en d'autres circonstances aurait pu le dévorer tout cru.

Enfin, dans un accord final, Schultz déclencha un tonnerre d'applaudissements. Après la mélancolie de Rossi dont il aurait dû s'abstenir, Strauss avait remonté le moral de l'assemblée. Pour un tel accueil, il ne fallait rien de moins qu'un Autrichien.

Pour le violoniste, la partition était jouée, mais pour le musicologue, elle ne faisait que commencer. Tandis que les officiers s'éparpillaient dans la pièce, il posa son violon sur une console près de la cheminée et, inspirant pour se donner du courage, il retira le fameux dossier de sa sacoche. La liasse de feuillets en main, il prit Becher à part pour lui exposer sa requête.

– Pourquoi ne m'as-tu rien dit avant ? lui reprocha l'aide de camp.

Il s'attendait à cette objection.

– J'ai pensé le faire et finalement je n'ai pas voulu t'obliger à me refuser ce service. Mais à présent que Keitel et le Führer m'ont entendu, je ne peux pas laisser passer ma chance. Elle ne se renouvellera pas. Songe que si je peux enquêter en Italie sur ce Rossi inconnu de tous, l'Allemagne sera la première à bénéficier de mes recherches. Je suis sûr qu'il a joué un rôle de premier plan dans la naissance de l'opéra.

Dévisageant son ami, Becher hésita un moment avant de se décider à confier l'affaire aux soins de son supérieur hiérarchique vers qui il se dirigea. Un verre à la main, Keitel l'écouta tout en survolant les papiers. Schultz ne quittait pas la scène des yeux. Keitel paraissait attentif. Il acquiesçait de la tête, c'était bon signe. Puis il appela Ribbentrop à qui il répéta ce qu'il venait d'entendre. Chaussant son binocle, le ministre examinait avec soin le contenu des papiers lorsque Hitler se dressa devant lui.

À cet instant, Schultz qui observait la scène à quelques mètres sentit son sang se glacer. Immobile, la face tournée vers le sol, le Führer écoutait sans mot dire les paroles de son ministre, levant à plusieurs reprises vers Schultz un regard indéfinissable sous ses sourcils froncés. Enfin, il redressa la tête pour se saisir des feuillets, observa fixement le violoniste qui se demandait s'il devait approcher, puis se détourna et dicta en aparté ses instructions à Ribbentrop dont l'aide de camp, le lieutenant von Staden, se dirigea ensuite prestement vers la pièce où avait été installé le central téléphonique.

Au bout d'un temps qui sembla au violoniste infiniment long, une attente qu'il fut incapable d'interpréter mais qui lui parut de très mauvais augure, l'aide de camp de Ribbentrop réapparut, mais traversa trop vite la pièce jusqu'à Hitler pour qu'il puisse deviner quoi que ce soit sur son visage impénétrable.

À peine le jeune lieutenant eut-il tendu les documents au Führer que tout bascula. Leur lecture achevée, Hitler éclata soudain d'une de ces colères qui figeaient ceux qui se trouvaient à ses côtés, et le violoniste sentit son sang refluer de son visage, planté là incapable d'esquisser le moindre geste, comme s'il était déjà face au peloton d'exécution. Comme si subitement il assistait impuissant au naufrage de toute sa vie… en ce jour qui avait si bien commencé.

Quels renseignements avait-on transmis depuis Berlin pour déclencher une telle furie ? Ce qu'il pensait avoir découvert était-il à ce point explosif ? Plus encore qu'il ne l'avait imaginé ? Comment des révélations liées à la musique pouvaient-elles mettre Hitler dans cet état ?

Il arpentait la pièce à grands pas en hurlant des bribes de phrases inintelligibles au milieu de ses officiers saisis d'effroi. Dans sa diatribe, il était question de trahison, de ver dans le fruit et de judaïsme. Soudain, il stoppa net devant la cheminée et déchira les papiers qu'il tenait à la main avant de les jeter dans le feu. L'espace de quelques instants, les flammes plus vives s'irisèrent de bleu puis de rouge avant de s'apaiser, laissant voleter quelques résidus noirs à leur cime.

Mais la colère du Führer n'était pas apaisée. La bête n'était pas encore rassasiée. Il lui en fallait plus. L'œil hagard, il aperçut le violon. Il s'en saisit et le fracassa contre la console où Schultz l'avait posé, avant de le jeter lui aussi au feu, la table d'harmonie crevée et reliée au manche par les quatre cordes lamentablement détendues.

La stupeur s'étalait sur tous les visages. Les officiers étaient comme autant de courtisans affolés priant pour ne pas se faire remarquer. John Dale, l'Américain, contemplait avec effarement le vrai visage de celui dont le masque venait de tomber.

Schultz quant à lui était brisé. Détruire un violon. Jamais à sa connaissance cela n'était arrivé. Il avait entendu parler d'autodafés de livres jugés subversifs, contraires aux idées nazies, mais d'instruments, jamais. Et le pire, c'est qu'il ignorait ce qui avait pu provoquer ce cataclysme. Désespéré, il s'agrippa au dernier rempart, celui de la raison : le Führer souffrait certainement d'une crise passagère… Il ne pouvait pas en être autrement… Son cauchemar allait prendre fin…

Or il ne faisait que commencer. Hitler proférait à présent des menaces à l'encontre de celui qui avait voulu l'abuser. Il lui fallait un responsable. « Qui a eu l'idée du violon ? » hurla-t-il. Keitel avança le nom de Becher tout en affirmant que son aide de camp ne souhaitait que satisfaire son Führer. Écartant brutalement de son chemin von Staden depuis longtemps statufié, Hitler attrapa Becher par le col de son uniforme et l'entraîna au fond du salon, près du mur opposé à la cheminée.

Trois mots du Führer suffirent à décomposer Becher. Méconnaissable, il s'avança vers Schultz, lui agrippa le bras et en silence le conduisit hors du salon. Livide et ruisselant de sueur, le violoniste se laissa conduire comme un pantin, croisant avant de sortir, sans vraiment les remarquer, les regards atterrés de John Dale et du jeune garçon désormais sorti de son poste d'observation.

Avec l'insouciance de sa jeunesse, l'enfant se précipita vers l'escalier. Accroupi sur la première marche, se tenant des deux mains à la rambarde, il pencha la tête au-dessus du vide et vit les deux hommes descendre les derniers degrés, comme s'ils allaient à l'échafaud. L'aide de camp du feld-maréchal Keitel appela un des gardes en faction près des cuisines et lui ordonna de préparer un véhicule. Deux sous-officiers SS, véritables sentinelles de l'enfer, vinrent alors encadrer Schultz. Le petit groupe descendit le perron et s'engouffra dans une voiture de liaison couleur kaki qui démarra et, après avoir passé les grilles, s'enfonça dans la nuit.

Lorsque, près de deux heures plus tard, cette même voiture franchit les grilles du château et manœuvra dans la cour entre les autres véhicules pour se garer, gâchée par le drame qui s'était joué, la soirée était terminée et la plupart des lumières dans les différentes chambres éteintes. Aucun des officiers n'avait souhaité veiller, chacun était monté se coucher avec une certaine amertume. C'était un des leurs, après tout, qui s'était retrouvé soudain cloué au pilori. Rien ne leur garantissait qu'ils ne se retrouveraient pas un jour dans la même situation.

Mais le jeune garçon, qui avait pu échapper à la vigilance de sa mère, n'avait aucune intention de s'endormir avant le retour de la voiture. Aussi, lorsque ses occupants en descendirent, était-il aux premières loges, à l'abri derrière une des fenêtres du grand salon plongé dans l'obscurité. Et il constata avec une tristesse insondable que le violoniste ne figurait pas parmi eux. Il n'eut besoin d'aucune explication pour comprendre ce qui s'était passé et regagna sa chambre à travers le dédale des couloirs du château, les yeux ruisselants de larmes.

1

Comme chaque année au temps du carnaval, le consulat de France organise une réception pour son traditionnel chocolat masqué. Un rendez-vous parmi d'autres dans cette période où ressuscitent tant de demeures princières, qui sommeillent à longueur d'année.

Lorsqu'en fin d'après-midi, tandis que la nuit s'apprête à tomber sur la lagune et la ville, Gal Knobel pénètre dans ce palais jadis dédié au commerce maritime, l'effervescence y règne déjà. Le simple fait d'en franchir la porte est un bienfait, après le trajet à pied dans les ruelles humides et froides de Venise en février. De nombreux invités ont investi l'endroit et les éclats de la fête retentissent jusque dans le hall où il s'attarde avec la préposée au vestiaire à qui il confie son précieux bagage.

Son violon au vestiaire, il s'engage dans le premier des salons d'apparat disposés en enfilade et se trouve aussitôt plongé dans cette ambiance unique d'une fête costumée à Venise. Parmi les convives, certains sont déguisés, d'autres en tenue de soirée. Presque tous sont masqués, de simples loups de soie ou de parures beaucoup plus élaborées. Lui-même a jugé préférable d'avancer à visage découvert, car ce serait un comble de se cacher alors qu'il est appelé à jouer en public.

Sous les hauts plafonds décorés, on parle français, italien et vénitien tout à la fois, comme au temps où

Napoléon, damant le pion aux Autrichiens, faisait de Venise une Sérénissime à la française. D'autres langues lui parviennent, comme l'anglais ou l'allemand, et l'aspect cosmopolite de la foule n'est pas pour lui déplaire, lui que son violon a conduit aux quatre coins du monde.

Consulat de France oblige, Gal a opté pour une sonate de Marcel Orban, un poème de Marguerite Canal et une pièce de Marcel Philippot, trois compositeurs trop vite tombés dans l'oubli, tant la musique française a longtemps été considérée comme trop difficile pour une oreille non avertie.

Et comme on est à Venise, il conclura par une pièce de Salomone Rossi qu'il a retrouvée sur une partition récemment exhumée des oubliettes de l'Histoire grâce au travail effectué par Shylock, la société créée par son ami Francesco. Depuis des années, celle-ci archive toutes les références musicales de la Vénétie. Un travail de titan, puisque, autrefois, les commanditaires d'œuvres musicales n'admettaient pas que celles-ci fussent jouées ou chantées plus d'une fois. Chaque œuvre vivait le temps d'être interprétée, avant d'être entreposée, voire détruite. C'est pourquoi des milliers de partitions entassées, parfois non datées ou non signées, sont à répertorier.

Sur Rossi lui-même il ne sait rien, si ce n'est qu'il était originaire de Mantoue. Mais sa musique qui n'avait pas retenti depuis plus de trois siècles l'a suffisamment ému pour qu'il décide de l'arracher au silence.

Perdu dans ses réflexions, Gal Knobel n'a pas vu s'approcher un ecclésiastique âgé d'une soixantaine d'années qui s'est planté devant lui. La musique fuse toujours dans sa tête tandis qu'en esprit ses doigts courent sur les quatre cordes de son instrument. Ni le brouhaha ni le spectacle des convives ne le gênent, de longues années de pratique lui permettent de se retrancher dans son univers de notes en toutes circonstances et d'évacuer le trac.

– Je suppose que vous êtes Gal Knobel, le violoniste surnommé le « 007 du violon » ?

– C'est exact. Mais c'était il y a un certain nombre d'années. À qui ai-je l'honneur ?

– Excusez-moi. Alphonse de Morillon.

– Vous êtes cardinal, ou s'agit-il d'une fantaisie de carnaval ?

L'homme d'Église vêtu d'une soutane et coiffé d'une calotte pourpre lui adresse un sourire onctueux. De taille moyenne, les épaules rondes et le nez épaté qui pourrait être celui d'un boxeur, il a selon Gal le regard trop malin et la bouche trop gourmande pour être tout à fait honnête.

– Je conçois que l'on puisse se déguiser en prélat, mais ce n'est pas mon cas. Il ne s'agit donc pas d'une fantaisie, mais votre surnom de « 007 » ne l'était pas non plus, si je ne m'abuse ?

Légèrement pris au dépourvu, Gal s'apprête à lui répondre mais son attention est attirée par un signe que lui adresse le consul. L'heure est venue pour lui de monter sur scène. Sauvé par le gong ?

– Je vous prie de m'excuser, c'est à moi de jouer.

L'intervention du diplomate ne pouvait mieux tomber, se dit le violoniste en se frayant un passage parmi les convives pour aller récupérer son instrument. Le « 007 du violon »… Combien de temps ce surnom stupide va-t-il le poursuivre ? Voilà longtemps qu'on ne le lui avait pas sorti. À quoi correspond cette façon de l'aborder en lui rappelant un passé qu'il lui a tant coûté de fuir ? Est-ce une maladresse, ou une manœuvre ? Une maladresse, décide-t-il une fois son violon en main ; ce n'est pas le moment de s'encombrer l'esprit avec ce genre d'idées qui l'ont assez pollué autrefois, dans cette ancienne vie si lointaine et si proche.

Après que le consul a fini de le présenter dans une brève allocution parfaitement tournée, Gal se retrouve seul sur la petite estrade installée à son intention. Il a d'abord une réaction de surprise en découvrant cette mer de masques braqués sur lui, mais à peine son archet a-t-il fait retentir les premiers accords de la sonate de Marcel Orban que sa conviction est faite : ce soir la salle est avec lui.

Assis au fond de la pièce à côté d'Emilio Pardi, son secrétaire particulier, le cardinal de Morillon n'a rien perdu du jeu de Gal Knobel, appréciant sa technique parfaite et l'émotion qu'il a su faire passer dans ces œuvres difficiles d'accès. C'est face à un tel répertoire que l'on mesure le talent d'un interprète, et le sien est assurément très grand, pour avoir fait vibrer cette salle masquée à l'unisson de son violon.

Le concert des applaudissements s'amenuise. La plupart des auditeurs, par égard pour le virtuose, ont relevé leur masque. Comme un écolier lèverait la main pour demander la parole, avec une sorte de timidité charmante Gal lève son archet et, une fois le silence rétabli, annonce un dernier morceau, de Salomone Rossi, « parce qu'on est à Venise, qu'il s'agit d'un violoniste et compositeur ayant vécu à Venise qui, sans les efforts fournis par la société Shylock de mon ami Francesco Lipi, serait toujours dans l'oubli où il était tombé après sa mort, au XVIIe siècle ».

À ce moment, le cardinal comprend que le concert est en train de prendre une tournure à laquelle il ne s'attendait pas du tout, une tournure beaucoup plus grave que ce que le programme de cette soirée laissait présager. Et lorsque la musique de Rossi s'élève entre les hauts murs de marbre coloré du grand salon si différente de celle que le violoniste vient de jouer, moins cérébrale, plus instinctive, plus orientale, plus mélancolique, Alphonse de Morillon blêmit et manque défaillir sous le coup d'un choc inattendu, un choc venu tout droit de son passé, de son enfance, cinquante ans plus tôt. Transporté dans ces souvenirs qui n'avaient jamais ressurgi avec autant de force, c'est à peine s'il peut fixer son attention à la musique et au jeu de Gal Knobel, à sa façon si caractéristique de faire pleurer son violon.

– Monseigneur, quelque chose ne va pas ?

Le cardinal ouvre les yeux. Emilio, son secrétaire, est penché vers lui, l'air inquiet. Il lui sourit faiblement.

– Tout va bien. C'est juste… cette musique qui a fait ressurgir quelques fantômes…

– Vous êtes livide…

– Parce qu'il s'agit de spectres particulièrement néfastes que j'aurais aimé ne jamais voir réapparaître.

Une fois son manteau récupéré, Gal se retrouve dehors, soulagé. Après l'affluence, le quai désert du Zattere, la vaste étendue d'eau qui le sépare de la Giudecca et le silence de la nuit lui font du bien. Réfléchissant un instant sur le trajet qu'il va emprunter pour rejoindre le Campo Santa Margherita, il décide de prendre à gauche et de longer le Zattere jusqu'à la Douane de mer. Il ne s'agit pas du chemin le plus court, mais après la foule il a besoin de se retrouver seul et de marcher. À force d'avoir arpenté les rues de Venise, en toutes saisons, par grand froid, par grand vent quand il s'engouffre en mugissant dans les ruelles, sous la neige et la pluie ou sous un soleil de plomb, il s'y repère aussi bien que les Vénitiens de naissance. Et c'est la nuit qu'il préfère en fouler le pavé et enjamber ses canaux sur ces centaines de ponts de brique et de pierre.

Sombre silhouette isolée, son violon porté dans le dos, il pourrait très bien figurer Salomone Rossi, le musicien dont il vient d'interpréter une partition et qui, trois cent cinquante ans plus tôt, devait parcourir ces mêmes rues avec ce même instrument. À part l'éclairage public qui rend la nuit moins inquiétante qu'autrefois et le grondement des vaporettos à proximité du Grand Canal, Venise semble avoir peu changé en trois siècles.

Mais Gal a surtout conscience de ce qui différencie sa vie de celle d'un violoniste au XVIIe siècle. Confiné dans cette ville pétrie d'intrigues, Salomone Rossi était sans doute soumis à un seul et unique commanditaire, tandis que lui, Gal Knobel, a la chance de se produire sur les cinq continents et de ne dépendre que de son public.

Après avoir contourné la Douane de mer, Gal a quitté le grand espace du Zattere pour s'enfoncer dans l'entrelacs des ruelles. Intrigué par l'apparition de ce cardinal, il se repasse en esprit la soirée. Il lui a semblé qu'il cherchait à le rejoindre après son récital, tentant de se frayer un passage dans la foule. Raison supplémentaire pour filer à l'anglaise. Étant donné son passé, la méfiance est devenue chez lui une seconde nature. Il a bien demandé au consul quelques éclaircissements sur son compte, mais le diplomate lui a simplement appris qu'il était en poste au Vatican. Ce qui n'a pas répondu à ses interrogations. Ni réduit ses inquiétudes…

Le « 007 du violon »… Quinze ans après, il paie encore au prix fort cette renommée que lui a bâtie sa maison de disques de l'époque en exploitant son passé de chasseur de nazis. L'occasion était trop belle, et lui-même ne s'y était pas opposé, même si par la suite il a souvent eu l'impression d'être une sorte de curiosité. Comme si, aux yeux de certains, ce passé était plus important que son statut de musicien… Alors que penser ? Sinon que les vieux démons dont il croyait s'être débarrassé en renonçant à sa vie d'espion pour se consacrer à la musique sont en train de le rattraper.

La compagnie de Francesco et de sa femme, chez qui il loge Campo Santa Margherita, le ramènera à d'autres sentiments. Gal préfère descendre chez eux plutôt qu'à l'hôtel. Et puis, avec son extraordinaire volubilité sans arrêt contrariée par Sophia et sa propension à ouvrir une bouteille en toutes circonstances, Francesco n'a pas son équivalent pour dérider les esprits les plus assombris.

Seul dans un étroit passage où deux personnes ne pourraient pas se croiser de face, il s'arrête pour refaire le lacet de sa chaussure gauche, lorsqu'il entend derrière lui un pas irrégulier qui l'a déjà frappé à la sortie du consulat de France. Sur le moment il n'y a pas pris garde, mais les détours qu'il a empruntés ne laissent planer aucun doute. On aurait dépêché un boiteux pour le suivre dans les rues de Venise ? Mais qui ? Le cardinal justement ? Il sourit amèrement en constatant à quelle vitesse ses anciens réflexes de survie lui reviennent.

Son lacet noué, il se remet en route et accélère le pas. Au bout de trente mètres, le boyau débouche sur une placette, et il s'arrête une seconde. Le boiteux a lui aussi forcé l'allure. Il ne doit pas le conduire chez Francesco. Règle élémentaire. Mais qui lui dit que son poursuivant est seul ? Que d'autres ne l'attendent pas plus loin ?

Sous une impulsion soudaine, il bifurque vers le campo San Barnaba. Un homme du cardinal alors ? se demande-t-il en s'engageant dans une ruelle où il se met à courir. Il ne voit pas d'autre explication. Certains réflexes lui reviennent, mais il n'a plus l'habitude de ce genre d'émotion. Les murs même lui paraissent hostiles. Surtout ne pas se laisser gagner par la panique. Ses pas sur les pavés irréguliers résonnent entre les murs des immeubles. Deux cents mètres plus loin il s'arrête à nouveau et s'efforce de ralentir sa respiration pour tendre l'oreille. Plus rien que le silence de la nuit.

Rossi s'était-il trouvé dans ce type de situation, en un temps où l'on ne devait pas toujours faire grand cas de la vie humaine ?

Campo San Barnaba, Gal avise une cabine téléphonique. Sans réfléchir plus longtemps, il y pénètre et compose le numéro qu'il ne doit utiliser qu'en cas d'urgence. Il aurait préféré ne pas avoir recours au Service – il connaît déjà les implications de ce type d'appel – mais il s'est créé trop d'ennemis au cours de ses années d'activité pour courir des risques inutiles. Tandis que la sonnerie retentit dans le vide, il a la désagréable impression que chaque tonalité le rapproche d'un passé qu'il a voulu fuir ; un passé de conflits, d'ombres et de dangers qu'il a quitté pour la musique et la lumière. Lorsque, au bout du fil, une voix masculine et impersonnelle lui demande de s'identifier, il a l'impression de renoncer à tout ce pour quoi il lutte depuis des années.

– KOL 38, annonce-t-il en réprimant un soupir.

– Je vous écoute. Quel est le problème ?

– Venise. Cardinal Alphonse de Morillon.

– Je vous rappelle dans cinq minutes.

Le violon sur le dos, Gal va et vient le long du campo San Barnaba sans trop s'éloigner de la cabine, tout en s'assurant que le boiteux n'a pas retrouvé sa trace.

Soudain, la sonnerie retentit dans la cabine. Il bondit sur le combiné.

« Morillon, cardinal d'origine française. Cheminement normal. Actuellement au Vatican où il exerce des responsabilités liées à la culture. Rien de particulier si ce n'est qu'il aurait il y a quelques années consulté certaines bases de données consacrées aux anciens nazis. Nous poursuivons les recherches. Nous vous contacterons dès que nous en saurons davantage. »

2

L'avion n'est pas immobilisé depuis une seconde sur le tarmac de Roissy que Gal a déplié son imposante carcasse et attrapé son violon dans le compartiment à bagages. Un jour qu'il avait tardé à se lever, il n'avait dû qu'à un réflexe improbable le fait de ne pas le voir s'écraser dans l'allée centrale : sa voisine, qui pourtant l'avait fait parler de son existence de soliste pendant une bonne partie du vol, n'avait pas hésité à l'écarter sans ménagement pour attraper son vanity-case, une fois l'appareil au sol. Alors qu'il était encore assis, un frottement au-dessus de sa tête et une ombre fugace lui avaient fait tendre le bras assez vite pour éviter le pire.

Depuis, il ne s'est plus jamais laissé prendre de vitesse : malgré l'étui, son instrument résisterait mal à un tel choc. Un Stradivarius. Le prestige et le pouvoir d'évocation de ce simple nom l'ont toujours amusé. Mais une fois sorti de son étui, le Stradivarius n'impressionne que les connaisseurs. D'abord il paraît souvent petit, surtout entre ses mains. Et puis, qu'est-ce qu'un violon, sinon quatre cordes tendues sur un assemblage de quelques pièces de bois ? De l'épicéa pour la caisse et l'âme, de l'érable pour le fond, de l'ébène pour les éclisses, le manche, la touche, du sapin pour la barre…

Il a voyagé dans de curieuses dispositions d'esprit. D'un côté il s'en veut d'avoir eu recours au Service – ce qui signifie avoir mis le doigt dans un engrenage qu'il ne maîtrise pas –, et de l'autre il est encore destabilisé par l'apparition de l'ecclésiastique aux paroles si roublantes, suivie de cette filature dans les rues de Venise. Découvrir l'intérêt du cardinal pour les anciens nazis ne l'a pas rassuré. Certains réseaux du Vatican n'étaient-ils pas impliqués dans l'exil nazi en Amérique latine au lendemain de la guerre ? Réseaux qu'il a justement combattus, en participant à l'identification et à l'exfiltration d'Eichmann et d'un certain nombre de dignitaires du IIIe Reich. Après tout, il est l'un des rares acteurs de cette traque à être sorti de l'ombre. Son assassinat pourrait ainsi être un acte de vengeance à la symbolique forte. Pourquoi pas… Cette éventualité s'était présentée à son esprit lorsqu'il s'était agi d'utiliser ce passé comme un argument marketing. Il ne s'était d'ailleurs pas fait que des amis à cette occasion, surtout dans les rangs du Service. Il en avait mesuré les risques et les avait écartés d'un revers de la main. Et à présent qu'il a changé de vie voilà plus de quinze ans, et qu'il est devenu inutilisable en tant qu'agent, grillé comme un fusible, ce risque réapparaîtrait ? Dans les couloirs de l'aéroport de Roissy, loin des rues sombres de Venise, cela lui semble beaucoup moins probable.

Sa valise dans une main, son étui dans le dos, il se dirige vers la station de taxis.

Chaque fois, il est heureux de retrouver son trois pièces sous les combles dans la rue du Pré-aux-Clercs, au cœur de Saint-Germain-des-Prés. Sous la charpente apparente qui certains soirs lui donne l'illusion d'être à la campagne, il a entassé tout un bazar hétéroclite composé d'instruments à cordes, de portraits de compositeurs, de photos et d'objets rapportés d'un peu partout… Autant de souvenirs qui composent le puzzle de sa vie. Avec les années, Paris a fini par devenir son port d'attache, et il a besoin de ce refuge pour se ressourcer entre deux voyages.

Il a à peine parcouru vingt mètres que son sang se glace : le boiteux de Venise est derrière lui, il l'a reconnu au rythme de sa claudication. Surtout ne pas lui faire comprendre qu'il l'a repéré. Comme au bon vieux temps… Sans ralentir, les yeux à l'affût, il tente d'envisager toutes les possibilités, lorsqu'il repère deux policiers en faction devant l'une des portes de l'aérogare. Il accélère, les dépasse puis s'arrête avant de revenir sur ses pas.

Le boiteux est devant lui, ils vont se croiser dans une poignée de secondes. Il lui semble avoir déjà vu cette tête quelque part. Un brun de type latin au nez fin, jeune, la trentaine, mince. Pas un regard de tueur, trop inquiet, ou trop doux. Il a distingué tous ces détails en une fraction de seconde. Là encore, la nécessité de savoir aussi vite que possible à qui l'on a affaire dans un monde aux contours flous.

Et puis soudain ce visage s'éclaire et il lui tend la main. Gal n'y comprend plus rien. Enfin, il aperçoit le col romain.

– Gal Knobel ? Je m'appelle Emilio Pardi, je suis le secrétaire du cardinal de Morillon, entend-il dans un français teinté d'accent italien. Je vous cours après depuis hier soir, après votre récital au consulat de France… On savait juste que vous deviez rentrer à Paris aujourd'hui. Alors je me suis débrouillé pour prendre le premier avion et vous attendre.

– Que me voulez-vous ?

Le jeune Italien éclate d'un rire clair et sympathique.

– Excusez-moi. Je comprends votre surprise, mais le cardinal souhaite absolument vous revoir.

– Je ne comprends pas.

– Vous avez besoin d'un taxi ? lui demande alors le jeune ecclésiastique. Laissez-moi vous faire profiter de la mienne, je vous expliquerai tout cela en route.

En le suivant jusqu'à la voiture, le violoniste observe discrètement la démarche du jeune ecclésiastique. Accident ou malformation congénitale ?

Gal a consenti à laisser sa valise dans le coffre, mais il a gardé son violon coincé entre ses genoux à l'arrière de la luxueuse Mercedes dont Emilio Pardi lui a ouvert une des portières.

– Pas mal pour un jeune prêtre, fait-il remarquer tandis que le chauffeur déboîte et insère le véhicule dans le flot des voitures quittant l'aéroport. Si vous êtes tous traités aussi luxueusement, vous allez susciter des vocations.

À côté de lui, le secrétaire du cardinal éclate de ce rire si agréable que le violoniste a déjà remarqué.

– C'est une voiture qui a l'habitude de transporter des représentants du Vatican à Paris. Quand je suis seul je prends les transports en commun, rassurez-vous, mais comme j'espérais bien vous retrouver, j'ai jugé préférable de la réserver.

– Optimiste, à ce que je vois.

– Réaliste, et puis le Seigneur est avec nous !

– Le Seigneur… je doute qu'il s'occupe de problèmes aussi triviaux, rétorque Gal sur le ton de quelqu'un qui réfléchirait tout haut.

– Eh bien, détrompez-vous.

Alerté par l'intonation presque péremptoire du jeune prêtre, Gal se tourne vers lui.

– Que savez-vous sur Rossi que vous avez joué hier soir ? interroge le prêtre.

– Je vous demande pardon ?

– Pas grand-chose, n'est-ce pas ? Parce que tout est parti de là, poursuit-il devant le silence du violoniste. En jouant cette partition vous avez provoqué chez le cardinal un choc d'une rare violence. Je ne l'avais encore jamais vu dans un tel état. Je suppose que vous ne connaissez pas non plus son passé…

– Le passé du cardinal… je devrais ? Figurez-vous que de mon côté j'ai été surpris par la façon dont il m'a abordé, et qu'à propos de souvenirs, lui-même a mis une curieuse insistance à m'en rappeler certains…

La grimace qu'il aperçoit à ce moment sur le visage de son interlocuteur l'arrête.

– Il aurait tout aussi bien pu vous parler de vos travaux sur les psaumes du roi David et les cantiques du roi Salomon qu'il a suivis de près. Le cardinal est responsable des affaires culturelles au Vatican, et de ce fait s'intéresse à pas mal de questions. Et pour des raisons plus personnelles il a une prédilection pour la musique, et le violon en particulier.

– Ne me dites pas que c'est pour le simple plaisir de me rencontrer qu'il vous a chargé de m'attendre à l'aéroport, parce que je ne vous croirai plus, pour le coup.

De nouveau ce rire peut-être un peu trop subtil et pourtant si plaisant.

– Le cardinal a un service à vous demander. Ou plus exactement une mission à vous confier.

– Une mission ? C'est une plaisanterie ?

– Je crois que je ne l'ai jamais vu aussi sérieux. Demain il sera à Paris pour quelques jours. Quand pourriez-vous le rencontrer ?

– Mais de quoi s'agit-il ? demande Gal tandis que la voiture vient de quitter la place de la Concorde pour s'engager sur le pont face à l'Assemblée nationale.

– D'une histoire de violonistes et de nazisme, vous devriez vous sentir concerné…

3

À peine rentré chez lui, comme il s'y attendait, Gal voit son répondeur clignoter, petite diode rouge lui faisant de l'œil à travers le salon. En son absence, quelqu'un a pensé à lui. Peut-être son agent qui règle la majeure partie de sa vie ; un exploiteur, qui le ferait jouer trois cents jours par an si c'était possible ! Il en a parfois assez de ses jérémiades et du ton plaintif sur lequel il lui explique qu'il est *inconcevable* de refuser telle proposition, que la concurrence est rude et que l'on est vite oublié dans ce métier. N'est-ce pas plutôt à sa commission qu'il pense avant tout ? Jean-Grégoire Lépidon… Chaque fois qu'il le voit, il ressent le besoin de le consoler, quand ce n'est pas de prendre la fuite, tant son air sinistre lui pèse.

Mais Gal sait qu'autre chose l'attend. Toujours aussi rigoureux dans ses procédures, le Service n'a pu laisser son appel sans suite.

Ça ne rate pas : après un message de Lépidon le suppliant de se réserver pour une série de concerts à Oslo et Copenhague, une voix dénuée de toute émotion lui fixe un rendez-vous pour le lendemain au Flore à 18 heures, lui demandant de se manifester seulement en cas d'empêchement. C'est ce qu'il y a de bien avec le Service : après quinze ans d'inactivité, il se soucie toujours du sort de ses anciens agents.

L'endroit est bondé. Mélange d'habitués indifférents au spectacle, d'étrangers aux aguets, de professionnels de la mode, de l'édition ou du cinéma en rendez-vous de travail. C'est un des meilleurs endroits pour se sentir de retour à Paris après un séjour à l'étranger. Tout en gardant un œil sur la porte, Gal s'amuse à deviner les vies derrière cette galerie de portraits.

Cheveux mi-longs, pantalon noir et pull-over soulignant un corps affûté par la pratique régulière d'exercices, la trentaine épanouie, une femme se penche vers lui : « La place est libre ? » demande-t-elle d'une voix rauque. Ses yeux charbon brillent d'une étrange lueur qui imprime une gravité inhabituelle au visage encadré par une chevelure auburn. Surpris, Gal se laisse séduire par son air altier et ses taches de rousseur.

– La place est libre, dit-il, mais tout dépend de votre marque de cigarettes.

– Je ne trouve pas mon briquet, vous avez du feu ?

– Rassurez-moi : vous vous asseyez souvent en face d'inconnus, ou c'est à cause de mon charme irrésistible ?

Elle lui décoche un sourire narquois.

– Je crains que ce ne soit beaucoup plus prosaïque que ça.

Il hausse les sourcils.

– J'habite chez ma tante Shoula.

– Et moi qui pensais que c'était pour mes beaux yeux, s'exclame Gal qui vient de reconnaître la phrase codée.

Il s'agit de la bonne personne. La jeune femme s'assied à côté de lui, pose son sac sur le coin de la table, puis, avec une certaine sécheresse, en vient directement aux faits :

– Que s'est-il passé pour que tu contactes le Service après quinze ans de silence ?

– Avec du recul, cela me paraît plus anecdotique, dit-il avec un sourire gêné.

– Raconte quand même.

Avant de se lancer, Gal esquisse une grimace à peine perceptible : pourquoi s'abrite-t-elle derrière ce professionnalisme trop sec ?

– Tu as eu du nouveau depuis ? lui demande-t-elle lorsqu'il a fini de raconter son histoire.

– C'est le moins qu'on puisse dire. J'ai rendez-vous avec le cardinal demain à 16 heures, à l'hôtel Régina. Son secrétaire m'attendait à Roissy hier soir, celui-là même qui m'a suivi dans les rues de Venise.

– Et tu as accepté de le rencontrer ? s'étonne-t-elle.

Sa stupéfaction est sincère, il s'en amuse : laisser transparaître sa surprise est rare dans cet univers. Encore jeune, la petite, à moins qu'elle ne le prenne vraiment pas au sérieux.

– Vu la façon dont les choses étaient présentées, dit-il en repensant à Emilio Pardi dans la Mercedes, à son rire et à sa manière d'enrober les choses, j'aurais eu du mal à refuser. Et puis, qu'est-ce que je risque ?

– Comment l'as-tu reconnu ?

– À l'oreille, grâce à sa claudication. Je suis musicien, tu te rappelles, ou bien ce n'était pas dans mon dossier ?

Piquée au vif, elle hausse les épaules.

– À ton avis, faut-il rapprocher cette affaire de celle de Rome, lorsque l'évêque vénézuélien t'a renseigné sur l'existence d'une colonie allemande dans son pays ?

Gal se tait. De cet épisode aussi, le cardinal a forcément entendu parler, et la comparaison est naturelle. Le renseignement était bon et avait permis un certain nombre d'« exfiltrations ».

Il attend que le garçon, un gandin aux joues grêlées et à l'air las, prenne la commande.

Il a perdu l'habitude de ces rendez-vous dans des endroits publics où sont échangées des informations capitales à l'insu de tous. Cela lui donne l'occasion de goûter à nouveau l'excitation que lui procurait son existence passée.

– Pour répondre à ta question, le fait qu'il se soit intéressé aux anciens nazis tendrait à le prouver. Mais j'en saurai plus demain. La seule chose que je peux dire, c'est que c'est apparemment lié à Salomone Rossi, un compositeur italien du XVIIe siècle dont j'ai interprété une œuvre avant-hier.

– Un compositeur du XVIIe siècle ? Tu te fous de moi ?

Il la regarde, une lueur d'amusement dans les yeux.

– Absolument pas. Je n'ai jamais été aussi sérieux.

– Et… il était juif, ce Salomone Rossi ?

– Je crois, oui, glisse-t-il alors d'une voix suave. Et violoniste, comme moi. Ce qui nous fait au moins deux points communs. Tu vois, c'est une histoire de violonistes… J'ai peut-être eu tort d'appeler le Service.

– Tu en sais plus sur ce Rossi ? demande-t-elle, à nouveau sèchement.

Gal a un geste de dénégation.

– Alors je vais voir ce que je peux trouver sur cette histoire de violonistes et de nazisme, réplique-t-elle.

– Le Campari soda, c'est pour qui ?

– Pour mademoiselle, précise Gal à l'intention du serveur qu'il a observé approcher du coin de l'œil.

– Madame, corrige-t-elle.

– Et voici votre Perrier menthe.

– À la tienne, lance Gal une fois que le serveur a tourné les talons. Et à ta plongée dans l'univers du violon, dans lequel je me ferai une joie de te guider. À condition de connaître ton nom, madame ?….

– Tu peux m'appeler Ève.

4

– Ainsi, vous avez vu le diable à dix ans, et cette rencontre a motivé votre vocation… Sous cet angle, ça se comprend aisément.

– Le diable, répète le cardinal de Morillon, un sourire en coin, en jetant à Gal un regard oblique. On peut interpréter les choses de cette façon, bien que ce soit faire trop d'honneur à Hitler.

Les mains appuyées sur le parapet du Pont-Neuf, Gal regarde un instant, en contrebas, un bateau-mouche apparaître depuis la voûte de l'ouvrage d'art. Des dizaines de touristes sont assis sur le pont supérieur malgré la température de février. Emilio Pardi, le secrétaire, avait raison : l'histoire du cardinal vaut le détour.

Pour marquer son indépendance, et parce que le soleil d'hiver l'inspirait plus que l'atmosphère confinée d'un bar d'hôtel, aussitôt arrivé au Régina, Gal a proposé d'aller faire quelques pas à l'air libre. Une réminiscence de ses années de renseignement, quand des promenades en apparence anodines étaient l'occasion d'échanger des informations cruciales : en terrain neutre et à l'abri d'oreilles indiscrètes. Ainsi, il a écouté le cardinal lui dérouler son histoire sur les quais de Seine : l'enfant qu'il était en 1940 dans ce château de la Nièvre investi par l'état-major allemand, puis le récital du violoniste et enfin la rage destructrice d'Hitler, le violon fracassé contre un meuble et jeté au feu avec de mystérieux documents, puis le départ du musicien encadré par deux SS, et enfin la voiture dans laquelle il avait été emmené de retour près de deux heures plus tard, sans lui.

À soixante ans, l'ecclésiastique revoyait cette scène comme si elle avait eu lieu la veille.

– Terrible histoirc en effet, fait remarquer Gal tandis que le bateau-mouche s'engouffre déjà sous le pont suivant. Mais où voulez-vous en venir au juste ? Votre secrétaire m'a parlé d'une mission, alors je suppose que vous comprenez l'ampleur de ma surprise…

– J'ai senti chez vous une certaine méfiance à l'égard d'Emilio, notamment à votre souhait de faire quelques pas, comme si vous espériez qu'il n'allait pas nous suivre. Mais vous ne devriez pas être si suspicieux.

Gal ne peut réprimer un sourire : l'idée d'être seul face à deux individus lui déplaisait, tandis qu'avec le cardinal sur les rives de la Seine il se sent d'égal à égal. L'ecclésiastique a vu clair dans son jeu ; l'homme réserve des trésors de finesse.

Ils ont rebroussé chemin et regagné la rive gauche. C'est le cardinal qui a initié le mouvement. Malgré lui, Gal est sous l'emprise de cet homme de taille moyenne, à l'embonpoint raisonnable, avec son nez de boxeur et ses yeux vifs sous ses sourcils en broussaille au milieu de ce visage rond. Un physique de gros chat. Un gros chat prêt à donner un coup de patte ?

– Grâce à vous, j'ai enfin entendu une nouvelle fois la musique que je garde à l'oreille depuis un demi-siècle. Celle du violon de Schultz. Gustav Schultz, puisque c'est lui qui a provoqué l'hystérie d'Hitler. Comme si par le simple jeu de votre violon vous aviez aboli les cinquante années qui viennent de s'écouler. Alors, dès cet instant, et je vous prierai de ne pas vous moquer, je vous ai pris pour un envoyé du ciel.

Le violoniste ne peut, malgré l'avertissement du cardinal, réprimer un léger rire.

– Comme Emilio vous l'a dit, reprend l'ecclésiastique impassible, j'avais déjà entendu parler de vous. Je n'avais encore jamais eu l'occasion de vous voir, mais j'avais écouté trois ou quatre de vos enregistrements. Comme vous pouvez vous en douter, j'ai suivi avec un grand intérêt vos travaux sur les psaumes du roi David et les cantiques de Salomon.

– Vous me l'avez fait comprendre dès que nous nous sommes rencontrés. Mais tout cela ne me dit pas ce que vous attendez de moi…

– Cette soirée tragique a déterminé ma vocation. Depuis, je n'ai eu de cesse d'essayer de comprendre ce qui avait provoqué la colère d'Hitler. Ce n'est pas vous que j'étonnerai en disant à quel point on peut reconstituer la vie des gens en remontant leur passé.

Nouvelle allusion à son parcours, il est exact qu'il est bien placé pour savoir qu'avec un peu de temps et de méthode il est facile de recomposer le passé le mieux gardé, et de retrouver ceux qui auraient voulu se faire oublier. Un instant son regard est attiré par le jeu de deux mouettes qui luttent avec le vent. Suspendues entre le ciel et l'eau, elles montrent une vivacité et une grâce qui lui rappellent la caresse de l'archet sur le violon.

– Figurez-vous qu'il s'agissait d'une soirée particulièrement importante pour Hitler. Il y avait là un Américain, d'autant plus repérable pour l'enfant que j'étais qu'il était le seul à ne pas porter l'uniforme. Après un certain nombre de recherches, j'ai découvert qu'il s'agissait d'un certain John Dale, membre éminent de l'extrême droite américaine grâce à qui Hitler espérait opérer un rapprochement avec les États-Unis.

– C'est absurde.

– Pas tant que ça. En 1940, bien avant l'attaque de Pearl Harbor, rien n'était joué. Ce John Dale n'est pas un personnage que l'Histoire a retenu, mais il disposait d'une grande influence dans les milieux du pouvoir aux États-Unis. Il était notamment lié à Joseph Kennedy, le père de John Fitzgerald, pour vous donner une idée… Il avait de nombreuses relations au Congrès et la réputation de posséder une capacité de persuasion suffisante pour retourner à peu près n'importe quelle opinion. Et vous savez aussi bien que moi que l'équilibre des relations internationales tient parfois à peu de chose. Or, en montrant sa folie meurtrière devant ce John Dale, Hitler a fait capoter toutes ses velléités de rapprochement avec les États-Unis.

À ce moment, le cardinal marque un temps d'arrêt, mettant à l'épreuve l'attention du violoniste.

– Je vous écoute, l'encourage Gal.

– Dès lors, la question qui se pose est la suivante : quelle révélation un simple musicien a-t-il pu faire ce soir-là pour provoquer un tel séisme ? Ou en d'autres termes, qu'avait découvert Schultz de si important, de si révolutionnaire, au point d'avoir pesé sur l'évolution de la guerre ?

Un instant, Gal Knobel reste songeur face à l'abîme que l'ecclésiastique vient d'ouvrir devant lui. Que vient-il faire dans cette histoire vieille d'un demi-siècle ? À quoi bon tenter de remuer ce passé ? Il a déjà consacré suffisamment de temps à l'exhumer. Il a tourné la page, ce n'est pas pour y revenir… Mais le cardinal reprend, implacable :

– Dès le lendemain matin à l'aube je me suis précipité dans le salon pour fouiller la cheminée. Comme si je mesurais déjà à quel point ce qui venait de se jouer allait prendre de l'importance pour moi. Tout n'avait pas brûlé. Il y subsistait quelques morceaux de documents. Comme je devais le découvrir plus tard, certains étaient rédigés en allemand de la main de Schultz, d'autres en français, avec une écriture différente, sur un papier plus ancien ; mais là, je n'ai pas réussi à en identifier l'auteur, et puis les morceaux intacts étaient trop petits pour y déchiffrer quoi que ce soit… Mais j'ai conservé tout ça pour vous.

– Je constate que vous me considérez déjà comme acquis à votre cause…

Ils longent le Louvre à présent, avec de l'autre côté du fleuve l'ancienne gare d'Orsay. Le cardinal réserve sa réponse, comme s'il pesait ses mots, ou comme si son silence leur donnerait plus de poids.

– Tout est lié à Rossi, violoniste et compositeur, juif, qui a vécu à Venise au début du XVIIe siècle, une époque où sa communauté faisait l'objet de persécutions. Il a mystérieusement disparu en 1630. Pourquoi ? Là encore la question reste entière. Mais c'est sans doute ce qui avait intrigué Schultz, le violoniste allemand.

Gal esquisse un sourire rapide pour marquer son acquiescement ; le cardinal poursuit :

– J'ai bien essayé de retrouver la trace de certains officiers allemands présents lors de cette fameuse soirée. Deux officiers surtout, Franz Becher, à l'époque aide de camp de Keitel, c'est lui qui était allé chercher Schultz à Paris et qui a été chargé de son exécution. Et Jürgen von Staden, secrétaire particulier de Ribbentrop. C'est lui qui a été chargé d'appeler Berlin et qui est revenu vers Hitler avec la réponse qui a coûté la vie à Schultz. Moi j'étais assis sur le rebord d'une fenêtre, à moitié caché par les rideaux entrouverts. Personne ne faisait attention à moi et je n'en perdais pas une miette. L'un comme l'autre devraient détenir la réponse. Mais je n'ai pas vos moyens d'investigation et je n'ai jamais pu les retrouver.

C'était donc pour ça que le cardinal avait consulté des bases de données concernant les anciens nazis… Et c'est pour cette raison qu'il s'adresse aujourd'hui à lui.

Après les guichets du Louvre, Gal et le cardinal traversent l'esplanade devant la pyramide de Pei encombrée de touristes. Pour la première fois, le violoniste remarque à quel point pour un homme de sa corpulence et de son âge Alphonse de Morillon a une démarche vive et souple.

– Puisque nous sommes de retour à mon hôtel, venez donc jeter un œil à ces documents que j'ai récupérés dans la cheminée. C'est étonnant comme le papier se conserve bien…

Depuis le début Gal a le sentiment d'être baladé comme un enfant. En matière de persuasion, à côté du cardinal, Emilio Pardi n'est qu'un enfant de chœur. Ce qui n'est pas peu dire.

– À propos, poursuit le prélat avec l'enjouement de celui qui sait qu'il a déjà obtenu gain de cause, c'est dans cet hôtel que Schultz a passé sa dernière nuit. C'est pour cette raison que j'y réside quand je viens à Paris. J'ai retrouvé sa fiancée. Une vieille dame, charmante. Bibliothécaire à Berlin-Est qu'elle n'a jamais quitté depuis la guerre. À l'évocation de Gustav Schultz, elle a eu un sourire déchirant mais n'a pas dit un mot. J'ai eu l'impression qu'elle n'avait jamais cessé de penser à lui. Mais qu'aurait-elle pu m'apprendre ? Avez-vous déjà remarqué qu'il est souvent plus facile de faire parler les morts que les vivants ?

Gal se laisse entraîner à travers le hall de l'hôtel, puis dans l'ascenseur jusqu'au deuxième étage. Une fois dans la chambre du cardinal, le violoniste se rend directement à la fenêtre. La vue est exceptionnelle, avec au premier plan, la statue équestre de Jeanne d'Arc dorée à l'or fin, et plus loin le jardin des Tuileries.

– Une vue de rêve, pour un occupant allemand en 1940, ne peut-il s'empêcher de constater avec amertume pendant que le cardinal s'affaire dans son dos.

– Tenez.

Non sans une certaine circonspection, Gal s'empare du document que lui tend le cardinal, un morceau de papier froissé, à certains endroits roussi, recouvert d'une écriture en allemand. L'œuvre de Gustav Schultz…

En traduisant mentalement, il découvre que selon Schultz, Rossi aurait mis au point une méthode de maîtrise du violon, une méthode « naturelle » que lui-même a découverte seul, tant par instinct que par nécessité.

Alors que la méthode classique consiste à façonner la main pour lui faire exécuter des gestes d'une grande technicité, celle que lui-même, et donc Rossi trois cent cinquante ans avant lui, ont mise au point, consiste à utiliser la main le plus naturellement possible pour ne pas avoir à faire d'exercices. Si on ne joue pas pendant une semaine ou un mois, la main perd ses habitudes et le naturel revient au galop. Le grand secret est d'adapter le violon à sa main et non pas l'inverse ; de ne pas tenir le violon, mais de le poser.

Sans cette technique, jamais Gal n'aurait pu exercer son art quand le Service le sollicitait si souvent qu'il lui était impossible de pratiquer quotidiennement son violon. Une méthode d'homme pressé, par le temps, par les événements et la vie comme il l'a toujours été, comme devait l'être ce Rossi dont il ne sait pour ainsi dire rien, si ce n'est que sa musique le touche et qu'il s'en sent de plus en plus proche.

– Quelque chose ne va pas ? lui demande le cardinal comme s'il avait senti son trouble.

– Au contraire, au contraire, répond-il, soudain ému. Mais dites-moi, cela vous blesse-t-il si je vous dis que vous avez quelque chose de diabolique ?

– Je suppose que je peux le prendre comme un compliment…, lâche le cardinal avec un regard malicieux. Mais j'ai une proposition à vous faire qui ne vous engage à rien.

– Je vous écoute, rétorque Gal à nouveau sur la défensive.

– J'aimerais organiser pour vous un concert à Venise, au cours duquel vous jouerez les psaumes du roi David, ce qui nous donnera l'occasion d'aller consulter les archives que Venise conserve, et où se trouvent, je viens de l'apprendre, de précieux documents sur Rossi. Cela vous permettra de vous faire une idée par vous-même, et de prendre ensuite votre décision. Je ne vous cache pas que la route jusqu'à la vérité de ce secret est parsemée d'embûches…

Gal soutient le regard d'Alphonse de Morillon dont la sérénité ajoute au trouble du violoniste.

– Et si cela pouvait vous aider à vous décider, poursuit-il implacable, il faut que vous sachiez que Rossi a également interprété les psaumes du roi David.

– Que dites-vous ?

– Cela fait partie du résultat de mes recherches, répond-il imperturbable.

– Je vous demande deux jours de réflexion.

– Accordés !

Mais au ton que le cardinal a employé, Gal se dit qu'il connaît déjà la réponse…

5

Sous le regard sombre de Vincent d'Indy qui les domine depuis son immense portrait noir et blanc, deux garçons et trois filles d'âges et de nationalités différents boivent littéralement les paroles de Gal Knobel qui résonnent dans la grande salle simplement meublée de quelques chaises et d'un piano à queue en bois foncé.

Enseigner son art est un bonheur qu'il a découvert sur le tard. Mais aujourd'hui, il considère que transmettre sa façon d'appréhender le violon et sa technique si particulière, si iconoclaste, pour maîtriser l'instrument, est une nécessité autant qu'un devoir.

La plupart de ses confrères ne s'attaquent pas au problème par le bon bout ; ils supportent mal les fausses notes ou le manque de justesse et briment les élèves qui ne jouent pas selon les normes.

Et pourtant, les violonistes de jazz s'accordent bien des libertés avec la musique : mauvaise sonorité, manque de fidélité au texte, déformation de la structure au bénéfice de leur personnalité.

Comme chaque fois, les jeunes violonistes ont joué un à un le morceau qu'il leur avait demandé de préparer la semaine précédente. Tous sont sympathiques et talentueux, mais pour le professeur, l'essentiel leur manque : le sens inné du violon. Un équilibre indéfinissable, comme le charme d'une femme. Il rêverait de les détourner d'une voie trop scolaire, en leur dessillant les yeux, en leur inculquant la nécessité de s'ouvrir au monde, d'oublier ce qu'ils ont appris pour mieux revenir ensuite au violon.

– Eh bien, jeunes gens, ce sera tout pour aujourd'hui, lâche Gal avec son sourire et son léger accent. Semaine prochaine même jour même heure, n'est-ce pas ?

Tandis que les élèves rangent leurs instruments dans un bruit de chaises poussées sur le parquet, il enfile son blouson de cuir, l'esprit déjà ailleurs.

Les événements de ces derniers jours sortent trop de l'ordinaire pour le laisser en paix. Quatre personnes encore inconnues moins d'une semaine plus tôt l'accompagnent désormais à toute heure du jour ou presque. Les deux premières ont disparu depuis longtemps, des musiciens comme lui, le plus vieux il y a plus de trois siècles, le plus jeune il y a cinquante ans. La troisième n'est autre que le cardinal, qui contre toute attente a pris tant d'importance dans sa vie. Et puis, enfin, il y a cette jeune membre des services de renseignements israéliens dont la sécheresse professionnelle n'est certainement qu'une armure. Que lui a-t-on dit sur son compte pour qu'elle soit ainsi sur ses gardes ? Elle qui, dans cette histoire, est l'élément inattendu, la bonne surprise comme en réserve parfois l'existence, celle qui lui a fait se féliciter d'avoir appelé le Service après quinze ans de silence…

En sortant de la salle Vincent-d'Indy, Gal croise trois petites danseuses d'une douzaine d'années en tutu qui viennent de dévaler l'escalier en riant, vision d'une fraîcheur et d'une grâce infinies qui participe au charme de la Schola Cantorum. Comme le temps a passé vite. Tout au long de sa vie, il lui semble n'avoir cessé d'être happé par un tourbillon dans lequel il aurait pu se perdre mille fois. Et alors qu'aujourd'hui, il peut enfin souffler avec cet emploi du temps réglé entre ses concerts et ses leçons, voilà que les choses semblent vouloir s'accélérer à nouveau…

À peine a-t-il traversé la cour et fait un premier pas dans la rue Saint-Jacques qu'une femme à la chevelure fauve masquée par de grandes lunettes de soleil l'arrête net.

– Vous m'espionnez, ou vous ne pouvez déjà plus vous passer de moi ? demande-t-il après avoir traversé la rue. À moins que vous ne soyez venue pour prendre des cours de violon…

Les lèvres de la jeune femme dessinent un sourire marquant son hésitation.

– Pour la première question, je ne suis pas en service. Pour la seconde, je te trouve un rien présomptueux. Quant au violon, je crains de n'avoir aucune disposition, rit-elle enfin.

Sous le coup de la surprise, il a repris le vouvoiement, sans doute aussi impressionné par la beauté de l'agent qui occupe ses pensées depuis deux jours.

– Alors qu'est-ce qui me vaut l'honneur de ta visite, si ce n'est ni le Service ni le violon ? demande-t-il en riant à son tour.

– Que dirais-tu de marcher un peu ?

Gal n'en espérait pas tant. Après avoir parcouru quelques mètres, Ève se décide à parler :

– Comme tu l'as toi-même souligné, il n'y a rien qui soit susceptible d'intéresser le Service dans ton histoire de violoniste du XVIIe siècle. Mais ça m'intrigue, alors j'ai pris sur moi de faire des recherches. Cela te permettra aussi de me raconter ce que le cardinal t'a dit hier…

L'apparition d'Ève le jour où il doit faire part de sa décision au cardinal prend aux yeux de Gal valeur de signe du destin : aller jouer à Venise et se rendre aux archives, c'est continuer de la voir. Refuser, c'est ne plus jamais entendre parler d'elle. Et puis, l'intérêt de la jeune femme pour cette histoire de violonistes n'est-il pas le signe qu'elle s'intéresse à lui, Gal Knobel ?

– Alors, qu'as-tu découvert sur Salomone Rossi ?

– Pas grand-chose. Si ce n'est que ton Rossi serait né à Mantoue vers 1570 et a disparu mystérieusement en 1630 sans laisser de trace. C'est étrange : la communauté juive s'est toujours préoccupée du sort des siens. Sa carrière de compositeur aurait débuté très tôt à la synagogue de Mantoue et s'est poursuivie à Venise. Avant ça, il a été engagé à la cour de Vincenzo Gonzague, duc de Mantoue, où il est devenu compositeur et chef attitré. Hélas, ses travaux ont été dispersés, et la plupart perdus. Il avait une sœur, Madama, une chanteuse, avec qui il s'est souvent produit. Autre élément, il aurait été lié à Monteverdi… Le seul à me dire quelque chose parmi tous ces inconnus…

– Monteverdi ? Tu parles ! Avec *Orfeo*, il est considéré comme l'inventeur de l'opéra. Et à ce titre l'un des compositeurs les plus importants de l'histoire de la musique. Je crois qu'il est né à Crémone. Ensuite, il a vécu à Venise. Rien d'étonnant à ce qu'il ait croisé Rossi. En as-tu appris un peu plus sur la nature de leurs liens ?

– Là, tu m'en demandes trop. Autre chose, poursuit-elle, une question demeure en suspens : comment, en ces temps où les Juifs étaient persécutés, Rossi a-t-il pu vivre de la musique ? Aucun compositeur ni aucun peintre hébreu n'a marqué cette époque. À Venise notamment, l'Église et l'aristocratie gardaient les arts sous tutelle et rendaient la composition inaccessible aux musiciens du ghetto. Seuls les interprètes étaient admis dans le monde chrétien. À la différence des musiciens de l'Église, le dimanche n'était pas un jour sacré pour eux et ils pouvaient jouer lors des messes dominicales. Aurait-il eu un protecteur catholique, ce qui expliquerait qu'il ait été en froid avec sa communauté ?

– Dis-moi, lance Gal avec ironie tandis qu'ils pénètrent dans le jardin du Luxembourg, pas mal pour quelqu'un qui n'y connaissait rien il y a deux jours. Je me demande si ce n'est pas à toi que le cardinal devrait faire appel…

– Cela sous-entend nécessairement que Rossi avait un protecteur influent, poursuit-elle en ignorant la remarque. Quelqu'un à qui il devait être utile. Peut-être que les membres de sa communauté lui reprochaient de mettre son talent au service de l'église plutôt que de la synagogue… Mais revenons au présent. Pourquoi le cardinal s'est-il adressé à toi ?

– Il pense qu'un violoniste sera plus sensible à cette histoire. Car selon lui, la musique est à l'origine du drame.

– Peut-être aussi à cause de tes antécédents dans le Service, insinue-t-elle.

À son tour d'ignorer sa remarque.

– La question est de découvrir ce que véhiculait cette musique, et aussi ce que les documents de Schultz avaient de si important pour qu'Hitler, qui n'était ni mélomane ni musicien, devienne enragé au point de mettre en péril sa tentative de rapprochement avec les États-Unis.

Avec le déclin du soleil, les ombres se sont considérablement allongées dans le jardin aux arbres décharnés, la température a chuté, et les deux promeneurs se sont imperceptiblement rapprochés l'un de l'autre. Le tapis de feuilles mortes craque sous leurs pas. Quelques enfants sortis de classe ont envahi les lieux. Leurs rires et leurs cris sont autant de morceaux de bravoure dans le froid de l'hiver. Gal ne sait encore rien d'Ève, si ce n'est sa détermination, nécessaire pour mener le genre de vie qui est la sienne depuis qu'elle s'est engagée dans le Service. Une existence anonyme faite de déracinement, de sacerdoce et de danger. Une existence qui suppose un tempérament hors du commun.

– Ce qui me chagrine, c'est que cette question te soit posée, à toi en particulier, qui plus est par un cardinal du Vatican… Ça sent le coup fourré. Ne me dis pas que tu as accepté sa proposition ?

Surpris, Gal la regarde. La sollicitude qu'il a décelée dans sa question lui va droit au cœur. Une sollicitude qui n'a rien de professionnel, il en jurerait. Il s'aperçoit qu'elle l'attire de plus en plus, en dépit des règles qui régissent les relations entre les différents membres du Service.

– Je n'ai pas abandonné le Service il y a quinze ans pour me faire enrôler aujourd'hui par le Vatican. Je me sens simplement des affinités avec Rossi, comme si une sorte de lien avait traversé les siècles pour nous lier l'un à l'autre. Même si j'ai l'impression qu'il ne m'a pas tout dit, c'est grâce au cardinal que j'ai pris conscience de cela. Et puis, c'est grâce à lui que je t'ai rencontrée…

Elle hausse les épaules en riant.

– On connaît votre réputation et vos antécédents, monsieur Knobel.

– Laissons mes antécédents de côté : seul le présent compte. Et pour en revenir au cardinal, je ne vois pas ce que je risquerais en allant jouer à Venise.

– Tu es un grand garçon.

Ils viennent de passer la grille du jardin. À peine sur le trottoir de la rue de Vaugirard elle s'écarte, sur le point de le quitter. Un autre rendez-vous sans doute. Il n'a pas vu passer le temps. Il voudrait la retenir, il n'en a pas fini avec elle.

– Et toi ? Pourquoi t'es-tu engagée ?

Surprise par le ton de la question, elle le regarde un instant.

– Pour des raisons sans doute proches des tiennes…

– Et différentes de celles qui m'ont poussé à m'en aller. On a tous nos mystères…

– Le violon, c’est ça ?

– J’avais le sentiment que j’avais plus à apporter avec mon violon.

– Et tu ne regrettes pas ?

– Ce n’est pas si simple, tu vois, puisque j’ai rappelé…

– Beaucoup feignent de l’ignorer, mais nous sommes toujours en guerre. Je sais de quoi je parle. Elle m’a pris mon mari, il y a une quinzaine d’années…

6

Vers midi, l'Airbus touche enfin le sol vénitien et Gal saisit son violon rangé au-dessus de sa tête. Cela fait deux fois en trois semaines que la cité des Doges l'appelle. Comme si depuis toujours il devait marcher sur les traces de ce Rossi dont quelques semaines plus tôt il ne soupçonnait pas l'existence. Rossi qui a infléchi le cours de la Seconde Guerre mondiale. Rossi qui s'est intéressé aux psaumes de David avant de mettre au point cette méthode de maîtrise du violon que lui-même a conçue de son côté. Rossi et lui, frères de cordes ou d'archet, comme d'autres le sont d'armes.

À bord du vaporetto qui croise dans le chenal, il regarde se préciser les contours de la Sérénissime. Moins spectaculaire que celle offerte depuis le hublot de l'Airbus, il préfère cette approche où la ville ne se dévoile que progressivement.

Ne voulant pas abuser de l'hospitalité de son ami Francesco, il a réservé une chambre à l'hôtel de la Calcina, sur le Zattere, où le vaporetto marque un arrêt. Son étui dans une main, sa valise dans l'autre, il débarque avec d'autres passagers, des touristes et des Vénitiens, qui s'éparpillent sur le quai.

Une fois dans sa chambre, devant la fenêtre d'où il peut embrasser la rive de la Giudecca, Gal mesure son long cheminement depuis l'enfance, quand, comprenant que David avait été choisi pour régner parce que la musique était l'unique trait d'union entre le sacré et le profane, le désir de lui ressembler était né en lui. La Bible rapporte en effet que le prophète Samuel avait désigné David pour succéder au roi Saül sur la foi de son art, estimant que son talent de « violoniste » garantissait intelligence, sensibilité et détermination.

Plus tard, Gal avait appris les psaumes composés par le roi David et entendu les fidèles psalmodier à la synagogue. Mais sa méconnaissance des signes musicaux qui émaillent le texte l'avait toujours empêché de saisir la cadence des mots. Jusqu'à cc que, découvrant les travaux de Suzanne Haïk-Ventura sur le sens des *téamim*, il décide de transcrire ces chants religieux pour violon seul.

À présent, il est temps de les faire entendre, grâce à un cardinal du Vatican qui a eu l'heureuse idée d'organiser le concert en collaboration avec la communauté juive. À la Fondation Levi, au palais Giustinian, tout près du palazzo Grassi. Comment ne pas souscrire à une si louable ambition ? Pour une fois qu'un geste est fait pour favoriser le rapprochement des communautés chrétienne et hébraïque…

Muets depuis trois mille ans, les *téamim* qui ponctuent les psaumes vont bientôt révéler le secret de leur chant, et la musique imaginée par le roi David va revivre sous ses doigts. Venu de Jérusalem, la ville de lumière, pour se fixer à Paris, autre Ville lumière, le violoniste jouera cette musique religieuse à Venise, d'où partaient jadis les pèlerins vers la cité sainte.

« La religion catholique n'allume-t-elle pas les lumières de la foi ? » lui a simplement rétorqué le cardinal lorsqu'il lui a fait part de ces réflexions.

Drôle d'homme que ce cardinal dont il ne sait toujours presque rien tant il s'abrite derrière sa religion, sa fonction, son passé.

Allongé sur le lit, ses pensées le ramènent insidieusement vers Ève. Que fait-elle en cet instant ? Il a connu ce genre de filles durant son service militaire. Elles ont des visages, des gestes et des voix d'anges, mais leurs cœurs restent de pierre. Leurs corps échappent aux désirs, comme des citadelles imprenables. Il aurait aimé qu'elle écoute les psaumes de David, mais la musique doit la laisser indifférente. La lingerie La Perla ou les bijoux Cartier doivent lui sembler plus attrayants. « L'âme est une terre étrangère », dit Schnitzler. La chair aussi ! pense Gal avant de se laisser emporter par le sommeil.

Le lendemain, à quelques heures de ce concert qui à ses yeux représente beaucoup plus qu'une simple soirée musicale, Gal se repose et se dégourdit les doigts en jouant quelques gammes.

En fin d'après-midi, tandis que la nuit tombe sur la lagune et que les lumières de la Giudecca s'allument une à une et se reflètent dans l'eau, que les bateaux ne sont plus que des silhouettes à peine éclairés par des fanaux de signalisation, l'heure de vérité approche.

Seul dans sa chambre, ses habits étalés sur le lit, son étui à violon posé sur la commode, Gal se prépare avec minutie. Il aime cette tension qui précède le concert, et celui-ci lui tient particulièrement à cœur puisqu'il représente ce qu'il est, lui, Gal Knobel, ce qu'il est devenu depuis ses premiers coups d'archet donnés à l'âge de cinq ans, dans un pays qui ne s'appelait pas encore Israël mais la Palestine.

En hommage au roi David, il a décidé de s'habiller en blanc.

Lorsqu'il arrive sur place, la salle est archicomble. Des spectateurs sont entassés dans les couloirs, par terre, et aux extrémités de la scène. Il ne s'attendait pas à une telle foule, et la ferveur et l'excitation qu'il peut sentir lui vont droit au cœur, comme s'il s'agissait du couronnement de sa détermination.

Après avoir prononcé quelques mots d'introduction sous les flashes des appareils photo, Gal caresse les premières notes d'une musique née sur le mont Sion, à l'époque où le violon était un instrument monocorde, de la famille du kemanché indien. Sous l'archet, la musique enfin libérée franchit les rives du temps, et David, homme d'État, guerrier et musicien, s'incarne en Gal, violoniste et soldat. Il tisse la musique qui évoque tantôt la douceur fragile d'un ruisseau, tantôt la violence d'un torrent. Il passe d'un mode à l'autre comme une dentellière enchaîne les points de son ouvrage. Une heure et quart durant, les psaumes s'épanchent aux oreilles des spectateurs suspendus au flux continu des notes.

Lorsque le violon se tait, la salle reste inerte, pétrifiée. Aucun bravo, pas un murmure. Comme si la vie avait déserté les costumes et les robes de soirée alignés sous ses yeux. Comme si les âmes voguaient ailleurs.

Gal baisse son archet et s'essuie le front. Alors seulement, les applaudissements fusent de toutes parts, en une explosion ininterrompue. En cet instant tout Venise l'acclame.

Enfin une voix se lève et invite l'assistance à se diriger vers les rafraîchissements : sauvé par le gong, Gal couche son violon dans l'étui dont il referme soigneusement le couvercle, descend de l'estrade, enfile son pardessus, et sort du palais en profitant du mouvement de foule.

Dehors, l'air frais lui procure une apaisante sensation. Il traverse le pont de l'Accademia en se frayant un passage au milieu d'une cohue comparable à celle de la salle de concert. Arrivé au faîte du pont, il s'arrête pour contempler le Grand Canal sur sa gauche et face à lui, le Redentore, véritable tableau vivant de Canaletto.

Ève lui manque. Femme lointaine et énigmatique qui retient ses pensées. Il se sent seul.

Au moment de se remettre en route, une main retient son bras. Il se retourne. Dans sa soutane noire rehaussée d'une grande croix lui tombant sur la poitrine, le cardinal lui sourit.

– Je commence à connaître certaines de vos habitudes, comme celle de fuir la foule qui vient de vous applaudir. J'allais à mon hôtel, dit-il, marchons ensemble. À propos, le président de la communauté juive de Venise, Abraham Sinclair, m'a chargé de vous transmettre son invitation à la réception qu'il organise demain, tenez.

Gal prend l'enveloppe que le cardinal lui tend et le considère avec circonspection, ne pouvant s'empêcher de penser qu'une fois de plus il a été suivi.

– Je suis comme vous : je trouve la cohue oppressante. Mais j'avais ce soir à m'astreindre à certaines obligations… diplomatiques, ajoute-t-il sur un ton qui pourrait sous-entendre que Gal aussi aurait pu s'y soumettre. Avant de reprendre de façon plus enjouée : Au fait, ce matin, je suis allé voir la tombe de Monteverdi à l'église des Frari. Étonnant qu'il ait choisi d'être ordonné prêtre à la fin de sa vie alors qu'il était comblé par la célébrité et la richesse…

– Je ne m'étais jamais arrêté à ce détail, rétorque Gal qui se demande où il veut en venir.

– Je pense qu'il voulait rendre grâce à Dieu de lui avoir donné le talent pour devenir ce qu'il était, poursuit le cardinal. Peut-être cherchait-il aussi la paix après des années de vie intense et parfois difficile. Il était ambitieux, mais à son époque, respect et notoriété n'étaient pas choses faciles à acquérir pour un musicien…

L'hôtel de l'Accademia n'est plus qu'à quelques pas. Arrêtant Gal, le prélat termine sur ces paroles énigmatiques :

– Vous avez magnifiquement joué vos psaumes, mais en vous écoutant, je me suis demandé si le virtuose que vous êtes peut se satisfaire de son seul violon. Bon… Vous n'avez pas oublié ? Demain à 11 heures aux archives… Et n'oubliez pas l'invitation d'Abraham Sinclair !

D'un hochement de tête Gal acquiesce – il s'agit de sa dette à payer après le concert de ce soir –, et la silhouette de boxeur à la retraite disparaît derrière la porte de l'hôtel tandis que Gal prend le chemin de la Calcina.

À son arrivée, le réceptionniste lui remet un message d'Ève. Troublé par ce mot inattendu, il monte dans sa chambre, pose son violon sur la table, commande un thé et s'affale sur le lit. Sur le papier qu'il déplie lentement, il lit : « Bonne chance, je suis sûre que tu joueras bien. Je t'embrasse. Ève. »

Gal observe de la fenêtre un paquebot grec longeant la lagune. À son bord, les passagers en partance pour la Grèce ou la Turquie adressent des signes à ceux qui les regardent depuis la berge. Le remorqueur semble tirer péniblement l'énorme bâtiment bleu et blanc disproportionné pour le chenal où il s'achemine.

La consigne est de déchirer tout message écrit, mais il aimerait conserver celui qu'il tient encore contre lui, ce billet où Ève dit « Je pense à toi »…

7

« Un contretemps auquel je n'ai pu me soustraire m'a rappelé à Rome. Mais j'ai fait en sorte que les archives vous soient ouvertes. En attendant bon travail. Vous me ferez part de vos découvertes à mon retour dès demain. Demandez à consulter les dossiers Rossi et Monteverdi. Encore désolé, j'aurais tant aimé procéder à ces recherches avec vous. Alphonse de Morillon. »

Gal relit le mot du cardinal en fronçant les sourcils puis lève la tête vers l'employé des archives qui le lui a remis. Un homme d'une cinquantaine d'années qui avec son teint blafard et ses épaules légèrement voûtées semble avoir passé les vingt dernières années derrière ce bureau à la lueur des néons.

– Quand le cardinal vous a-t-il déposé ce pli ?

– Il ne l'a pas déposé en personne. Ce doit être son secrétaire qui est passé à 9 heures, un jeune prêtre d'une trentaine d'années qui boite légèrement. Mais vous êtes le bienvenu.

– Je sais, merci, réplique-t-il sèchement, contrarié par l'absence de l'ecclésiastique.

Pas plus tard que la veille, ils étaient pourtant convenus de se retrouver à 11 heures au palais Giustinian, devant l'entrée des archives. Pourquoi le cardinal ne l'a-t-il pas fait prévenir à son hôtel ? Sans doute parce qu'il souhaitait qu'il accède quand même aux archives et y entame ces fameuses recherches. Après tout, il n'a pas besoin d'être tenu par la main pour consulter quelques documents.

– Vous voulez bien me suivre ?

L'employé a contourné son bureau et semble attendre le violoniste.

– Puisque je suis ici, autant en profiter, dit-il pour lui-même dans un soupir.

L'homme a déjà ouvert une porte qui donne sur un escalier menant à une cave.

– Excusez-moi si je vous précède, mais c'est moi qui ai les clés.

– Vous conservez les archives au sous-sol ? s'étonne le musicien.

L'homme émet un petit rire satisfait.

– Chaque fois les visiteurs me posent cette question. Mais tout a été prévu en cas d'inondation, y compris pour le jour où on aura droit au grand raz-de-marée qui engloutira la cité : il n'y a en bas que des microfilms. Les originaux sont à l'étage à l'abri des eaux.

Pas très rassuré par ces propos, le violoniste imagine ce que serait la ville engloutie. Après tout, cette issue serait peut-être la plus belle, faisant de Venise un futur paradis pour les plongeurs-archéologues qui traverseraient la place Saint-Marc à coups de palmes, pénétrant dans la basilique ou le palais des Doges entre deux eaux troubles. Autant de lieux de magnificence devenus refuges pour les crustacés et la faune aquatique, la brique recouverte de lichen, les couleurs des marbres ternies par les dépôts d'algues, le génie des hommes submergé par la mer.

Gal parvient enfin au pied de l'escalier, dans un petit réduit bien éclairé qui donne sur une imposante porte digne d'une chambre forte.

– Nous sommes sous la surface du Grand Canal, c'est-à-dire sous le niveau de la mer, insiste l'archiviste. Mais tout le sous-sol est enveloppé par une sorte de caisson hermétique. Vous auriez vu les travaux ! Des pompes qui fonctionnaient 24 heures sur 24 !

La porte est munie de deux serrures où l'employé insère une clé, et d'une molette à combinaison dont Gal entend les cliquetis à mesure qu'il l'actionne.

– Tant de précautions pour des microfilms…

L'homme ricane.

– Oh, ce n'est pas tant pour la valeur des documents en eux-mêmes que pour celle des vérités qu'ils contiennent. Je crois qu'il est préférable que certaines d'entre elles demeurent enfouies, même si la plupart des gens s'en moquent de nos jours, dit-il en faisant un effort pour pousser la porte dans une pièce qui semble aussi propre qu'une chambre stérile.

– Il n'y a pas d'interrupteur ?

– J'ai allumé la lumière avant de descendre. Je la commande depuis mon guichet. Mais je ne vais pas m'amuser à vous mettre dans le noir, on a passé l'âge…

Des armoires métalliques ceinturent la pièce, leurs portes marquées des lettres de l'alphabet, donnant ainsi au violoniste l'impression d'avoir pénétré au cœur d'une vaste encyclopédie. Au centre, deux tables et sur chacune d'elles un écran à molette destiné à visionner les microfilms, une bouteille d'eau minérale et un verre, un bloc-notes format A4 et un crayon à papier.

– Alors, de quoi avez-vous besoin ?

– De tout ce qui concerne Rossi.

– Rossi ?

– Salomone Rossi, un violoniste et compositeur qui a vécu à Venise au XVIIe siècle, précise-t-il devant l'air d'ignorance de son interlocuteur.

– Salomone Rossi. Jamais entendu parler. Personne ne m'a jamais demandé de consulter son dossier. Un musicien, vous dites ? Normal qu'un violoniste comme vous s'intéresse à un autre violoniste, n'est-ce pas ?

– Et Monteverdi également, ajoute Gal.

– Asseyez-vous… Je vous apporte ça.

Gal enlève sa veste et s'assied tandis que l'employé ouvre une première armoire et en sort une boîte métallique qu'il vient poser devant lui avant de se diriger vers une autre armoire, d'en sortir une autre boîte qu'il pose également sur la table.

– Vous savez comment ça fonctionne ? Vous insérez le microfilm sous l'appareil et ensuite vous faites défiler avec la molette. Votre appareil est relié à un copieur au cas où vous auriez besoin de faire des photocopies.

– Aucun problème, réplique le violoniste pressé d'être seul.

– Alors je vous laisse. Si vous avez besoin de quoi que ce soit, appelez-moi avec le téléphone intérieur qui se trouve à gauche de la porte. Je descendrai aussitôt.

Il a à peine terminé sa phrase qu'il a disparu, refermant la porte derrière lui dans un claquement étouffé.

– Hé ! s'exclame Gal en se rendant compte qu'il est enfermé et n'a aucun moyen d'ouvrir la porte de l'intérieur.

Puis il hausse les épaules et se saisit de la première boîte qui se trouve à sa portée, celle contenant les informations sur Monteverdi, remarque-t-il en se rappelant ce que lui a appris le cardinal la veille au sujet du compositeur : son entrée tardive dans les ordres et sa sépulture au cimetière des Frari. Où voulait-il en venir ?

Il ouvre une première boîte. Les microfilms sont de larges feuilles semblables à des radios divisées en d'opaques damiers aux innombrables cases, chacune d'entre elles contenant des milliers de signes. En glissant une première feuille dans l'interstice prévu à cet effet puis en allumant l'écran, Gal découvre une page rétroéclairée rendue au format A4. Une partition, écrite et annotée de la main de Monteverdi.

Même si l'envie le démange de jeter un coup d'œil à certaines des partitions du maître, Gal retire la feuille du lecteur, la remet dans la boîte et en saisit une autre qu'il insère à la place de la précédente, lorsqu'il est soudain plongé dans l'obscurité la plus totale.

– Mon Dieu, dites-moi que ce n'est pas vrai, il n'a pas osé…

Sa voix est aussitôt engloutie dans les ténèbres. Il n'y a même pas un voyant lumineux indiquant l'emplacement de la porte. Il fouille ses poches, n'y trouve ni briquet ni allumettes. Il est plongé dans le noir total…

La porte est sur sa droite, le téléphone mural sur sa gauche, se rappelle-t-il. Il se lève. Les mains devant lui, il fait quelques pas avant de buter contre le mur. Après quelques secondes, il finit par sentir le plastique du combiné sous la pulpe de ses doigts. Il décroche, entend la sonnerie, une pulsation, puis deux, trois, jusqu'à ce qu'il ne les compte plus. Il commence à bouillir en se demandant quand ce demeuré se décidera à répondre ou à descendre, avant de se dire au bout d'un certain temps qu'il ne s'agit pas de cela, qu'il ne peut être question d'une plaisanterie, d'une cigarette fumée dehors ou d'un simple passage aux toilettes, mais de quelque chose de beaucoup plus grave. Il s'est fait avoir comme un débutant, et il est pris au piège, dans une souricière où personne n'ira le chercher.

Mais quel imbécile il fait ! S'être laissé enfermer comme ça. Le mot du cardinal, le cardinal dont il se méfie pourtant depuis le début.

Avec quelle minutie tout cela a-t-il été monté. Une construction digne des plus grands joueurs d'échecs. Dès la première fois, au consulat, le cardinal savait où il allait, et avait ainsi plusieurs coups d'avance sur lui.

Mais pour quelle raison ? Parce qu'il appartiendrait en fait à la mouvance pronazie du Vatican et que l'on aurait voulu faire payer à Gal son rôle dans la capture d'un certain nombre d'anciens dignitaires nazis ? Après tant d'années… Mais n'est-il pas le seul du Service à s'être dévoilé et publiquement exprimé sur le sujet ? Ainsi, son exécution représenterait un avertissement et un symbole.

Sentant la panique grandir en lui, il se laisse glisser dos au mur sur le sol et se prend la tête dans les mains. La noirceur qui l'entoure est à l'unisson de ses pensées. Les images des « douches » à Auschwitz lui traversent l'esprit. Auschwitz où a péri la plus grande partie de sa famille. Asphyxiée au gaz Zyklon B. Et si on lui réservait le même sort ? se demande-t-il en frissonnant. Pour ajouter au symbole ?

Son premier professeur de violon lui avait appris quelques exercices de respiration pour se calmer avant son premier concert, à neuf ans. Il s'en souvient, c'était le vieux Michka. « Tu n'as pas à avoir peur, disait-il en lui caressant la tête pour le rassurer. Tu maîtrises parfaitement ton violon, qu'est-ce que tu veux qu'il arrive ? C'est toi le chef ce soir, pas eux, pas le public. Eux ils viennent pour t'entendre, et tu vas leur montrer de quoi tu es capable. » Après avoir inspiré plusieurs fois, son angoisse disparaissait avec son souffle.

Alors, du fond de sa cellule il inspire en gonflant le ventre puis expire en le rentrant, comme il l'a toujours fait, avant ses concerts mais aussi quand il était question de rendre certains services qui nécessitaient un sang-froid particulier.

Mais il est obligé de répéter l'exercice une dizaine de fois pour que le rythme de ses battements cardiaques diminue et que son angoisse disparaisse avec son souffle. Il a perdu l'habitude de ces situations, des sensations et des questions qui en découlent. Comme lorsqu'il était suivi dans les rues de Venise : il perd beaucoup trop vite son self-control pour céder à la panique.

Traître, le cardinal ? Rien n'est moins évident. Il y avait d'autres moyens plus discrets de se débarrasser de lui. Et puis Ève est au courant, et avec elle le Service.

Il serait donc possible de remonter jusqu'au cardinal qui n'aurait jamais pris un tel risque. Ces arguments lui semblent tenir la route… Mais alors quoi ? Les fameuses difficultés évoquées par le cardinal dans ses recherches sur Rossi ? Ils auraient donc été surveillés ?

C'est aussi pour ça qu'il a décidé de tirer un trait sur cette vie. Pour éviter la paranoïa dans un univers fait de trahison, où lui-même a dû approcher des gens, gagner leur amitié pour les trahir ensuite, où l'on ne peut faire confiance à personne. C'est pour cette même raison qu'après un certain nombre d'années il a décidé de jeter l'éponge et de se consacrer à la musique, au violon où le mensonge est banni, où la vérité apparaît dès les premiers accords.

La lumière n'est pas reparue. Il se lève, à tâtons retrouve le combiné et décroche. La sonnerie retentit toujours dans le vide.

Au cas où, il laisse le combiné pendre au bout de son fil. Puis il se ravise et raccroche. Il vient d'avoir une idée. En entrant tout à l'heure, il a remarqué une grille d'aération dans le plafond à l'autre extrémité de la pièce.

Après trois pas, il bute sur sa chaise dont il se saisit et tâche de se diriger vers l'endroit où devrait se trouver la grille. Arrivé là, il place la chaise dans le coin puis, en s'appuyant sur une des armoires, il monte dessus et tend une main vers le plafond. Dans le noir total l'exercice n'est pas si simple et il manque plusieurs fois de perdre l'équilibre. Sa main n'ayant rencontré que le plafond lisse, il descend de sa chaise, la déplace sur la droite et recommence la même opération. Bingo : cette fois ses doigts rencontrent les aspérités quadrillées de la grille. Au jugé, elle doit bien mesurer quarante centimètres de côté. Largement de quoi le laisser passer, même s'il n'a plus la ligne de ses vingt ans.

Disposées à chaque coin, seules quatre vis la maintiennent en place. Des vis à tête classique, constate-t-il avec l'ongle de son pouce. Sans perdre une seconde, il fouille ses poches et en ressort une pièce de monnaie. Trop épaisse. Une seconde semble pouvoir convenir. Réprimant ses tremblements, il l'insère dans la rainure de la vis et, après quelques tours, il l'entend tomber sur l'armoire métallique. Avec fébrilité, il s'attaque à la suivante. Après tout, l'idée du Zyklon B n'est pas si absurde : on pourrait tenter de l'asphyxier comme un rat dans son trou. Et puis, se retrouver ainsi dans le noir le plus complet a quelque chose d'oppressant. Comme s'il était brutalement devenu aveugle.

La troisième vis est plus dure, et il passe directement à la dernière qu'il parvient à dévisser avec autant de facilité que les deux premières. À présent, la grille bâille suffisamment pour qu'il l'empoigne et la tire vers lui. Jusqu'à ce que, sous l'effet de la torsion, la dernière vis cède et que dans un fracas assourdissant la grille atterrisse sur le sol. Un bruit qui a dû se répercuter jusqu'au hall d'entrée et, dehors, au Grand Canal. Mais qui n'alertera personne hormis ceux qui l'ont enfermé.

Alors, après avoir récupéré et enfilé sa veste, il parvient à se hisser jusqu'à la bouche d'aération. Le conduit forme un coude à angle droit au-dessus de sa tête. D'une traction, il se hausse jusqu'au coude. Un souffle d'air lui caresse le visage. Il se laisse retomber et, après un dernier effort, disparaît dans le conduit.

Pendant son service militaire, en Israël, son agilité l'avait fait surnommer le Chat, agilité retrouvée dans son maniement de l'archet. Aujourd'hui ce serait plutôt le serpent, son surnom, se dit-il en entamant sa reptation dans le conduit de métal vers la source d'air et la vague lueur qu'il devine.

Avec l'action sa panique a reflué. Seule sa position lui est désagréable : il a toujours eu une aversion pour les espaces confinés, et malgré l'air qui souffle face à lui, il a l'impression d'étouffer. L'espace n'est pas suffisant pour qu'il rampe à son aise, il se râpe les coudes et les genoux à chaque mouvement. Il peut sentir les battements de son cœur contre ses tempes et la sueur qui dans son dos a trempé sa chemise.

Après plusieurs minutes de progression, il parvient enfin au niveau d'une grille d'aération à travers laquelle il tente de se repérer. Une chaufferie, constate-t-il avec un soupir de soulagement.

Le dos contre la paroi opposée à la grille, la tête entre les genoux, une position particulièrement inconfortable, il applique ses pieds sur la grille et entreprend de la pousser vers l'extérieur. Après quelques efforts infructueux, une première vis finit par sauter, suivie d'une deuxième. Gal n'a plus alors qu'à tordre la grille et à se laisser glisser dans la chaufferie.

Pas un bruit ne filtre, si ce n'est celui du souffle régulier de la chaudière. Et son propre souffle, haletant. Il éprouve un immense soulagement à l'idée d'être sorti de cette nasse, mais il doit encore quitter le palais sans savoir s'il est ou non attendu au tournant.

Entrouvrant la porte, il glisse un œil à l'extérieur et découvre un long couloir désert. Avec une profonde expiration, comme un nageur s'apprêtant à plonger, il s'engage dans le couloir vers ce qu'il espère être la sortie.

Parvenu à une double porte, retenant son souffle, il pose la main sur la poignée, l'abaisse et pousse légèrement le battant. Une rumeur caractéristique lui parvient aussitôt aux oreilles. Celle d'un réfectoire à l'heure d'un repas.

Il comprend à présent : à travers les différents conduits d'aération, il a dû passer dans une autre partie du bâtiment et rejoindre celle ouverte au public. Il ne lui reste plus qu'à traverser la salle à manger comme si de rien n'était et à se diriger tranquillement vers la sortie. Dans une minute à peine il sera dans la rue. Tandis qu'il passe entre les tables, personne ne fait attention à lui ni à la poussière qui macule ses vêtements. Des hommes et des femmes, étudiants encore jeunes et universitaires plus âgés, venus faire des recherches à la bibliothèque et qui n'ont aucune idée de ce qui a failli lui arriver à seulement quelques mètres.

Une fois dans la rue il respire, et d'instinct préfère se rendre chez son ami Francesco, Piazza Santa Margherita, plutôt que de rejoindre son hôtel.

Finalement, à force, les réflexes lui reviennent…

8

Depuis la fenêtre, Gal observe les étals du marché installé Campo Santa Margherita. Fruits, légumes, poissons, épices, charcuteries, fromages, présentés sur des tréteaux devant lesquels s'attardent quelques Vénitiennes munies de cabas. La Sérénissime n'est pas seulement un vaste musée pour touristes venus du monde entier. Des gens y vivent et y meurent, comme le rappellent les bateaux-corbillards, les bateaux-ambulances que l'on croise parfois sur les canaux, ou tout simplement les nombreux Vénitiens à l'air affairé qui prennent le vaporetto ou empruntent les rues encombrées pour se rendre à leur travail.

Lorsqu'il est arrivé chez Francesco et Antonia, son ami lui a reproché de ne pas être venu chez eux, avant d'aller lui-même récupérer ses affaires à l'hôtel de la Calcina au cas où il aurait été surveillé.

Il est revenu avec des nouvelles fraîches. L'employé des archives qui avait accueilli Gal a été retrouvé inanimé, la tête baignant dans une mare de sang, derrière son bureau. Quelques minutes plus tard, la police était sur place. L'homme est actuellement à l'hôpital de Venise, dans le coma, et n'a donc rien pu raconter de ce qui s'est passé. Son état est stationnaire. Les radios qu'on lui a faites indiquent une fêlure à l'occiput qui sous-entend un coup d'une rare violence. Une enquête est en cours. Des témoins ont bien vu déguerpir deux individus d'aspect jeune et athlétique, mais qu'en attendre ?

Rien, pense Gal au fond de lui. Absolument rien, hélas. Les forces qu'il a provoquées sont bien trop puissantes pour être inquiétées par la police.

Toujours est-il que c'est peut-être indirectement grâce à l'employé des archives que Gal a eu la vie sauve, ou en tout cas que des ennuis plus sérieux lui ont été épargnés : pensant avoir tué le malheureux qui n'était pas directement visé, ses agresseurs auront eu peur et pris la fuite avant même de s'être acquittés de leur tâche.

Et dire qu'un instant il a cru à une mauvaise plaisanterie…

Et toujours pas de nouvelles du cardinal. Impossible de le joindre au téléphone malgré plusieurs tentatives. C'est ce qui à présent met ses nerfs à rude épreuve : l'incertitude dans laquelle il nage.

– Qu'est-ce que tu comptes faire ? lui demande Francesco qui le voit aller et venir comme un lion en cage dans son salon.

– Surtout ne rien changer à mes projets : me rendre à l'invitation du président Sinclair dans le ghetto comme le cardinal me l'a proposé hier après le concert. Et puis rentrer à Paris demain.

– Tu es sûr que c'est raisonnable ?

Gal regarde son ami. L'inquiétude qu'il peut lire sur son visage l'amuse. Celle des gens qui sont étrangers à l'action, et qui aurait pu être la sienne quelques heures plus tôt. Mais se confronter au danger a cette vertu de le minimiser et de le rendre supportable. Il avait fini par ne plus en avoir conscience à force de mener une existence éloignée de la guerre. Mais vivre avec le danger ne s'oublie pas. Comme le violon, c'est une simple question d'entraînement.

– J'ai beaucoup réfléchi, tu sais, ajoute Gal en souriant. Au fond je doute qu'on ait voulu me tuer. Trop risqué, pas assez discret. C'était certainement un avertissement qui m'était adressé pour me dissuader d'accéder à certaines informations. Efficace. Car à présent les archives sont fermées, et je veux bien mettre ma main au feu que lorsqu'elles seront de nouveau accessibles, elles auront été purgées de tout document concernant Rossi.

– Mais ce n'est pas sérieux de mettre le nez dehors !

Gal a alors une moue dubitative.

– Cette agression sous-entend évidemment que je suis surveillé, mais pas que l'on sait où je me trouve. Il n'était pas compliqué de m'attendre aux archives, à partir du moment où l'on savait ce que je cherchais. Et puis encore une fois, je doute que l'on veuille me supprimer.

– Et le cardinal ? demande Francesco anxieusement.

Gal met un certain temps avant de répondre. Ses yeux errent sur les centaines d'ouvrages alignés sur les rayonnages qui tapissent tous les murs de la pièce. Pour l'essentiel, des livres consacrés à la musique et à Venise, les deux passions de Francesco. Des ouvrages récents et anciens à reliure de cuir, des grands et des petits formats, des catalogues et des beaux livres illustrés dont l'ensemble forme une harmonie apaisante. Une maison d'intellectuels dans laquelle on se sent à l'abri. Comme si tout ce savoir accumulé protégeait des agressions extérieures.

– Le cardinal demeure un problème… peut-être même mon plus gros problème, admet-il pensivement. Mais si je m'en tiens au fait qu'on n'a pas cherché à me tuer, cela le met hors de cause. Je ne vois pas pourquoi il m'aurait empêché d'accéder aux informations qu'il m'envoyait lui-même chercher aux archives. Au contraire : cette agression ne fait qu'ajouter du crédit à tout ce qu'il m'a dit. Et que certains soient prêts à recourir à de telles extrémités pour dissimuler ces informations confirme l'importance de ce qu'il recherche.

– Et si tu te trompais ? Et si l'on avait vraiment cherché à te tuer ?

– Dans ce cas... Lui et moi devrons avoir une discussion sérieuse..., reprend Gal avec une gravité soudaine. D'autant plus que je ne m'explique toujours pas son absence... Et encore moins le fait de ne pas pouvoir le joindre.

« Mais je ne vois pas en quoi cela m'empêcherait de me rendre dans le ghetto, ajoute-t-il sur un ton plus vif. Je suppose que tu connais Claudio Rubelli...

– Le violoncelliste ? bien sûr ! Un puits de science.

– Il est venu me trouver hier soir après le concert. Figure-toi qu'il était également au consulat de France où il m'a entendu jouer Rossi. Et comme je lui demandais s'il connaissait son histoire, il m'a dit qu'il pouvait sans doute m'éclairer un peu. Nous sommes convenus de nous retrouver ce soir, avant la réception à la maison communautaire. Alors tu penses bien que je ne vais pas rester terré ici !

Francesco a un geste de la main qui indique une certaine résignation face à la volonté de son ami.

– Et puis cet incident n'a fait que renforcer ma détermination. Penser le contraire serait mal me connaître. Schultz, violoniste enrôlé dans la Wehrmacht, a été exécuté pour ça par son propre camp. Et cinquante ans plus tard le sujet serait toujours aussi brûlant ? Te rends-tu compte de ce que cela doit cacher ?

Gal regarde son ami, l'air narquois : à le voir aussi inquiet, c'est lui qui aurait besoin d'être réconforté.

– Ah, mon cher Francesco, tu n'imaginais pas, en montant ta société, les conséquences de l'archivage numérique du patrimoine musical vénitien ! Car c'est de là que tout est parti : jamais le cardinal ne m'aurait couru après s'il ne m'avait pas entendu jouer Rossi.

– Si tu comptes vraiment poursuivre dans cette voie, je te conseillerai la bibliothèque de Florence. Elle est plus ancienne encore que celle du Vatican et a longtemps été la plus riche d'Italie. Et je suis à peu près certain qu'elle compte des documents relatifs à Monteverdi…

Le vaporetto numéro un dépose Gal à la Ca' d'Oro où il descend pour continuer à pied jusqu'au ghetto. Dans le quartier moins touristique, les paysages urbains paraissent plus authentiques. Exactement ceux dans lesquels devait évoluer Rossi, se dit le violoniste, comme si ce fait permettait de mieux le comprendre, de s'en rapprocher davantage.

Les maisons du ghetto sont plutôt modestes, essentiellement faites de briques, et construites en hauteur. À l'époque, la superficie manquait pour loger tous les Juifs de la Vénétie. La maison communautaire, qui fait aussi usage d'école, ne déroge pas à la règle.

Gal vient à peine de franchir le seuil de la salle où a lieu la réception qu'il est rejoint par le petit homme à la barbe fournie rencontré la veille. Sans plus attendre, Gal lui pose la question qui lui brûle les lèvres depuis plusieurs heures :

– Qu'avez-vous à m'apprendre sur Rossi ?

Claudio Rubelli, le violoncelliste, éclate d'un rire tonitruant qui le secoue tout entier.

– Vous êtes impatient, mais laissez-moi commencer par le début.

Gal s'efforce de sourire.

– Mon père mettait sans cesse du Monteverdi sur son gramophone, entame son interlocuteur. Il connaissait ses œuvres par cœur. C'est d'ailleurs à Monteverdi que je dois mon prénom. Moi, j'écoutais. C'est parce que j'aimais la gravité de cette musique que j'ai choisi le violoncelle…

– Et c'est parce que vous connaissez si bien Monteverdi que vous êtes au courant de l'existence de Salomone Rossi, coupe le violoniste.

Gal voit alors un sourire s'épanouir sur le visage de Rubelli qui une seconde lui adresse un regard pénétrant. Et il se dit que son intuition était bonne et qu'il a sans doute une chance de recueillir ici quelques informations intéressantes.

Soudain le violoncelliste fait un signe à quelqu'un derrière Gal qui se retourne. Abraham Sinclair, le président de la communauté juive de Venise, lui fait face et dans un élan de sympathie le serre dans ses bras.

– Ce concert a été une réussite exemplaire, enchaîne-t-il aussitôt. Quel dommage que le cardinal n'ait pu se rendre à notre invitation de ce soir !

– Vous n'imaginez pas à quel point je suis d'accord avec vous, réplique le violoniste.

– Mais dites-moi, quel genre de relation entretenez-vous avec lui ?

Gal réprime un sourire. Que doit-il répondre à cette question qu'il ne cesse de se poser lui-même ?

– Nos rapports sont amicaux, dit-il finalement après avoir opté pour une réponse diplomatique. C'est à lui que je dois d'avoir pu jouer hier soir les psaumes de David. Et en ce qui concerne son absence, il m'a parlé d'une obligation à Rome…

– Ah ! le Vatican…, soupire alors le président. Mais je vous prie de m'excuser, on m'indique qu'il est temps que je prononce quelques mots.

Juché sur une petite estrade, d'une voix posée Abraham Sinclair réclame le silence qui peu à peu se fait dans l'assistance. Après avoir désigné Gal sur qui toutes les têtes se retournent avec curiosité et approbation, il adresse ses remerciements au violoniste pour avoir su rapprocher les communautés juive et chrétienne l'espace d'une soirée. Les applaudissements fusent, mais Gal est déjà ailleurs et cherche Claudio Rubelli du regard.

Abraham Sinclair a terminé son discours et le brouhaha général a repris, personne ne s'intéresse particulièrement à Gal. C'est mieux ainsi.

– Champagne ?

Gal baisse les yeux. Claudio Rubelli, qu'il domine de près d'une tête, est devant lui, une coupe dans chaque main.

– Je vous cherchais, justement, dit-il en prenant le verre que le violoncelliste lui tend.

– Ne vous attendez pas non plus à des révélations fracassantes.

– Uniquement ce que vous êtes en mesure de m'apprendre.

– Eh bien, par où commencer ? L'étude de la vie de Monteverdi montre qu'il avait des ambitions démesurées, mégalomanes même.

– Encore Monteverdi ! C'est Rossi qui m'intéresse, le coupe Gal.

– Laissez-moi finir. Vous allez comprendre. En ces temps où l'on bâtissait des cathédrales, lui rêvait d'opéras, de grands orchestres et de chœurs pléthoriques. Or, après être entré en conflit avec le duc de Gonzague, il a été obligé de renoncer aux fastes de la cour de Mantoue. Avec la chaire de Saint-Marc, à Venise, il pensait pouvoir concrétiser ses rêves de grandeur. C'était compter sans la réduction des subventions papales : puisque le peintre le plus génial était capable de réaliser des chefs-d'œuvre seul ou presque, le compositeur pouvait bien se résoudre à travailler plus simplement. Monteverdi a alors pris conscience de ses lacunes en matière de technique dans l'art de moduler les voix et d'écrire des musiques pour chœur à partir d'un échantillonnage vocal restreint.

« Et c'est à partir de ce moment que Rossi, qui avait l'habitude de composer pour la synagogue avec des moyens limités, a pris une véritable importance dans sa vie. Vous savez que les deux hommes se sont connus à Mantoue dès leur plus jeune âge ?

Gal acquiesce.

– Dans un monde musical placé sous la domination de l'Église, plus encline à employer ses paroissiens que les juifs, la proposition de collaboration de Monteverdi servait la cause de Rossi. Et Rossi a saisi cette chance inespérée pour s'introduire dans le monde artistique universel et se libérer du carcan des impératifs religieux…

Claudio Rubelli regarde alors Gal comme s'il attendait son verdict.

– De quel type de collaboration voulez-vous parler ?

– C'est là que les précisions manquent. Mais il était fréquent à l'époque qu'un compositeur attaché à une cour ou une église s'entoure de musiciens participant à ses travaux, au même titre que les peintres s'attachaient les services d'élèves qui profitaient de la maîtrise du maître tout en l'aidant à accomplir les grandes œuvres qui nécessitaient des centaines d'heures de travail.

– Donc, au lieu de cultiver cette amitié judéo-chrétienne, constate Gal, les juifs ont préféré écarter Rossi de leur communauté, comme ils l'ont fait un peu plus tard avec Spinoza en l'excommuniant.

Surpris par la comparaison, Claudio Rubelli lui adresse un sourire.

– On était en pleine Inquisition. Les droits des juifs vénitiens étaient limités, ils ne pouvaient exercer que certaines professions, comme médecin, banquier ou fripier. L'argent était un mal nécessaire, mais avilissant, et l'usure une façon de s'enrichir en profitant du malheur des autres. Tout le monde empruntait, y compris les nobles, le doge, le pape, mais quand le juif réclamait son dû, il passait pour un voleur. Dans ce climat, Rossi écrivait des messes et des cantates pour l'Église. En échange de quoi il bénéficiait sans doute d'une dispense du pape qui l'autorisait à circuler librement et à ne pas porter les attributs réservés aux juifs. Alors, évidemment, cela a dû compliquer ses relations avec la communauté…

Dans la rumeur générale, Gal reste pensif. Les propos du violoncelliste éclairent d'un jour nouveau l'existence de Rossi, même s'il ne s'agit en effet pas de révélations fracassantes.

– Mais je ne pense pas que l'on puisse considérer la collaboration de Rossi avec l'Église comme un acte bienveillant envers cette dernière, reprend Claudio Rubelli comme s'il voulait préciser sa pensée. Ou bien il a préféré entériner son divorce d'avec sa famille hébraïque en se rapprochant du pape, ou bien quelqu'un le contraignait à agir comme il le faisait. Cette attitude peut s'interpréter comme un désir profond d'être reconnu en tant que compositeur à part entière, et non seulement comme homme de synagogue. Ce comportement a d'ailleurs aussi été celui de Mahler qui s'est converti au christianisme. De même pour Mendelssohn, Offenbach et Berg. Rossi n'a pas renié sa judéité, il évoluait au plus près de l'Église, ce qui était suffisant pour que certains y aient vu une trahison.

Le violoncelliste regarde soudain sa montre tandis que Gal l'observe avec reconnaissance, heureux de ce qu'il vient de lui apprendre.

– Oh, mon Dieu ! s'exclame-t-il. Il va falloir que je vous laisse, on m'attend chez moi. Mais croyez bien je suis ravi d'avoir fait votre connaissance. Et quand vous repasserez par Venise, surtout n'hésitez pas à me contacter, conclut Claudio Rubelli en serrant le bras gauche de Gal de sa main droite.

Il n'a pas fait trois pas qu'il se retourne et revient vers Gal.

– Notez que tout ce que je viens de vous raconter n'est pas bien secret. Il suffit d'avoir accès aux bons livres. Mais vous ne m'avez pas dit pourquoi il vous intéresse tant…

– Quelque chose me dit que la postérité a été un peu oublieuse à son égard…

– La postérité… Elle est parfois injuste et capricieuse, comme le reste.

Sa coupe de champagne à la main, Gal regarde le petit homme s'éloigner puis disparaître comme un lutin dans la foule. Il a obtenu ce qu'il espérait et plus encore. En jouant discrètement des coudes, il se faufile jusqu'à la sortie.

Avant de rentrer chez Francesco, fidèle à son goût pour l'errance nocturne dans Venise, Gal fait un détour par le quartier du Dorsoduro. Il n'a pas encore pris la peine d'appeler le Service après l'incident de la matinée. A quoi bon ? Il s'en est sorti seul et ils seront au courant bien assez tôt. Mais au moins rentrera-t-il à Paris avec du « biscuit », et par conséquent toutes les chances de revoir Ève.

Malgré le vent glacial qui transperce ses vêtements, il s'assied sur les marches de la Salute et attarde son regard sur l'eau du canal qui lèche le débarcadère du vaporetto. Où que ses yeux se portent, le mouvement est continuel, tel un défi lancé au sort d'une ville qui s'enfonce lentement sous les eaux.

Ses pensées le conduisent ailleurs, au XVIIe siècle. Il recrée la vie de la cité, reconstitue les habits de velours, les chapeaux à larges bords, les masques se dérobant au détour des ruelles. Puis, levant la tête, son regard se pose sur la basilique Saint-Marc, en face de lui. L'image de Monteverdi à l'abri du saint lieu lui apparaît, avec, près de lui, Rossi. Rossi, violoniste, arrangeur et compositeur, regagnant sa demeure après le concert. Rossi affrontant la nuit et ses bandes de Vénitiens qui, au nom de l'Église, détroussent les juifs identifiables à leur chapeau pointu et au carré d'étoffe jaune sur l'épaule, autant de marques d'opprobre qu'il est dispensé de porter.

Le va-et-vient des embarcations a nettement diminué sur le canal plongé dans son sommeil hivernal. Gal longe le bras de la lagune en passant devant le magasin de sel désaffecté. Une seule lumière brille encore dans la nuit, celle du Harry's Dolce qui retient les noctambules jusqu'à l'aube.

Lorsqu'il rentre chez Francesco et Antonio, il découvre qu'une personne est parvenue à retrouver sa trace : Jean-Grégoire Lépidon. Son agent, fidèle à lui-même, lui a laissé un message où il l'incite à rentrer au plus vite pour établir un programme et ne pas gaspiller les retombées lucratives du concert de Venise que toute la presse acclame. Ce concert que la veille encore il considérait comme un événement sans lendemain…

Mais toujours aucune nouvelle ni du cardinal ni d'Ève…

9

Encore un effort, se dit Gal, parvenu sur le palier du quatrième étage. Le repos du guerrier se mérite, songe-t-il, son violon dans le dos et sa valise dans une main. Avec ses poutres apparentes, son appartement est des plus charmants, mais combien parmi celles et ceux qui s'extasient accepteraient d'habiter un cinquième sans ascenseur ? Heureusement qu'il n'est pas contrebassiste, ou même violoncelliste… Le violon, l'instrument de l'errance… L'un des aspects qui l'ont séduit : que l'on puisse, d'un objet si peu encombrant et si maniable, tirer une musique aussi merveilleuse.

Alors qu'il s'apprête à insérer sa clé dans la serrure, il sursaute : il a à peine effleuré la porte qu'elle se dérobe et s'ouvre devant lui. Les intrus ont dû neutraliser l'alarme.

Avec circonspection, il pénètre chez lui, pose sa valise dans le petit vestibule et, son violon toujours dans le dos, s'avance, jetant un œil sur sa droite dans la cuisine : les placards sont ouverts et le contenu des tiroirs répandu sur le sol avec des débris de vaisselle. Puis il entre dans le salon.

Appuyé au chambranle de la porte, il soupire une seconde en fermant les yeux, avant de les rouvrir sur le désastre. Les instruments à cordes qui étaient accrochés aux murs, photos, souvenirs, tableaux, objets… tout a été mis sens dessus dessous, les meubles renversés, leur contenu éparpillé sur la moquette, les tableaux décrochés comme s'il s'agissait de s'assurer qu'ils ne dissimulaient pas un coffre.

En prenant garde à ne rien écraser, il traverse la pièce jusqu'à son bureau qui a subi le même sort : tiroirs retournés, placards béants, rayonnages débarrassés de leurs livres jonchant le sol... Quelques photos dans leur cadre au verre brisé attirent son regard ici et là, autant de souvenirs souillés. Il en ramasse une en frémissant : lui enfant, entouré par ses parents après l'un de ses premiers concerts.

Sans aucune illusion, il se rend jusqu'à sa chambre qui est dans le même état que le reste de l'appartement : mise à sac. Le lit a été retourné, le matelas ouvert au couteau, des lambeaux de laine dépassent de l'entaille longue d'un bon mètre, la penderie a été vidée, ses vêtements sont répandus dans la pièce...

Cet endroit où il s'est toujours senti si bien, on l'a saccagé. Il ne s'agit pas d'un vulgaire cambriolage – on n'aurait pas mis tant de soin à tout détruire, à tout renverser – mais d'un nouvel avertissement plutôt, une mise en garde visant à le dissuader de poursuivre ses recherches sur Rossi. Ça ne peut pas être autre chose. Surtout après l'incident des archives. Ce qui sous-entend que ceux qui l'ont agressé en savent plus encore sur lui qu'il ne l'imaginait. Ils peuvent l'atteindre à Venise aussi bien qu'à Paris, chez lui ; ils sont puissants, et organisés.

Jamais encore il n'avait retrouvé son appartement ainsi « visité ». Ou plutôt si, une fois, à l'époque où il se consacrait aux renseignements. Mais cela avait été fait avec une méticulosité extrême, par des professionnels, avec l'intention de trouver quelque chose de précis, et sans laisser la moindre trace. Lui-même ne s'en était rendu compte que grâce à un marqueur qu'il avait mis en place dans un des tiroirs de son bureau, et qu'il était impossible de repositionner exactement de la même façon.

Désemparé, il se laisse tomber sur son lit dévasté et y reste assis un moment, son manteau sur lui et son violon toujours dans le dos, comme un voyageur en transit dans une salle d'attente.

Encore sous le choc, il n'a pas pris le temps de vérifier s'il manque ou non quelque chose, mais il en doute. Ce nouveau coup lui fait plus de mal que l'agression dont il a été victime à Venise, et qui pourtant aurait pu lui coûter la vie. Sans compter qu'ils en ont nécessairement appris un rayon sur son passé. Entre les photos, les articles de presse et les différents papiers conservés dans son bureau, cet appartement est l'équivalent d'un véritable registre tenu sur sa vie passée, présente et même future, puisque tous ses prochains engagements sont notés dans son agenda.

Dieu merci, il avait emporté son Stradivarius à Venise, et son Amati est toujours en réparation chez le luthier. Il est passé à deux doigts du pire, se félicite-t-il faiblement, parce qu'il faut bien se raccrocher à quelque chose.

Les épaules affaissées, prenant soudain conscience de la présence de son étui dans son dos, il s'en défait pour le laisser sur le lit et déboutonne son manteau. Il respire mieux. Ses émotions se calmant peu à peu, il peut commencer à réfléchir.

Il est temps d'appeler le Service. Ils ne sont pas du genre à prendre une telle histoire à la légère et sauront l'épauler. Il aurait dû le faire hier matin, juste après l'incident des archives. Ève l'avait mis en garde. Et quelle que soit l'implication du prélat, quelle que soit sa responsabilité, les récents événements lui ont donné raison.

Il s'agit d'une partie pour laquelle il n'est pas de taille à s'engager seul. Appeler le Service, soupire-t-il à l'idée de mettre le doigt dans un engrenage difficilement maîtrisable, c'est replonger dans un passé qu'il a voulu fuir…

Et par la même occasion revoir Ève, à qui il n'a cessé de penser.

Il s'apprête à se lever pour aller dans le salon lorsque la sonnerie du téléphone retentit. Il regarde sa montre. Qui peut bien l'appeler à onze heures du soir ? Certainement pas Lépidon : l'heure de son agent est passée depuis longtemps. Et aucune femme ne partage sa vie en ce moment. Alors ? Dans son appartement dévasté cette sonnerie lui apparaît comme une menace. Une provocation supplémentaire de ses agresseurs histoire de jouer avec ses nerfs ? Il se dirige vers le téléphone tout en évitant de poser son pied sur des objets, tandis que la sonnerie déchire le silence avec une agressivité dérangeante.

Enfin il décroche, s'attendant à ne rencontrer que le silence sur la ligne, ou à ce qu'on lui raccroche au nez, quand il entend son prénom prononcé par une voix qu'il met quelques secondes à reconnaître : le cardinal.

– Où êtes-vous ?

Il a posé la question sur un ton rogue. Il n'a aucune raison d'être aimable.

– À Paris, entend-il Alphonse de Morillon lui répondre d'une voix faible.

– Pourquoi n'êtes-vous pas venu aux archives, espèce de lâcheur ?

– Je vous expliquerai.

– Dans une demi-heure. Au Flore.

Il a raccroché sans même entendre sa réponse. Sans prendre le temps de réfléchir à cet échange si bref, il décroche de nouveau le combiné et compose le numéro du Service.

– KOL 38, répond-il vivement à la voix impersonnelle.

– Quel est le problème ?

Il soupire : il enrage à l'idée de ne pas pouvoir contacter Ève et de devoir passer par ces agents anonymes. Et puis, par où commencer ?

– Cardinal Alphonse de Morillon. J'ai rendez-vous avec lui au Café de Flore dans une demi-heure. Je vous préviens pour le cas où il m'arriverait quelque chose. Et puis je voudrais un rendez-vous avec Ève. C'est elle qui est en charge du dossier…

– C'est noté pour le Flore. Vous avez besoin d'un soutien logistique ? répond simplement son interlocuteur.

Il hésite une seconde.

– Je ne pense pas que ce soit nécessaire.

– Très bien. Pour la suite, on vous contactera.

Assis dos au mur dans le fond de la salle, Gal peut surveiller la porte d'entrée du café. « Pour la suite », lui a dit l'agent au bout du fil lorsqu'il a évoqué Ève. Manière de lui dire de ne pas se faire d'illusions sur l'avenir de leur relation, ou simple façon de parler ? Ces gens sont aussi froids que des iguanes. Tout le contraire de ceux que l'on rencontre dans la musique. Une nécessité liée aux risques d'un métier qui exclut tout sentimentalisme. Une des raisons pour lesquelles il a fui cet univers où il ne se sentait pas bien.

À cette heure, l'animation est retombée et le va-et-vient des serveurs est beaucoup moins intense. Quelques clients sont encore attablés ici et là, mais pas de quoi occasionner la rumeur habituelle. Derrière le guichet, au bas de l'escalier, l'éternelle caissière et le patron qui embrasse la salle de son regard blasé.

Avec son sol de mosaïque, ses grands miroirs muraux, les barres de cuivre astiqué surmontant les banquettes, l'éclairage légèrement jaunâtre, l'endroit qui n'a pas dû bouger depuis son ouverture a toujours plu à Gal.

D'une élégance intemporelle appréciable en ces temps où tout évolue si vite.

Enfin le cardinal apparaît, sa tête de boxeur dépassant d'une écharpe noire enroulée autour de son cou comme une serviette-éponge posée sur les épaules d'un pugiliste à son entrée sur le ring. Ses yeux vifs balaient la salle avant de s'arrêter sur le violoniste qui n'a pas esquissé un geste. Il a l'air dans ses petits souliers.

Gal le regarde s'avancer vers sa table et ne se lève pas pour lui serrer la main.

– Je prends des risques en venant vous retrouver ce soir, commence le prélat après avoir enlevé son manteau.

– Vous en avez surtout évités en me laissant aller seul aux archives. Je suppose qu'il est inutile de vous raconter ce qui s'y est passé. Qu'est-ce que c'était que cette obligation, au juste ?

Un instant Alphonse de Morillon paraît se tasser sur sa chaise comme s'il accusait le coup. Puis il esquisse un sourire, tentative tuée dans l'œuf par l'expression implacable de Gal.

– Je vous prie de m'excuser. Votre réaction est tout à fait justifiée, surtout que j'ai cru comprendre que vous vous en êtes tiré de façon remarquable. Je vous prie de croire que j'étais plus que désolé de ne pas pouvoir vous joindre plus tôt…

– Pas autant que moi, grince le violoniste.

– Je vous demande juste de m'écouter.

– Vous avez intérêt à être très convaincant.

Le cardinal se passe la main droite sur les paupières, comme pour se débarrasser d'une vieille fatigue. Lorsqu'il rouvre les yeux, un serveur attend la commande.

– Armagnac, je vous prie.

Le garçon incline la tête avant de s'éclipser.

– Vous avez douté de ma parole, n'est-ce pas ? entame-t-il en glissant un regard dans la glace en face de lui pour surveiller ses arrières.

– Ne vous en faites pas, le coupe sèchement Gal : je surveille ce qui se passe dans votre dos. Vous pouvez parler tranquillement.

– Il semblerait que nous ayons réveillé des forces obscures, vous et moi, en nous penchant sur le cas de Salomone Rossi. Des forces auxquelles je m'étais heurté il y a un certain nombre d'années et qui à l'époquc m'avaient fait renoncer… Elles sont restées vigilantes et je dois avouer que j'avais sous-estimé leur capacité de réaction.

– Des faits, tranche le violoniste. Épargnez-moi le couplet sur les forces obscures, j'ai toujours eu du mal à y croire.

– Je n'irai donc pas par quatre chemins.

Gal se cale sur la banquette, prêt à écouter les révélations du cardinal.

– Schultz a été exécuté sur ordre d'Hitler, et tout remonte à cet événement, tout est lié au nazisme. C'est là que l'on trouve les racines du mal qui nous concerne. Pourquoi ? Je n'en sais encore rien, mais Rossi, qui était juif, doit être à l'origine de quelque chose qui officiellement ne lui est pas attribué, et la révélation de son rôle véritable aurait déplu à Hitler, et déplairait autant à ceux qui aujourd'hui défendent la même idéologie.

– Plus précisément ? demande Gal, malgré lui encore une fois pris au jeu.

– Vous connaissez la relation pour le moins trouble qu'a entretenue Pie XII avec le nazisme pendant la Seconde Guerre mondiale. C'est un euphémisme, et vous imaginez sans mal combien cela peut me coûter, étant donné ma position, d'énoncer une telle affirmation.

Gal fait un sourire un rien narquois que le cardinal feint de ne pas remarquer.

– Pie XII n'est plus, mais vous vous doutez bien qu'il n'était pas seul à adopter cette politique vis-à-vis du IIIe Reich. Vous êtes bien placé pour le savoir. Ce sont les mêmes qui partageaient ces opinions qui ont organisé la fuite des dignitaires nazis en Amérique latine au lendemain de la guerre. Les mêmes qui n'ont pas été inquiétés pour avoir soustrait ces criminels de guerre à la justice. Aujourd'hui la plupart sont morts, mais l'idéologie est toujours vivace et le réseau toujours actif au Vatican. Ces héritiers du nazisme ont évidemment des relais dans la société civile. L'hydre n'est pas morte, elle ne demande qu'à prospérer à nouveau. Et en s'intéressant à Rossi, on touche là un point apparemment très sensible. C'est ce que j'ai découvert à mes dépens. Les gardiens du temple sont très puissants, et difficilement identifiables. C'est une de leurs forces. Ce sont eux qui me surveillent depuis que je m'intéresse à Salomone Rossi. S'ils m'ont laissé tranquille pendant des années, parce que j'avais laissé tomber mes recherches, je m'aperçois qu'ils me tenaient toujours à l'œil. Ce sont eux qui ont fait en sorte de nous séparer pour que vous vous rendiez seul aux archives.

– Comment ? coupe Gal avec méfiance.

– En me convoquant à une réunion extraordinaire.

– Je pensais qu'un cardinal aurait plus d'autonomie.

– Nous avons tous nos obligations et quelqu'un à qui rendre des comptes, soupire le cardinal.

– Dans ce cas, il ne doit pas être compliqué d'identifier vos adversaires.

Alphonse de Morillon esquisse une grimace.

– Ce n'est pas si simple. Ils sont plus malins que ça, et les organisateurs de cette assemblée ne sont pas nécessairement ceux auxquels vous pourriez penser. Et puis j'en ai déjà identifié certains avec le temps, mais que faire ? Je n'ai ni preuves contre eux, ni rien de très concret à leur reprocher. Je n'ai pas affaire à des novices, si vous me permettez l'expression.

Le violoniste hausse les épaules.

– Je suppose que vous avez entendu parler des luttes d'influence qui agitent le Vatican, poursuit le cardinal, eh bien vous êtes certainement très en deçà de la réalité. Il s'agit d'un lieu de pouvoir comme un autre, le plus ancien lieu de pouvoir sur cette terre, même, et il n'échappe pas à la règle.

– La règle ? demande le violoniste.

– L'ambition. Le pouvoir temporel. Mettre toute la curie dans le même sac serait un raccourci grossier. Mais vous savez ce que c'est : les gens ne regardent jamais que ce qui les arrange, l'exception qui permet d'écorner l'image…

– Mais comment vous surveillent-ils ?…. Emilio ?

Le cardinal secoue la tête catégoriquement.

– Emilio est d'une loyauté sans bornes. Je réponds de lui comme de moi-même, ajoute-t-il, provoquant chez Gal un regard dubitatif. En organisant pour vous ce concert à Venise, on ne peut pas dire que nous ayons joué la discrétion. Mais c'était le meilleur moyen de vous convaincre. Alors j'en ai accepté le risque. Et puis à partir du moment où ils savent mieux que nous ce que je cherche, ce que nous cherchons, rectifie-t-il, ce n'est pas compliqué de nous attendre au tournant. Au moins, l'incident des archives prouve que nous avons vu juste et que nous sommes dans la bonne direction. Et rassurez-vous, il s'agissait d'une manœuvre destinée à vous intimider et à vous faire renoncer. Jamais ils n'auraient osé aller plus loin.

– Me tuer, vous voulez dire ?

Le cardinal acquiesce d'un clignement d'yeux.

– Vous oubliez l'employé des archives.

– Pauvre homme, en effet…

– Mais je suis d'accord avec vous : je doute qu'on ait voulu m'éliminer. C'est d'ailleurs la raison pour laquelle j'ai cessé de vous soupçonner. Ce que je vous reproche, c'est de ne pas m'avoir mis en garde…

Gal observe l'air contrit de l'ecclésiastique.

– Vous risquiez de reculer, si je vous avais alerté d'un quelconque danger. Et puis je n'imaginais pas qu'ils auraient recours à de telles extrémités.

Gal lève les yeux au ciel avec un air exaspéré.

– Je vous demande pardon, mais dans certains domaines vous êtes un enfant de chœur, pour le coup ! Vous vous lancez dans une guerre sans la moindre préparation ! Vous considérez avoir besoin de moi et vous ne me mettez même pas au courant des dangers et des enjeux. Où avez-vous la tête ? Et je viens de découvrir en rentrant de Venise que mon appartement a été mis à sac, poursuit-il sans tenir compte des gestes de protestation de son interlocuteur.

– Mon Dieu…

L'air de rien, Gal scrute sa réaction. Sa surprise paraît réelle.

– On vous a volé quelque chose ? demande-t-il consterné.

– Il ne s'agit pas d'un vulgaire cambriolage. Comme moi, vous comprenez très bien de quoi il s'agit. Mais peu importe, ce qui est fait est fait.

– J'ai eu droit à une visite de ce genre, moins violente peut-être, à l'époque où je m'étais lancé dans cette recherche. Je vois que leurs méthodes n'ont pas changé.

– Pourquoi changeraient-elles ? Et leurs ripostes seront de plus en plus violentes à mesure que la menace augmentera, croyez-moi. Pour en revenir aux archives, j'en suis arrivé à la même conclusion que vous : c'était une intimidation, sinon nous ne serions pas là à discuter tous les deux. Mais il n'empêche que sur le moment je vous ai soupçonné de m'avoir tendu ce piège et que je me suis considéré comme le dernier des imbéciles de m'être laissé entraîner dans vos manigances. Depuis le début j'ai l'impression que vous ne me dites pas tout, que vous me cachez certaines choses. Et si vous espérez qu'il subsiste la moindre chance que je continue à vous suivre, il faut tout me dire… Par exemple, qu'est-ce que j'ai à y gagner ?

– Beaucoup plus que vous n'imaginez, rétorque le cardinal d'une voix calme. Même si cela ne se mesure pas en termes financiers, en honneurs ou en renommée. Vous avez à y gagner la découverte d'une vérité gardée secrète depuis plus de trois siècles. Qu'est-ce que cela représente pour vous ? Je vous laisse seul juge.

– Je suis votre dernier espoir, n'est-ce pas ?

Le cardinal ne répond pas, mais son regard équivaut à une réponse. Gal tourne alors la tête à droite puis à gauche. Leurs voisins sont partis, ils sont les derniers clients. Puis il regarde de nouveau le cardinal. Jamais personne ne l'a encore mis face à un tel dilemme, avec d'un côté la tranquillité, et de l'autre une montagne de risques et de problèmes, et au bout du compte l'inconnu. Pourtant il a déjà fait son choix. A cause d'un violoniste juif mort il y a plus de trois cent cinquante ans.

– Alors ?

Le cardinal paraît perdu dans la contemplation de ses mains croisées sur la table de marbre. Des mains aux doigts courts et épais. Des mains de cogneur qui contrastent avec la douceur de son expression, songe Gal qui malgré les avertissements d'Ève et les récents événements se refuse à le trouver antipathique.

– Que vous aurais-je caché ?

– L'importance de Monteverdi dans la vie de Rossi ? Pour être franc, j'ai été surpris que vous me conseilliez de consulter son dossier. Et puis je me suis rendu à l'invitation d'Abraham Sinclair, qui d'ailleurs vous attendait. L'un des convives, un musicien, m'a parlé des liens ayant existé entre Monteverdi et Rossi. Vous étiez au courant ?

– Cela fait partie des quelques éléments que j'ai pu récolter au cours de mes recherches, mais rien de bien probant pour l'instant. On sait que Monteverdi et Rossi se sont rencontrés à Mantoue au sein de l'école d'Antonio Ingegneri, qui à l'époque était un compositeur en vue. Malgré son jeune âge, Salomone Rossi composait déjà pour les chœurs de la synagogue. Tous deux sont ensuite entrés à la cour du duc de Gonzague à Mantoue, où Rossi aurait introduit sa sœur, Madama, une soprano dont la voix aurait été aussi remarquable que la beauté. La même Madama n'aurait pas laissé Monteverdi indifférent. Lorsque Monteverdi a eu un différend avec le duc de Gonzague, son protecteur, Rossi l'a suivi à Venise où Monteverdi a obtenu la charge de la musique de Saint-Marc. Mais tout cela est de notoriété publique, et je ne vois aucune conclusion explosive à en tirer.

– Cela recoupe ce que m'a dit Claudio Rubelli. Est-ce la seule raison pour laquelle vous m'avez conseillé de consulter le dossier Monteverdi ?

– Comme une piste à suivre, mais difficile à remonter, hélas. Vous pouvez être certain qu'on aura fait le nécessaire pour retirer des archives tout document… sensible.

À ce moment il marque une pause :

– Ce que je ne vous ai pas dit, c'est que Schultz a fait sa fameuse découverte à la Schola Cantorum.

– Je vous demande pardon ? demande Gal qui se sent blêmir.

– Gustav Schultz était détaché à Paris pour y récolter les documents qui sur le plan de la musicologie avaient une valeur historique, dans le but de les rapporter à Berlin. Pour servir la gloire du Reich, bien entendu.

Cela fait partie des rares détails que sa fiancée m'a confirmés lorsque je suis allé la trouver à Berlin, vous vous rappelez ?

Gal secoue la tête en regardant son interlocuteur avec incrédulité. À présent, Schultz l'aurait précédé rue Saint-Jacques, à la Schola, cet endroit qu'il fréquente depuis près d'une dizaine d'années. Comme si les éléments le liant à cette histoire n'étaient pas déjà assez nombreux.

Les idées se bousculent dans sa tête. Y aurait-il des archives à la Schola dont il ignore l'cxistence ?

– Mais ne comptez pas retrouver quoi que ce soit d'intéressant à la Schola Cantorum. Les Allemands y ont fait le ménage pendant l'Occupation. J'ai pu m'en rendre compte par moi-même, il y a une quinzaine d'années.

À l'autre bout de la salle, le patron bâille à s'en décrocher la mâchoire. Le café va fermer et il temps de clore cette conversation.

– Mon ami Francesco Lipi m'a suggéré la bibliothèque de Florence, hasarde Gal. Mais j'aurais besoin qu'on m'y introduise.

– Je ne devrais pas avoir de difficulté à vous obtenir ça. Avec le risque que se reproduise le même type d'incident qu'à Venise. Mais…

Alphonse de Morillon semble hésiter.

– L'autre piste, qui est à mon avis la plus prometteuse, ce serait de retrouver les survivants de cette soirée de novembre 1940 au cours de laquelle Gustav Schultz a été exécuté.

– Vous plaisantez ? lui demande Gal éberlué par ce qu'il vient d'entendre.

Le cardinal vide son verre.

– Non ! Je veux parler de Franz Becher et de Jürgen von Staden, respectivement aide de camp du feld-maréchal Keitel et secrétaire particulier de Ribbentrop.

Les mains posées à plat sur la table, Gal se recule alors sur la banquette, comme pour mieux observer son interlocuteur.

– Vous ne doutez décidément de rien…

– Réfléchissez, insiste le cardinal sans se démonter. L'un et l'autre ont au maximum une quinzaine d'années de plus que moi. Il y a donc de bonnes chances pour qu'ils soient toujours de ce monde. Surtout que ni l'un ni l'autre n'ont jamais été au front.

« Écoutez, reprend-il tandis que Gal le regarde comme s'il avait affaire à un insensé, j'ai bâti toute mon existence sur le drame qui s'est déroulé ce soir-là. C'est très certainement ce qui a déterminé ma vocation. Pas un jour n'a passé sans que j'y pense, j'ai mené ces recherches avec la plus grande conviction. Et je suis parvenu à retrouver les noms de Becher et von Staden. Comme par hasard, on perd leur trace après la guerre. Keitel et Ribbentrop ont été exécutés à l'issue du procès de Nuremberg, mais eux ont disparu. Or ils savent nécessairement quelque chose : comme je vous l'ai dit lors de notre première rencontre, Becher est celui qui est allé chercher Schultz à la Schola cantorum, c'est la fiancée qui me l'a appris. Quant à von Staden, c'est lui qui est allé passer le fameux coup de téléphone à Berlin et qui est revenu avec les informations qui ont été fatales à Schultz.

– Donc ?

– Donc le plus efficace serait de leur mettre la main dessus…

– Et c'est pour ça que vous avez fait appel à moi. Vous vous êtes dit qu'avec mon passé je pourrais réussir là où vous aviez échoué.

Le cardinal ne réagit pas.

– Seul je ne peux rien, poursuit Gal. Le type d'opération que vous envisagez nécessite toute une préparation et une logistique dont je ne dispose absolument pas.

Comme celles auxquelles j'ai participé, il y a plus de quinze ans, mais nous étions des dizaines, avec l'appui de tout un service gouvernemental et des moyens considérables, assène-t-il en prenant soin de ne pas trop hausser la voix.

– Un secret vieux de plus de trois siècles, qui a fait sortir Hitler de ses gonds et ruiné ses chances d'alliance, ou en tout cas de rapprochement, avec les États-Unis. Cela a peut-être autant de valeur que le désir de rendre la justice en rattrapant ceux qui tentaient de s'y soustraire, vous ne pensez pas ?

Gal sort un billet de sa poche et fait un signe au serveur qui s'approche déjà.

– Il est tard, ils vont fermer. Je vous invite. Je vous dois bien ça, avec toutes les distractions que vous me fournissez !

Alphonse de Morillon se lève, ignorant le sarcasme. Les deux hommes se dirigent vers la sortie puis se retrouvent sur le trottoir dans la nuit froide. Le kiosque à journaux est fermé, la plupart des vitrines sont encore allumées, quelques voitures circulent sur le boulevard mais les piétons se font rares.

– Je vous demande juste de réfléchir, conclut le cardinal en lui serrant la main. De mon côté, je vous obtiens une entrée à la bibliothèque de Florence.

Encore abasourdi, Gal observe le petit homme traverser le boulevard en cavalant jusqu'à la station de taxis où, fait extraordinaire à une heure pareille, l'attend une voiture libre.

Il doit décidément y avoir un bon Dieu pour les insensés, se dit-il en se dirigeant vers la rue des Saints-Pères, écœuré à l'idée de regagner son appartement dévasté.

10

Un instant, Gal se laisse distraire par les soldats de plomb alignés comme à la parade derrière la vitrine du magasin. Jouets hors de prix pour adultes demeurés des enfants. Lanciers, dragons, hussards, grenadiers de la Garde impériale, artilleurs, aucun ne manque à l'appel. Il reconnaît qu'ils ont de l'allure et que leurs modèles de chair et d'os devaient en avoir tout autant, au cours des campagnes napoléoniennes. Mais ils ne représentent que la partie glorieuse de la guerre, celle dont la magnificence fait oublier le reste, les horreurs, la boucherie, les amputations sur le champ de bataille, les milliers de morts laissés sur le terrain en pâture aux charognards et aux détrousseurs de cadavres, les viols à la chaîne et les populations déplacées... Les uniformes de la Wehrmacht et de la SS aussi avaient de l'allure, et pourtant...

Rendez-vous lui a été donné au Palais-Royal. Avec ses arcades l'endroit fait penser à un cloître dans lequel déambulerait une procession de moines en prière. L'influence du cardinal, évidemment. La pluie fine qui ne cesse de tomber depuis une heure l'a forcé à se réfugier sous la galerie qu'il arpente dans le sens des aiguilles d'une montre. Statistiquement, la majorité des gens tournent dans ce sens, et il parie que son contact, au contraire, arrivera de face. Ève, peut-être...

La pluie et le froid aidant, le jardin est désert. Il a passé une partie de la matinée à trouver un serrurier, et à tenter de remettre un peu d'ordre dans son appartement, avant de recevoir un appel de Jean-Grégoire Lépidon qui lui a proposé une série de concerts, à Paris, à Bruxelles, à Beaune et à Vienne en Autriche, autant de propositions qu'il a accueillies avec un enthousiasme modéré. Il n'a pas la tête à ça. Et puis, le spectacle de son appartement en désordre et le vacarme du serrurier s'escrimant sur sa porte n'étaient vraiment pas propices à ce genre de projets.

Il achève son premier tour du jardin et passe de nouveau devant les colonnes de Buren désertes sous la pluie. Il s'apprête à entamer un deuxième tour lorsqu'il aperçoit une silhouette masculine qui s'avance vers lui. À mesure qu'il approche, il a la conviction qu'il s'agit de son contact. Grand, jeune, les cheveux longs, un blouson de cuir, un jean et des baskets, un aspect général athlétique. Le regard affûté et glissant de ces citoyens clandestins, soldats de l'ombre, toujours en guerre dans des pays que l'immense majorité de la population considère pourtant comme épargnés par les conflits.

– Tu préfères aller dans un café ou bien continuer à tourner ? lui demande directement l'inconnu.

– Continuons à tourner, répond Gal à qui cette formulation rappelle celle employée dans les prisons à l'heure de la promenade. J'espérais voir quelqu'un d'autre…

– C'est ce qu'on m'a laissé entendre, désolé de te décevoir, fait l'homme en lui emboîtant le pas. Mais le Service n'est pas une agence de rencontres.

– Où est-elle ? ne peut-il s'empêcher de demander en ignorant le sarcasme.

– En mission. Quel est ton problème ?

Gal esquisse un sourire pincé. Quelle autre réponse espérait-il ?

Il a décidé de ne pas revenir sur l'incident des archives et la visite de son appartement. Il les a déjà évoqués au téléphone lorsqu'ils l'ont recontacté pour fixer ce rendez-vous. Entre-temps, il a réfléchi à sa dernière conversation avec le cardinal et entreprend d'aller droit au but. Qu'a-t-il à perdre ? S'il coupe tout contact avec l'ecclésiastique et met fin à ses recherches sur Rossi, ses nouveaux ennemis sans noms ni visages le laisseront en paix, mais il risque de vivre le restant de ses jours avec une question demeurée sans réponse. Alors autant poursuivre.

– Dans un premier temps, j'aurais besoin de retrouver la trace de deux anciens nazis. Franz Becher, qui pendant la Seconde Guerre mondiale était aide de camp de Keitel, et Jürgen von Staden qui était le secrétaire particulier de Ribbentrop.

– Et dans un deuxième temps ?

– Leur mettre la main dessus et les faire parler. Faire remonter à la surface certains de leurs souvenirs.

– Quel est le problème ? répète l'autre imperturbablement.

– Becher a été chargé par Hitler en personne de l'exécution d'un violoniste allemand qu'il était lui-même allé chercher pour jouer devant le Führer en 1940.

– Et von Staden ?

– Après avoir passé un coup de fil à Berlin à la demande d'Hitler, il est revenu avec une information qui a été fatale au musicien.

– Et tu crois qu'on va déclencher une opération pour ça ? Ton violoniste, il était juif ?

– J'en doute, soupire-t-il, conscient de la faiblesse de ses arguments. On ne fait pas venir un violoniste juif pour divertir Hitler. C'était un Allemand enrôlé dans la Wehrmacht. Mais il a rendu Hitler fou avec un document qu'il avait apporté. Et c'est justement le contenu de ce document qui m'intéresse.

– D'où tiens-tu tout ça ?

– De la bouche de celui qui a assisté à la scène dans un château de la Nièvre. À l'époque, c'était un petit garçon. Aujourd'hui, il est cardinal.

– Tu fais allusion à Alphonse de Morillon ?

– Exactement, réplique-t-il légèrement tendu par l'opposition qu'il sent chez son interlocuteur.

– Et tu fais confiance à un serviteur du pape ?

– Il n'a aucune raison de me raconter des histoires. Il m'a au contraire donné des preuves de sa sincérité. C'est lui qui a organisé le concert du roi David à Venise.

– Il y a eu des millions de morts assassinés par trains entiers, et tu me sors une histoire de violoniste allemand assassiné il y a cinquante ans ! D'abord, qu'est-ce que tu gagnerais à attraper ce Becher et ce von Staden ?

Gal se trouve en porte à faux. Effectivement, s'adresser aux services secrets de l'ambassade pour résoudre le problème personnel du cardinal peut sembler inconsidéré quand on sait l'importance de leurs missions.

– Reprenons autrement. Le cardinal a été témoin d'un drame qui symbolise toute l'horreur du IIIe Reich. Le violoniste est mort exécuté, alors qu'il y a de fortes chances pour que Becher et von Staden soient toujours vivants. Le papier que Schultz a montré à Hitler avait très certainement un rapport avec le judaïsme…

L'agent hausse les épaules.

– Voilà des années que le cardinal cherche à découvrir ce secret, plaide Gal. Et il se trouve que ce secret serait lié à un certain Rossi, un violoniste juif mystérieusement disparu en 1630.

– Quand ça ? l'interrompt l'agent sans aucun ménagement.

– Tu m'as bien entendu, soupire Gal. C'est en m'apprêtant à faire des recherches sur ce Rossi aux archives de Venise que j'ai été agressé. À la fin du XXe siècle, il y a donc encore des gens prêts à tuer pour garder ce secret. Et si par la même occasion nous aidons le cardinal, ça pourrait nous servir un jour. Si mon affaire ne paie pas de mine, j'ai la conviction qu'elle va révéler plus qu'on ne le suppose.

C'est à lui d'essuyer le regard d'incrédulité que la veille il adressait au cardinal, lorsque ce dernier lui faisait part de son ambition de coincer Becher et von Staden.

– Je ne voudrais pas être désagréable, enchaîne finalement l'agent, mais en admettant que l'on parvienne à découvrir sous quelle identité Franz Becher et Jürgen von Staden se cachent, des types avec des passés comme les leurs, qui vivent dans le mensonge depuis la guerre ne vont pas se mettre à parler simplement parce que tu leur poses des questions. On sera contraints d'employer les gros moyens. De prendre des risques. Tu crois vraiment que ça en vaut le coup ?

– On ne le saura qu'après, admet Gal après une seconde d'hésitation, mais il s'agit tout de même d'anciens nazis. Ils parleront peut-être plus facilement que tu ne le penses. L'un et l'autre sont vieux à présent, et il se peut qu'ils aspirent à terminer leur existence en paix, sans avoir à trembler de peur chaque jour qu'il leur reste à vivre.

Les deux hommes se sont arrêtés devant les colonnes de Buren qui luisent sous la pluie incessante. Gal sait que son temps de parole est fini, que d'une minute à l'autre son interlocuteur aura disparu pour aller faire son rapport. Un rapport qui ne lui sera sans doute pas favorable.

– Bon. Je fais remonter l'info et on te tient au courant. Je ne voudrais pas jouer les oiseaux de mauvais augure, mais je doute qu'on accède à ta demande. C'est chaud en ce moment. Très chaud. Alors un violoniste italien mort depuis des siècles… Et ton appartement, on t'a volé quelque chose ?

– Non rien.

– Tu n'as pas besoin de protection ?

– Ça ira.

– Tant mieux. Ne crois pas qu'on ne prenne pas tout ça au sérieux, mais ça sort vraiment du cadre, ton histoire.

Gal sourit encore faiblement tandis que l'autre s'est déjà volatilisé. Ce n'était pas le bon interlocuteur, pas assez réceptif, trop jeune peut-être, et lui n'a sans doute pas été assez convaincant. Avec Ève, les choses auraient été différentes. Mais on n'a pas voulu lui faire ce cadeau. Ève qui été sa principale motivation pour se lancer dans cette histoire et qui à présent se dérobe. Est-elle vraiment en mission quelque part, ou bien n'a-t-elle pas souhaité le voir ? Enfonçant ses mains dans ses poches et la tête dans les épaules, il se dirige vers la place du Palais-Royal où crépite toujours la pluie.

11

Vienne. Contre toute attente, l'ouverture est venue de son imprésario. Jean-Grégoire Lépidon lui a proposé un concert à l'église des Chevaliers Teutoniques. Un remplacement au pied levé, dans cet univers où les soirées et les engagements s'organisent un an à l'avance.

Gal était sorti amer et dépité de ce rendez-vous avec l'agent sans nom sous les arcades du Palais-Royal. Il avait eu l'impression d'être pris pour un fou. Et la pluie qui n'en finissait pas de dérouler son rideau d'humidité n'arrangeait pas les choses.

Mais il avait eu une idée en traversant la Seine entre le Louvre et le quai Voltaire. Une idée lumineuse en cette journée si sombre qui avait jailli de son esprit après sa conversation avec Lépidon. À peine rentré chez lui, plus rincé qu'un chat mouillé, il avait appelé le centre de documentation Simon-Wiesenthal à Vienne.

Le célèbre chasseur de nazis n'avait pas tardé à le prendre au téléphone, signe que sa mémoire était toujours bonne, et l'avait écouté avec son attention coutumière. Il se souvenait parfaitement que Gal Knobel, alors tout jeune violoniste, avait joué un rôle quelque trente ans plus tôt à Buenos Aires dans la traque d'Eichmann. Ricardo Klemente, *alias* Adolf Eichmann, que lui-même avait localisé des années plus tôt en Argentine alors qu'on le croyait réfugié en Syrie.

Gal a obtenu un rendez-vous sur place, ce type de requête si particulière ne pouvant pas se faire par téléphone. Puisque le Service ne daigne pas s'occuper de son dossier, il s'en chargera lui-même. Cette quête ne lui apportera peut-être pas la compagnie d'Ève, mais il est contaminé par le virus Rossi et se sent trop d'affinités avec le violoniste italien pour le laisser croupir dans l'oubli où il est plongé.

Vienne où tout a commencé. Ville de culture à l'architecture si caractéristique, dont le rayonnement international doit tant aux apports de la communauté juive longtemps si bien intégrée. Cette ville dans les rues de laquelle a dû passer celui qui à l'époque se rêvait artiste et devait mettre le monde à feu et à sang. Sans doute est-il normal que le centre de documentation Simon-Wiesenthal y ait son siège…

L'intérieur est sombre.

Un ascenseur hors d'âge le hisse péniblement au troisième étage dans des grincements de vieux gréement. En l'absence de Simon Wiesenthal qui au téléphone lui avait annoncé qu'il serait en déplacement, il a rendez-vous avec un certain Joseph Rosenblum, « à qui vous pourrez parler comme à moi-même », a indiqué le chasseur de nazis.

Un petit homme chauve au regard perçant et au costume gris l'attend sur le palier. L'allure d'un médecin ou d'un avocat à la retraite, se dit Gal qui sait qu'un certain nombre de retraités rescapés de la Shoah offrent bénévolement leur collaboration au centre.

– Gal Knobel ? Joseph Rosenblum. Enchanté, lâche-t-il dans un français parfait à peine teinté d'un léger accent en lui serrant la main. Vous voulez bien me suivre ?

Gal lui emboîte le pas dans un couloir aux murs sombres et lambrissés, jusqu'à une sorte de petit salon meublé dans un style viennois assez chargé, agrémenté de deux fenêtres. À cette heure, on a allumé un lustre en verroterie et deux lampes aux abat-jour de métal peint. Hormis le fauteuil derrière le bureau et les deux chaises en bois tourné qui lui font face, tous les meubles sont recouverts de plusieurs piles de dossiers. Quant au sol, des empilements de documents s'y sont épanouis jusqu'à hauteur du genou. Tout juste a-t-on ménagé quelques « passages » permettant de se frayer un chemin dans la pièce.

– Asseyez-vous si vous le pouvez, l'enjoint le petit homme comme s'il avait deviné sa pensée. Vous vous demandez sûrement comment nous faisons pour nous y retrouver : c'est assez compliqué, mais un peu moins que ça n'en a l'air. Évidemment l'informatique va changer tout ça, mais quand nous avons commencé, elle était pour ainsi dire inexistante. Vous fumez ?

D'un geste de la main, Gal refuse la boîte à cigarettes qui lui est tendue.

– À mon âge, ça n'a plus grande importance. Alors… de quoi s'agit-il ? demande-t-il après avoir allumé sa cigarette avec un briquet en or, ses yeux scrutant Gal avec une curiosité bienveillante.

– Il s'agit de retrouver la trace de Franz Becher, aide de camp du feld-maréchal Keitel, et de Jürgen von Staden, secrétaire particulier de Ribbentrop, et qui tous deux ne devaient pas avoir plus de vingt-cinq ans en 1940.

Joseph Rosenblum expire la fumée de sa cigarette en le regardant fixement.

– Vous devez savoir qu'étant donné l'investissement, en temps, en contacts et en ressources humaines, que cela représente, nous sommes obligés de focaliser nos recherches sur les cas les plus… les plus lourds. Les deux hommes dont vous parlez étaient au cœur du pouvoir, mais si nous ne nous sommes pas penchés sur leurs cas, c'est qu'il y avait plus urgent.

Gal s'attendait à cette réserve : le temps est essentiel dans la chasse aux nazis. Simon Wiesenthal et ses collaborateurs en ont conscience : quarante-cinq années se sont écoulées depuis la fin de la guerre et ils jouent contre la montre. Leurs ressources sont limitées et à mesure que le temps passe, nombre de leurs « cibles » disparaissent de mort naturelle, échappant ainsi à leur châtiment. Ils sont obligés de faire des choix.

D'un autre côté, après son entretien téléphonique avec Simon Wiesenthal, Gal a eu tout le loisir de préparer son argumentation. Et il a face à lui un homme d'une tout autre trempe et d'une tout autre culture que l'agent du Palais-Royal. Un rescapé de la Shoah, de la même génération que les deux hommes qu'il recherche.

– Qu'ont-ils fait pour provoquer votre intérêt ? Ni l'un ni l'autre ne figure sur les listes de criminels de guerre à rechercher en priorité.

Gal sourit. Il ne s'agit pas là de rendre la justice, comme pour Eichmann, mais de découvrir un secret dont ils sont peut-être les derniers dépositaires. Un secret assez lourd pour faire sortir Hitler de ses gonds dans une occasion où plus que jamais il aurait dû garder son sang-froid.

– Savez-vous qui était John Dale ?

Devant l'ignorance de son interlocuteur qui a déjà allumé une nouvelle cigarette, Gal entame son histoire : la rencontre entre Hitler et l'extrémiste américain en vue d'un rapprochement entre l'Allemagne nazie et les États-Unis, le récital donné par le violoniste de la Wehrmacht, sa requête concernant Rossi et son exécution par Becher sur ordre du Führer.

À la fin de son récit, Gal observe Joseph Rosenblum essuyer ses lunettes puis les chausser comme s'il souhaitait mieux voir son interlocuteur. Il ne sait si c'est bon ou mauvais signe, s'il veut mieux distinguer l'illuminé qu'il a en face de lui ou au contraire le considérer avec plus d'intérêt.

– Un secret assez important pour avoir pesé sur le cours de la guerre, reprend finalement Joseph Rosenblum. Intéressant en effet, très intéressant.

Il marque un temps d'arrêt pendant lequel Gal laisse son regard courir dans la pièce, sur ce mélange de mobilier vieillot et de montagnes de documents qui recèlent des milliers d'informations d'une importance capitale, glanées au fil des ans et au gré des témoignages, au sujet d'anciens criminels de guerre.

– Et vous pensez que ces deux hommes représentent le seul moyen d'obtenir les clés de ce drame ?

– Apparemment certains réseaux au Vatican déploieraient beaucoup d'efforts afin de conserver ce secret.

– Cela permettrait de donner un coup de pied dans la fourmilière, si vous me permettez l'expression, dit Rosenblum avec un sourire.

– Cela aurait en effet des répercutions immédiates, renchérit Gal, heureux que son interlocuteur se soit laissé glisser sur ce terrain.

– Nous vous transmettrons le résultat de nos recherches dès que possible, conclut Joseph Rosenblum en désignant les dossiers empilés un peu partout dans la pièce. Mais Simon Wiesenthal a dû vous prévenir que nous ne transmettons jamais le résultat de nos recherches à un particulier. Cela doit obligatoirement transiter par une organisation.

– Il m'a prévenu. Vous pourrez les transmettre au Service des achats, boulevard Malesherbes à Paris.

– Laissez-moi vous raccompagner, tranche Joseph Rosenblum en se levant.

Gal l'imite et prend garde à ne pas faire basculer une pile de dossiers en regagnant la porte.

Le couloir labyrinthique en sens inverse. Dans lequel Gal croise un homme aux manches retroussées, le bras marqué du tatouage caractéristique. Un homme de l'âge de Joseph Rosenblum. Les derniers survivants sur les traces de leurs derniers bourreaux. Un couloir comme les méandres du cerveau, ouvrant sur des pièces bourrées à craquer de dossiers. La mémoire de la barbarie. Pesante et salutaire.

Sur le palier, d'un geste vif le petit homme ouvre la porte de l'ascenseur et invite Gal à y pénétrer.

– Je ne pense pas que votre Rossi représente un intérêt capital pour nous. Mais il me paraît intéressant de percer cette malédiction qui dure depuis l'éternité et fait régulièrement de nous des persécutés, dit-il en serrant la main de Gal devant la porte. Nous allons faire notre possible. Vous savez comment ça fonctionne. Ce genre de recherches peut aboutir en quelques semaines, ou ne jamais donner aucun résultat. Mais au moins, nous pouvons nous enorgueillir de ne jamais lâcher prise, achève-t-il en serrant la main du violoniste.

À peine la porte grillagée de l'ascenseur s'est-elle refermée dans un fracas métallique que le petit homme a tourné les talons. Le travail de mémoire est une course contre la montre, se dit Gal tandis que la cabine l'entraîne vers le rez-de-chaussée.

De retour à Paris, après avoir gravi les cinq étages à pied, valise en main et violon dans son dos, Gal insère sa clé dans la nouvelle serrure de sa porte d'entrée, intacte cette fois. Le concert dans l'église des Chevaliers Teutoniques s'est bien déroulé, mais c'est surtout son rendez-vous au Centre de documentation Simon Wiesenthal qui le satisfait. Sans pouvoir avancer le moindre délai, Joseph Rosenblum l'a assuré qu'il veillerait à ce que ces recherches aboutissent. Exactement ce que Gal espérait.

Dans la semi-obscurité de son salon, le voyant de son répondeur clignote. Il reconnaît immédiatement la voix du cardinal à qui il n'a encore rien dit de sa démarche à Vienne :

« Je me suis occupé de votre visite à la bibliothèque de Florence. Rappelez-moi dès que vous aurez pris connaissance de mon message, si vous êtes toujours prêt. »

Oui, il est prêt. Plus que jamais, même. Et, avec un regard pour ses instruments qu'il a remis à leurs places sur les murs, il se dit que la chance va peut-être enfin changer de camp.

12

À la sortie de la gare de Florence, Gal avise la file de taxis et se dirige vers le premier d'entre eux. Une grève des aiguilleurs du ciel l'a contraint à prendre le train de nuit. Le staccato des roues sur les rails n'est pas parvenu à le bercer. À plusieurs reprises au cours du voyage, se tournant et se retournant sur sa couchette, il s'est demandé vers quels ennuis il se dirigeait. Mais à présent, le soleil florentin qui dore la pierre des façades Renaissance et la vitalité italienne lui redonnent du baume au cœur.

Une fois que Gal s'est installé dans la Fiat Croma diesel aux allures de vieux tacot, le chauffeur tente sa chance et, le regardant dans le rétroviseur, lui demande s'il a un itinéraire préféré. Heureux le passager qui connaît assez la ville pour échapper aux trajets sinueux concoctés pour les plus naïfs, songe le violoniste qui connaît Florence comme sa poche.

– Suivez la rive de l'Arno par le Lungarno delle Grazie, ensuite piazza dei Cavalleggeri et Piazza di Santa Croce.

– Va bene, lance le chauffeur en démarrant en trombe.

Tandis que le véhicule aussi souple et silencieux qu'un tank s'insère dans le flux de la circulation, Gal sort de sa veste le mot que lui a transmis le cardinal. « Allez à la basilique Santa Croce. À la fin de la messe, adressez-vous à l'évêque Bartolomeo Zucca. Une chambre vous attend au Prieuré. Déjeuner prévu avec l'évêque et le père Signora. Visite privée à la bibliothèque nationale, Piazza dei Cavalleggeri, située entre la basilique et le Lungarno delle Grazie au bord de l'Arno. Remettez la lettre jointe au directeur de la bibliothèque. Bonne chance. Alphonse. »

Sans prêter attention au paysage qui défile derrière les vitres du taxi, aux Klaxons et aux Vespas qui les frôlent, Gal sourit intérieurement : avec une simplicité charmante le cardinal a signé de son prénom…

Au bout d'un moment, Gal reconnaît Santa Croce.

Une fois la course payée et la Croma absorbée dans le trafic, valise en main et étui sur l'épaule, le violoniste fait les cent pas en attendant que l'office religieux se termine. Avec sa taille monumentale, l'église a des allures de cathédrale, mais il est vrai que la ville regorge d'édifices religieux et a longtemps brillé par sa magnificence.

Soudain, le carillon retentit et les premiers paroissiens quittent l'édifice. L'heure pour lui d'aller à la rencontre de l'évêque Bartolomeo Zucca. Remontant le flot des fidèles sous la nef imposante, debout devant l'autel il aperçoit enfin l'évêque dont la petite stature et l'étrange ressemblance avec le pape Pie XII le surprennent.

– Gal Knobel, je suppose. Soyez le bienvenu parmi nous, déclare l'évêque en lui serrant la main avant même qu'il ait eu le temps de se présenter : l'étui à violon qui partout où il se trouve joue le rôle d'étendard.

L'ecclésiastique a formulé ces propos avec un regard et un sourire bienveillants qui d'emblée frappent le violoniste. Alphonse a dû le recommander chaudement, pour qu'il ait droit à un tel accueil, se dit-il, constatant que pour la première fois il vient de l'évoquer par son prénom.

– Si vous voulez bien me suivre, je vais vous conduire au prieuré, dit l'évêque. J'ignorais que vous aviez prévu de jouer à Florence, ajoute-t-il une fois dans la sacristie tout en enlevant sa chasuble.

– Pas du tout, je n'ai aucun engagement. Mais je ne me sépare jamais de mon violon. Avec le temps, même un quart d'heure par jour, sa pratique est devenue pour moi une hygiène de vie nécessaire.

– Si ce n'est pas trop vous demander, j'aimerais beaucoup avoir droit à un aperçu de vos psaumes de David. Mais surtout ne vous sentez obligé à rien.

– Rassurez-vous : en matière de musique je ne me sens jamais obligé à rien. Si ce n'est à tenter de satisfaire mon public, réplique le violoniste avec un sourire.

– On m'a rapporté que vous vous intéressiez à Monteverdi, remarque l'évêque à présent vêtu d'une simple soutane noire.

– Comme de nombreux musiciens, oui. Il se trouve que j'enseigne à la Schola Cantorum de Paris et son fondateur, Vincent d'Indy, a beaucoup œuvré pour la renommée de Monteverdi en France. C'est lui qui a permis la première représentation d'*Orfeo* à Paris.

– Claudio Monteverdi est l'une de nos gloires nationales, dit Bartolomeo Zucca. Il n'est pas le seul, nous avons aussi d'illustres compositeurs, inventeurs, peintres, et d'augustes papes. L'Italie est un pays petit par sa superficie mais grand par son esprit.

Que répondre à une telle évidence ? Et puis Gal préfère sourire de cette propension rencontrée chez tous les peuples à vanter les vertus de leur pays ; une fierté que l'on retrouve même chez les hommes de Dieu.

Une fois dehors, les deux hommes sont rejoints par le père Signora, un personnage grand et replet, au teint rubicond et aux cheveux noir corbeau qui propose au violoniste de le guider jusqu'à sa chambre dans le prieuré pour y déposer ses bagages. Après quoi ils déjeuneront et établiront le programme de l'après-midi. L'évêque profite de la présence du père Signora pour partir de son côté.

– Vous venez faire des recherches à la bibliothèque, n'est-ce pas ? lui demande soudain le prêtre après avoir parcouru plusieurs centaines de mètres dans les allées du jardin sans prononcer le moindre mot.

– On vous a bien renseigné, sourit Gal.

– Alors vous devriez avoir des chances de trouver ce que vous êtes venu chercher. La bibliothèque de Florence, qui a existé avant celle de Rome, fut longtemps la plus riche du pays.

– C'est ce que je me suis laissé dire…

Se sentant encouragé, le père Signora lui lance un regard vif avant de poursuivre tout en continuant à le guider dans ce dédale de bosquets et d'allées qui semble une enclave retirée du monde.

– Aujourd'hui, les deux établissements collaborent, si bien que les différences s'aplanissent. À l'origine, les très nombreux livres, lettres et documents qui constituent le fonds de la bibliothèque ont été archivés par un certain Antonio Magliabechi. Au XVIIe siècle, le duc Jean Gaston de Médicis a créé une bibliothèque dans le palais des Offices, où il a installé les trésors amassés par Magliabechi. Son successeur, le duc de Lorraine, a repris le flambeau et enrichi le musée palatin d'ouvrages et de manuscrits rares. Puis Francesco De Sanctis a rassemblé l'inestimable patrimoine de la Palatine et de la Magliabechiana dans un seul édifice, la bibliothèque de Florence…

Dans le prieuré, une bâtisse labyrinthique conçue pour répondre aux exigences de la vie d'une importante communauté religieuse, Gal se laisse guider dans une série de couloirs et galeries où règne une atmosphère de sérénité. Parvenu devant une porte en bois, le père Signora s'arrête enfin.

– Voici votre chambre. Je vous montrerai plus tard comment y accéder de l'extérieur. Le frère Rosalio viendra vous chercher à l'heure du repas. Ce qui vous évitera de vous égarer en tentant de retrouver votre chemin tout seul, ajoute-t-il avec malice.

Gal pénètre dans la pièce rectangulaire, sombre et austère. L'atmosphère glaciale fige un instant l'expression de son visage.

– Ce n'est pas un cinq étoiles, mais vous trouverez ici l'essentiel, ajoute le prêtre pour le réconforter. Ne vous offusquez pas de la présence du crucifix sur le mur, regardez-le comme une décoration, l'Église ne vous en tiendra pas rigueur.

Le père Signora parti, Gal considère le confort spartiate de la cellule. Puis il s'allonge sur le petit lit en bois dont les draps de bure et la couverture en grosse laine serrée lui rappellent la vie militaire…

Malgré le calme des lieux, il ne parvient pas à mettre de l'ordre dans ses idées. Quelle tournure donne-t-il à son existence : un jour ici, un jour là, à fréquenter des univers si éloignés du sien ? La musique est la substance de sa vie, elle devrait en constituer le souci majeur, au lieu de cela il dépense son énergie à voyager dans le passé, entre 1630 et 1940.

Aujourd'hui Florence l'accueille, elle qui en 1612 recevait Monteverdi pour une représentation de son *Orfeo*. Il a eu le temps de se renseigner sur la vie et l'œuvre de Monteverdi : personnage avide d'honneurs, pour une raison inconnue, sur le tard il renonce à cette existence brillante pour entrer dans les ordres et se retirer du monde. Mais sur Rossi rien ou presque, dans les écrits consacrés à Monteverdi. Aurait-il eu pour le maître une importance plus grande que ce que l'histoire a retenu ? Mais pourquoi une telle révélation aurait-elle mis Hitler dans un état d'hystérie meurtrière ? Quelque chose ne colle pas.

Une imposante table en U épouse le contour de la salle du réfectoire aux murs nus. En invité de marque, seul laïc et unique convive à porter des vêtements civils parmi les dizaines de religieux en soutane ou robe de bure, Gal est placé entre l'évêque Zucca et le père Signora. Après le bénédicité, Bartolomeo Zucca présente le visiteur, « éminent violoniste venu se renseigner sur Claudio Monteverdi, prêtre élu par le pape et enterré aux Dei Frari à Venise ».

Impressionné par cette assemblée inhabituelle le violoniste se tient sur la réserve, prenant les plats qu'on lui tend et se contentant de répondre aux questions qu'on lui pose.

Au moment du dessert, l'évêque se penche vers lui :

– La personne qui doit vous servir de guide sera occupée à la galerie des Offices une bonne partie de la journée, mais elle vous ouvrira les portes de la bibliothèque pour une visite privée en fin d'après-midi. Nul ne vous dérangera dans vos recherches. Profitez de votre temps libre pour visiter Florence. Nous nous situons juste à côté du Ponte Vecchio, de la galerie des Offices et du palais Pitti… Au fait, le cardinal de Morillon a appelé de Rome pour s'assurer que vous étiez bien arrivé. Il vous transmet ses salutations et ses vœux de réussite.

– C'est très aimable à vous. Pour cet après-midi, je vais me contenter d'une promenade en ville. Dites-moi seulement l'heure à laquelle je dois être au rendez-vous.

– Disons 17 h 30, intervient le père Signora. J'espère que vous nous ferez l'honneur d'un petit récital, ajoute le prêtre en souriant.

– Vous pouvez compter sur moi. Ce sera ma façon de vous remercier pour votre hospitalité.

Une fois seul, Gal s'engage dans la via Magliabechi et suit la rive de l'Arno. La galerie des Offices passée, il aperçoit le Ponte Vecchio qui lui rappelle le Rialto de Venise. Sur le vieil ouvrage d'art circule une foule où se mêlent Italiens en week-end, touristes, et acheteurs venus traquer les bonnes affaires chez les artisans des environs de Florence. Construit par les Étrusques et rebâti par les Romains en pierre dure, le Ponte Vecchio est le plus ancien ouvrage d'art de la ville enjambant l'Arno. Au fronton des boutiques installées là étaient autrefois accrochées des enseignes de bouchers. Et en ce temps, le fleuve charriait les rebuts de viande et les os des équarrisseurs. Aujourd'hui, les bijoutiers occupent la place.

Tandis qu'il flâne ainsi, Gal se surprend à penser à Ève. La jeune femme qu'il a pourtant si peu vue a pris une importance considérable dans sa vie. Pas un jour ne passe sans qu'il songe à elle, à son regard, à son esprit indépendant, à sa façon de se dérober aussi. Et les réticences du Service ne font que renforcer ses sentiments et sa détermination à la revoir. Comme une âme sœur qu'il attendrait depuis toujours…

Pourtant il sait qu'il va la revoir, il en a la conviction profonde. Sur le pont où il s'est arrêté, il remarque dans une échoppe une petite timbale en argent gravée d'une étoile de David. À l'opposé on a gravé un édifice sous lequel est inscrit *Synagoga di Firenze*. C'est exactement le cadeau qu'il lui faut. Il achète l'objet que le commerçant enveloppe dans du papier coloré typiquement florentin, et le met dans une des poches de sa veste.

Satisfait, il reprend la direction du prieuré. Il ne reste que trois quarts d'heure avant son rendez-vous. En approchant de Santa Croce, il embrasse du regard l'église dans toute sa hauteur et constate avec surprise la présence d'une énorme étoile de David sur la façade.

Encore étonné, il progresse dans l'église qui, presque déserte, dévoile ses richesses. Trois grandes nefs soutenues par de puissantes charpentes en bois s'étendent du chœur jusqu'à la façade principale. Scellées de dalles gravées de noms prestigieux, de nombreuses tombes ont été aménagées dans l'édifice. À droite, la sépulture de Michel Ange, réalisée en 1570. Plus loin, le cénotaphe de Dante Alighieri dont le corps repose à Ravenne, puis le monument dédié à Niccolo Machiavelli. Gal se déplace lentement d'une inscription à l'autre, et, découvrant la tombe de Gioacchino Rossini, s'immobilise. Absorbé dans sa contemplation, il ne voit pas s'approcher le père Signora.

– Pour tout visiter ici, il vous faudrait une journée entière, lance celui-ci. Chaque monument en l'honneur d'un grand maître est l'œuvre d'un autre grand maître. Mais il est temps de nous rendre à la bibliothèque où Rosalio vous introduira. Elle se trouve tout près d'ici. Suivez-moi, nous allons emprunter le corridor qui mène à la chapelle Médicis réalisée par Michelozzo. Un chef-d'œuvre absolu en terre cuite vernissée.

Dans sa robe de bure, le frère Rosalio attend le violoniste. En traversant le jardin du cloître, Gal lui fait part de son étonnement quant à l'étoile de David qui orne la façade de l'église.

– Elle suscite la curiosité de tous les visiteurs. Certains croient que Santa Croce était à l'origine une synagogue. Les gens oublient que Jésus est né juif et que sa première étoile fut celle de David.

Au pied de la bibliothèque, Gal admire la majestueuse façade garnie d'anges sculptés dans la pierre, conférant à l'édifice une allure d'opéra. En haut des marches de l'aile latérale, le frère Rosalio presse une sonnette dissimulée derrière une moulure de la porte. Un employé tout de gris vêtu leur ouvre. Rosalio prononce alors le sésame, une longue phrase dans laquelle

Gal saisit seulement le nom d'Alphonse. Puis, souhaitant au violoniste de passer un bon moment, le frère retourne à Santa Croce pour assister à la prière du soir.

Après avoir gravi un escalier monumental et traversé un long couloir dans les pas de l'employé, Gal pénètre dans le bureau du directeur de l'établissement. Âgé d'environ soixante ans, très petit, chauve, portant un costume bleu foncé et une cravate jaune paille, Carlo Franchetti accueille chaleureusement le violoniste.

– Très heureux de vous recevoir, dit-il en regardant Gal de ses yeux noirs grossis par les épais verres de ses lunettes. Vous êtes ici dans la plus importante bibliothèque d'Italie qui s'enorgueillit de posséder les archives les plus anciennes. Nous avons beaucoup de choses sur le sujet qui vous intéresse, c'est pourquoi vous devez nous dire quelle facette de Monteverdi vous souhaitez cerner.

– Je pense que le cardinal de Morillon vous a déjà informé du but de mes recherches, répond Gal pour rester aussi évasif que possible face à la question embarrassante qui lui est posée.

– Le cardinal m'a indiqué votre intérêt particulier pour la vie de Claudio Monteverdi, ce qui m'étonne. Tout a déjà été dit et largement publié. Avez-vous une lettre d'introduction ? Elle m'est nécessaire pour justifier votre venue auprès de l'administration…

Gal tend le laissez-passer que lui a procuré le cardinal. Son interlocuteur y jette un rapide coup d'œil et le range dans un tiroir de son bureau.

– Nous avons ici une documentation à ne pas mettre entre toutes les mains. Derrière l'homme public et le compositeur de génie se cachait un être de chair avec ses faiblesses. On explique son éviction de la cour de Mantoue par la liaison qu'il aurait entretenue avec la duchesse de Gonzague. La mort de sa femme Claudia, d'origine juive, l'a délivré d'une ambiguïté vis-à-vis du pape et lui a ouvert tout grand l'univers des plaisirs mondains. De nombreuses rumeurs ont circulé sur les mœurs tapageuses de Monteverdi.

– Avez-vous entendu parler d'un certain Salomone Rossi qui avait travaillé avec lui ? demande Gal.

– Ah, Rossi… Personne ne sait vraiment interpréter les liens qui unissaient les deux hommes. Leur amitié de jeunesse ne suffit pas à justifier l'acharnement avec lequel Monteverdi a protégé Rossi au quotidien aussi bien que dans son activité musicale.

– Je croyais que le pape avait accordé des passe-droits à Rossi…

– C'est exact, Monteverdi a convaincu le souverain pontife de ménager Rossi pour le bien de Venise. Mais sa bonté va au-delà : il a aussi aidé la sœur de Rossi, Madama, qui était cantatrice, en l'employant souvent dans ses chœurs. Claudio leur a permis à tous deux de mener une vie convenable.

– Pas si convenable que cela, souligne le violoniste, puisque Madama est morte assez jeune et que Salomone Rossi a quitté ce monde sans laisser la moindre trace. Pas même une pierre tombale.

Carlo Franchetti adresse à Gal un regard inquisiteur comme s'il l'avait soudain percé à jour.

– Il me semble que vous êtes moins intéressé par Monteverdi que par Rossi. Nos archives vont vous décevoir car elles ne comptent que très peu de renseignements sur lui. Je doute même que nous ayons un dossier à son nom.

– C'est précisément ce qui m'intrigue, rétorque Gal sans se démonter. Pourquoi l'existence d'un compositeur italien, connu de Mantoue à Venise tombe-t-elle sous la loi du silence ?

Un instant, le directeur de la bibliothèque fronce les sourcils.

– En ce temps-là, l'épidémie de choléra a décimé la population vénitienne, suggère-t-il finalement. Il se peut…

– Il se peut, le coupe Gal. Mais ni la peste ni le choléra ne s'attaquent aux écrits.

– Avez-vous cherché du côté de la communauté juive ? Elle a peut-être conservé des manuscrits…

– La communauté juive n'a rien non plus. À une époque de sa vie, Rossi passait plus pour chrétien que pour juif. Le pape espérait sans doute le voir rallier ses ouailles.

– En tant que bibliothécaire, je n'ai jamais réfléchi à tout cela, admet Carlo Franchetti. Et puis je ne suis pas non plus spécialiste de Monteverdi, et encore moins de Rossi. Mais vos préoccupations passent les limites du musical. C'est presque de la politique. En tout cas, il va vous falloir des semaines pour examiner tous les dossiers qui concernent l'époque. Je vous propose de commencer par la correspondance de Monteverdi.

Carlo Franchetti appelle alors le gardien sur la ligne intérieure, puis invite Gal à le suivre jusqu'à l'ascenseur. Au dernier étage de la bâtisse, plusieurs pièces ont été aménagées pour la conservation des archives secrètes, les caves étant réservées au stockage de documents sans grande valeur.

Le gardien ouvre une série de portes dont la dernière donne sur une grande salle faiblement éclairée, remplie d'armoires blindées allant du sol au plafond. Une longue table entourée de chaises à haut dossier tapissées de velours vert complète le mobilier.

– Enrico va vous remettre un volume comportant des lettres et des écrits intéressants. En partant, il refermera la porte à clé, et quand vous aurez terminé, il vous suffira de presser le bouton sur le mur pour qu'il revienne vous chercher.

– Bien, dit Gal en s'efforçant de maîtriser le frisson qui lui traverse le corps : il éprouve une désagréable impression de déjà-vu. L'histoire aurait-elle tendance à se répéter ?

Enrico ouvre les battants de l'une des armoires, grimpe sur une échelle, retire un lourd volume de la dernière étagère et le pose sur la table. Il en desserre les sangles puis extrait plusieurs dossiers rigides, semblables à de petits cartons à dessins, qu'il vient étaler devant le violoniste.

– Voilà pour commencer, dit-il. Si vous ne trouvez rien qui vous convienne, sonnez, je vous sortirai un autre recueil.

Le gardien referme l'armoire à clé et part en compagnie du directeur.

Seul dans la pièce, Gal ne peut s'empêcher de frémir en entendant le cliquetis de la serrure.

L'excitation de la traque prend cependant rapidement le pas sur la crainte, et très vite il se concentre sur ces témoignages du passé, heureux de connaître l'italien qu'il déchiffre même dans une version aussi ancienne. Il tourne les pages d'un papier épais et brunâtre, piqué de taches d'humidité et couvert d'une écriture à la plume d'oie, stylée, tantôt couleur sépia, tantôt d'une encre différente, selon les lieux où les textes ont été rédigés.

Après avoir épuisé un premier classeur il examine rapidement les documents du deuxième, lorsque son œil s'arrête sur une lettre écrite à Mantoue, le 5 janvier 1607 :

Je compte les jours qui me séparent encore du bonheur de te serrer dans mes bras. On me rapporte que ta voix fut magnifique et qu'elle eut des accents touchants, tels que le mariage du Seigneur Bragadini n'offrit rien de plus prestigieux à entendre au même soir. Ici à Mantoue, on commence à rejeter Orfeo, *cette œuvre qui a été composée en toute hâte afin d'être achevée pour les fêtes du Carnaval.*

Notre éminent Claudio m'a fait l'honneur de solliciter ma muette collaboration pour le chœur des nymphes et des pasteurs, au premier acte, pour la sinfonia et pour la chanson d'Orphée. J'ai composé plusieurs parties encore dans les actes suivants et surtout la Toccata de l'ouverture du second acte.

Notre ami Claudio m'a fait l'aumône de cinq ducats pour ce travail. Tu connais l'immense générosité du glorieux homme.

Ton Salomone.

Comme un orpailleur tombant sur une pépite après des mois de recherches infructueuses, Gal sent son cœur s'emballer. Une lettre de Salomone à sa sœur. Que fait-elle dans ce cahier ? Bien sûr, elle cite Claudio, mais en quels termes ! La correspondance de Rossi serait-elle classée dans les archives de Monteverdi ? Rien de surprenant alors à ne trouver aucun écrit du compositeur juif. Cette missive laisse en tout cas entendre que Salomone faisait bien plus que collaborer aux œuvres de Monteverdi. Quelle révélation ! Serait-ce ce que Schultz avait découvert et qui a mis Hitler dans un tel état ? Qu'un juif soit associé à l'œuvre de Monteverdi ? Qu'il ait été sa cheville ouvrière ou sa muse ?

Gal se précipite sur les pages suivantes qu'il feuillette fébrilement. Il y a là une commande pour le mariage de la sœur de Ferdinando avec l'empereur Ferdinand II de Habsbourg en janvier 1622. Il s'agit d'une comédie, *Le Constanti*, qui retrace l'édifiante fidélité de trois dames envers leurs amants et dont Monteverdi doit composer les intermèdes musicaux.

Suivent deux lettres, l'une écrite de la main de Claudio le 12 novembre 1621, à l'intention de Rossi, et la réponse de Salomone, le 20 novembre :

Mon bon Salomone,
Le premier intermède n'est pas mal, mais je le trouve agité pour les braves gens de Mantoue.
Tu essaies de confectionner du Monteverdi, mais c'est en prenant garde de ne pas forcer ton talent que tu ressembles le mieux à l'idée qu'on se fait de mon génie ; celui-ci est d'une grande simplicité. N'oublie pas que les pièces portent ma signature. Ainsi va le monde et nous devons nous résigner à ce triste état de fait.
C.M.

Mantoue, le 20 novembre,
Ton cynisme m'emplit de crainte pour toi. Si tu étais de ma race, je t'adjurerais fraternellement : crains l'Éternel, crains la foudre qui s'abat sur l'orgueilleux qui défie le Créateur de tout ce qui est.
Salomone

Le dos parcouru de frissons, Gal déchiffre maintenant une missive envoyée de Mantoue par Rossi, le 6 décembre, dans laquelle ce dernier amorce une rébellion. La réplique de Monteverdi suit, brutale et cassante.

Mon cher Claudio,
Tu as trop besoin de moi pour me critiquer. En revanche, tu n'es pas obligé d'accepter mon travail, sauf si la providence t'empêche de le faire toi-même.
Ton Salomone.

Venise, le 13 décembre
Voilà mon juif qui se révolte ! Cela est bien imprudent. Le duc Ferdinando protège ceux de ta race, mais non les insolents qui ne se bornent pas à se couvrir le

crâne pour offenser notre Seigneur, mais s'autorisent à enfreindre secrètement les lois sacrées de la nature.
C.M.

Saisi de stupeur, Gal se demande quelle main l'a guidé vers ces inestimables documents. Leur contenu ne peut rester prisonnier des armoires blindées. Sur un calepin, il griffonne rapidement quelques notes, puis sort le Minox de sa poche. Après avoir photographié les pages les plus chargées de sens, il se plonge dans la lecture d'une lettre de Rossi rédigée à Crémone en septembre 1607 :

Ma chère sœur,
Peu avant minuit, notre Claudia a rendu son âme à l'Éternel. CM n'est pas entré dans la chambre de l'agonisante, par peur de la mort. Une heure plus tard, il commençait déjà à chercher une nourrice pour les enfants.
CM a voulu m'offrir un collier serti de rubis dont Claudia aimait à se parer. Je n'ai pas voulu de l'offrande qui pouvait passer pour un salaire. Un jour tu en seras sans doute la bénéficiaire. CM aura besoin de toi beaucoup plus qu'avant. Ce sont encore des jours qui vont nous séparer.
Prends bien soin de toi. Je te dis à bientôt.
Salomone

Gal se rappelle avoir entendu parler d'un collier qui se trouverait, avec d'autres objets, dans le coffret enseveli près du cercueil de Monteverdi. Est-ce à ce même bijou que Salomone fait allusion ? Dans ce cas, le maître aura conservé jusqu'à sa mort les rubis de Claudia.

Le feuillet que le violoniste tient à présent en main est noirci de l'écriture de Rossi qui, le 5 mars 1611, de Bologne, envoie des nouvelles à son ami :

Mon cher Claudio

C'est regrettable, mais Bologne cultive la musique avec moins de lustre que Mantoue. Il y manque la gloire des Gonzague et la brillance des nombreuses fêtes. La belle Adriana Basile n'est pas mauvaise, mais j'aurais préféré Madama.

J'ai dû réécrire certaines pages pour retrouver un accord parfait entre la voix et les instruments.

Une chose me chagrine pourtant : les juifs ici sont plus mal traités qu'à Mantoue. J'ai quand même donné huit psaumes à cinq, six et huit voix pour les offices de la synagogue.

À bientôt, Salomone.

Puis une lettre révélatrice, de la main de Monteverdi, émise de Venise en 1615 :

Ma chère adorée,

Depuis que tu es partie avec ton frère, je ne trouve plus le sommeil. La représentation à Florence est importante, le théâtre est né là et mon théâtre musical s'y trouve au bon endroit.

J'arrive dans quelques jours, mais je me demande jusqu'à quel point Salomone ne va pas être une entrave pour nous. Et pourtant son talent m'est précieux.

Ton Claudio.

Gal rassemble les documents et d'un geste lent referme le volumineux dossier. La preuve est faite désormais que Salomone Rossi est la pièce maîtresse de la machine Monteverdi. Il est clair aussi qu'une liaison amoureuse a bien existé entre Claudio et la sœur de Rossi. Ainsi, protecteur de son juif et amant de la sœur chérie, Monteverdi tenait Salomone entièrement sous son pouvoir.

Comment expliquer cependant que la correspondance entre Madama et son frère figure parmi les archives classées sous l'étiquette C.M., sinon en suspectant un chantage exercé à l'encontre de Monteverdi ?

Ce n'est pourtant qu'une hypothèse. Gal s'apprête à demander un autre volume, mais sa montre indique 20 heures passées ; il est temps de quitter la bibliothèque. D'ailleurs, la fatigue brouille ses réflexions. Il replace le Minox dans sa poche et sonne le gardien qui, trente secondes plus tard, ouvre la porte brusquement.

– Je m'apprêtais à vous faire signe, dit-il en s'emparant des dossiers sur la table pour les remettre dans l'armoire. Avez-vous trouvé quelque chose d'intéressant ?

– Au-delà de toute espérance.

Après avoir refermé l'armoire blindée à double tour, l'homme lui lance un regard intrigué, puis l'invite à le suivre à l'extérieur de la pièce qu'il ferme également avant de le conduire jusqu'au bureau du directeur.

– Satisfait de votre visite ? lui demande Carlo Franchetti, son manteau sur le dos.

– C'est curieux, il y avait des lettres de Rossi dans le dossier Monteverdi. Des documents mettant en avant le rôle capital de Rossi dans l'œuvre de Monteverdi, insiste le violoniste.

– Allons donc, rétorque le directeur, balayant cette éventualité d'un revers de la main. Monteverdi a porté en avant l'expression musicale comme personne…

– D'autres l'ont fait avant lui, reprend Gal. Gesualdo et Rossi.

– Gesualdo était un bandit et sa musique n'est pas comparable à celle de Claudio, répond le directeur agacé. Monteverdi a inventé la mélodie alors que Gesualdo s'est contenté d'une forme musicale qui ne vaut pas mieux que le rap. Quant à Rossi, c'était un arrangeur, mais sûrement pas un créateur.

– On a pourtant trouvé chez Monteverdi des fragments de musique orientale qui viennent tout droit de la synagogue. Et la synagogue, c'est Rossi.

– Mais où voulez-vous en venir au juste ? s'indigne Carlo Franchetti. Orientalisme n'est pas synonyme de judaïsme. Vous oubliez que Venise a vécu sous l'influence de Byzance.

Gal préfère se taire : inutile de s'engager dans une discussion stérile qui pourrait nuire à son projet. Il vient de toucher à une icône, et même un homme intelligent comme Carlo Franchetti ne semble pas prêt à l'accepter. Mieux vaut amasser suffisamment de preuves pour avoir raison de ses contradicteurs…

Dehors, Gal respire à pleins poumons l'air frais de la nuit. Content de sa journée malgré son échange acide avec Carlo Franchetti, il remonte d'un pas léger le chemin menant au prieuré. Rossi n'était pas un simple arrangeur, mais rien de moins que le concepteur et le créateur d'une musique révolutionnaire. Les clichés pris à la bibliothèque témoigneront le jour venu de sa découverte. La même que celle faite par Schultz à la Schola Cantorum ? Il a hâte de faire part de ses découvertes au cardinal. Dans la rue déserte à peine éclairée, il lève la tête et regarde la voûte céleste et ses milliers d'étoiles. Pour la première fois, il a le sentiment de toucher la vérité du doigt.

C'est alors qu'il devine trois silhouettes brusquement sorties de l'ombre à quelques dizaines de mètres devant lui. Les inconnus s'alignent pour lui barrer le passage et avancent dans sa direction. Il marque un temps d'arrêt. Durant quelques secondes, il est tenté de rebrousser chemin et de s'enfuir à toutes jambes. Mais deux autres individus bloquent sa retraite. Que peut-il faire, à un contre cinq ? Les trois individus devant lui ne sont plus qu'à quelques mètres. C'était trop beau pour durer. On n'allait pas le laisser procéder à ses recherches sans lui mettre des bâtons dans les roues. Comme à Venise.

Dans ses poches, il a son Minox et son carnet de notes. Trop tard pour s'en débarrasser. Pris d'une panique soudaine, il sent monter une poussée d'adrénaline et s'apprête à partir en sprint lorsqu'un coup violent l'atteint sur le sommet du crâne.

13

La douleur est difficilement soutenable. Gal ouvre les paupières puis les referme après avoir eu le temps de deviner une silhouette. Dans un effort supplémentaire, il ouvre de nouveau les yeux, malgré les élancements qui lui vrillent le cerveau. Dieu merci, la lumière n'est pas trop forte.

La silhouette qui lui tournait le dos, face à la fenêtre, est penchée sur lui. Il referme les yeux. Que lui est-il arrivé ? Il se souvient des cinq individus dans la ruelle et du coup qu'il a reçu avant le trou noir. Et puis il se rappelle aussi s'être réveillé dans sa cellule monacale et avoir demandé à ce qu'on lui passe sa veste pour en vérifier le contenu.

Il ouvre de nouveau les yeux. Le cardinal de Morillon l'observe, l'air soucieux.

– Vous êtes pire que les carabiniers… Je plaisante, rassurez-vous, ajoute-t-il face aux protestations du cardinal. Et puis, sans vouloir vous vexer, je doute que votre présence aurait permis d'inverser le rapport de forces…

– J'en doute aussi, soupire le cardinal. Mais il n'empêche que je commence à m'en vouloir de vous avoir entraîné dans cette histoire.

– Comment suis-je arrivé là ?

– Un séminariste vous a trouvé inconscient sur le chemin entre la bibliothèque et le prieuré hier soir. Il est allé chercher de l'aide. On vous a transporté jusqu'ici et on a fait venir un médecin. Dès que j'ai su ce qui vous était arrivé je me suis mis en route. Nous attendions que vous repreniez vos esprits avant d'appeler la police.

– Vous avez bien fait. Les questions de la police ne nous feront pas avancer. Sa seule spécialité, c'est la paperasse.

Sa soirée lui revient par séquences dans un ordre anarchique. La balade en touriste. La bibliothèque. Les documents. Les photos prises. Le gobelet en argent acheté sur le pont… Plusieurs hommes se penchant sur lui dans cette même cellule, le père Signora, un médecin sans doute… Et à nouveau cette sensation d'avoir connu le même danger qu'à Venise…

– Ma veste, dit-il soudain faiblement en tentant de se redresser. Je crois me souvenir qu'on m'a volé quelque chose.

– Restez couché, je vous l'apporte.

Le cardinal lui tend le vêtement suspendu à la patère près de la porte. L'une des poches contient toujours le cadeau pour Ève, mais le Minox et le carnet de notes ont disparu. Toutes les phrases qu'il avait relevées dans les lettres de Rossi et Monteverdi n'ont plus de réalité que dans son esprit. Le coup est réussi.

Il se laisse retomber sur l'oreiller. Sa tête l'élance de plus en plus.

– Les preuves, soupire Gal. On m'a volé les preuves que j'avais récoltées. Et on ne m'a volé que ça…

– Les preuves de quoi ? le presse l'ecclésiastique.

Taraudé par la douleur, Gal referme les yeux. Pour savoir qu'il avait pris des clichés, quelqu'un l'a surveillé. Il y avait probablement des caméras dissimulées dans la salle des archives. Mais qui incriminer ? Carlo Franchetti ? Enrico le gardien ? L'un et l'autre lui ont ouvert le dossier Monteverdi. Il eût été plus simple de purger les dossiers avant son arrivée, puisqu'elle était annoncée depuis plusieurs jours.

Mais le vol de l'appareil et du carnet confirme de façon évidente que l'histoire qui unit Claudio et Salomone ne doit en aucun cas être divulguée. Depuis des siècles, ces documents sont gardés sous scellés. Monteverdi est à ce point glorifié qu'aucune vérité ne justifie que l'on touche à sa mémoire. Au nom de ces secrets impénétrables, Schultz est mort assassiné, et hier à Florence, lui-même a failli y passer…

– J'avais rassemblé les preuves de l'importance de Rossi dans l'œuvre de Monteverdi. Une correspondance entre les deux hommes de laquelle il ressort que sans Salomone, Monteverdi n'aurait jamais pu composer tous ces chefs-d'œuvre. Une révélation qui ferait l'effet d'une bombe. Je ne m'explique même pas que tout cela n'ait jamais été exploité. Il faut retourner d'urgence à la bibliothèque avant qu'il ne soit trop tard !

– J'en viens, le coupe le cardinal. La bibliothèque a été visitée pendant la nuit. Et le ménage a été fait : tout ce qui était susceptible de nous intéresser a disparu.

Sans prendre garde à son mal de tête, Gal se redresse d'un bond.

– Vous plaisantez ? s'écrie-t-il en grimaçant de douleur.

– Je vous supplie de vous calmer. Le médecin a été formel sur ce point.

– Alors ne me faites pas trop attendre, répond-il en reposant sa tête sur l'oreiller.

– Craignant le pire, je suis allé trouver Carlo Franchetti pour lui demander à voir les dossiers que vous aviez consultés la veille. Ils avaient disparu. Et d'autres également. Carlo Franchetti m'a paru sincère. Je ne pense pas qu'il ait quelque chose à voir avec cette disparition.

Il marque un temps d'arrêt tandis que Gal se masse le front de la main droite.

– On dirait que le travail d'occultation systématique se poursuit, reprend-il. J'avais sous-estimé la puissance de l'organisation à laquelle nous nous sommes attaqués, je suis désolé.

– Soit tous nos faits et gestes sont épiés, soit nos adversaires savent précisément où se situent les documents concernant Rossi, intervient le violoniste. Cette seconde hypothèse me paraît plus probable.

– Nous avons affaire à une pieuvre, n'est-ce pas ?

Gal sourit faiblement.

– Je suis sidéré par l'énergie mise à conserver ce secret. C'est lié à l'Église, hein ?

– C'est lié à une frange de l'Église, concède le cardinal. Une frange ultra minoritaire mais très déterminée, et disposant d'un fort pouvoir de nuisance. Les gardiens du Temple…

– Vous ne m'avez encore jamais donné aucun nom…

– Leur chef de file est le cardinal Schmidt, soupire Alphonse. Un Allemand. S'il y a un nom à retenir c'est celui-ci. Mais il est trop malin pour être jamais mis en cause lui-même.

Sous le coup d'un accès de douleur, Gal ferme les yeux une seconde.

– Un juif au cœur de l'œuvre du grand Monteverdi, résume Gal. Je conçois que l'idée ait pu déranger Hitler, mais pas au point de le rendre fou de rage… Et puis je ne comprends pas pourquoi certains de vos confrères au Vatican, ce Schmidt et d'autres, mettraient tant d'énergie à préserver ce secret qui intéresse surtout les mélomanes. Il doit y avoir autre chose… Comme si découvrir cette vérité revenait à tirer sur le fil d'une pelote qui au bout conduirait à quelque chose de beaucoup plus gros, de beaucoup plus important.

Le cardinal se tourne vers la fenêtre.

– Je vous avouerai que je suis un peu découragé, après cette dernière agression. J'ai peur que l'on ne nous fasse plus de cadeau, à l'un comme à l'autre. Et puis, je ne vois pas par où reprendre les recherches.

Le rire de Gal, un rire légèrement sarcastique, le fait tressaillir avant de se retourner, surpris.

– À d'autres, fait Gal que sa tête élance toujours. Épargnez-moi le couplet du découragement, je n'en crois pas un mot.

– Que voulez-vous dire ?

– Que vous êtes encore plus malin que vous voulez bien le laisser paraître, et que vous saviez à qui vous vous adressiez quand vous êtes venu vers moi au consulat de France.

– Je ne comprends toujours pas.

Gal soupire, toujours allongé dans son lit, le plafond de la cellule pour seul horizon.

– Vous n'aviez certainement pas prévu avec précision l'enchaînement des événements, mais vous m'avez utilisé comme votre bras armé en sachant pertinemment que cette histoire de violoniste et compositeur juif exploité toucherait chez moi une corde sensible. Vous saviez que je serais prêt à faire jouer certaines de mes relations pour retrouver la trace des Allemands.

Le silence du cardinal a valeur d'acquiescement et l'encourage à poursuivre.

– La seule piste digne d'intérêt parce que vous avez déjà épuisé les autres, à tel point que vous avez vous-même tenté de retrouver la trace de Becher et de von Staden. Alors, maintenant que vous m'avez fait faire tout ce chemin et que je suis parvenu à la même conclusion que vous, je m'estime heureux que ça ne m'ait pas coûté plus qu'une grosse frayeur, une visite musclée de mon appartement, un appareil photo et un coup sur le crâne.

Les yeux au plafond, Gal ne prend pas la peine d'observer la réaction du cardinal. Même s'il a la désagréable impression d'avoir été manipulé, il reste ému par le sort réservé à Rossi de son vivant et par la chape de plomb qui pèse encore sur son œuvre. Cette mission concernant l'un de ses coreligionnaires mort au XVIIe siècle lui semble plus importante que celles auxquelles il a participé lorsqu'il chassait les anciens nazis. Une mission proposée par un cardinal en poste au Vatican contre lequel le Service, Ève comprise, n'a cessé de le mettre en garde. Ironie du sort. « Quels détours la destinée n'emprunte-t-elle pas », se dit-il, le sourire aux lèvres, entre deux élancements.

– Le centre Simon-Wiesenthal est sur le coup. L'affaire n'est plus entre mes mains.

– Alors disons qu'elle est entre celles de Dieu, lui rétorque le cardinal sans se retourner, le regard perdu au-delà de la fenêtre.

14

Lorsque la sonnerie du réveil résonne dans la pénombre de sa chambre, Jacques Feldmann pousse un soupir de lassitude et tend la main vers sa table de chevet pour rétablir le silence. Cela fait bien deux heures qu'il est réveillé. Comme chaque année à la même date. Les symptômes se sont manifestés la veille au soir. Une nervosité soudaine le conduisant à s'auto-administrer un somnifère. Il a beau tenter de ruser avec le calendrier et faire mine d'oublier la date, son horloge interne ne manque jamais de lui rappeler que le jour est venu de payer son tribut à la mémoire. Celle de son propre passé, celle de ses amis, celle de son pays. La pire journée de l'année depuis cinquante ans aujourd'hui.

Cinquante ans… Quel gâchis. À présent il en a soixante-quatorze et se considère comme un vieil homme. Une vie a passé. La sienne. Et que s'est-il passé au cours de cette période ? La fuite, l'errance d'un homme ballotté par un revers de l'Histoire et traqué, une nouvelle existence, tellement différente de celle qu'il avait planifiée au départ, puis le retour en Europe. Une Europe qui lui manquait trop, mais où l'ennui a été plus lancinant que jamais et où son déclin s'est précipité. À plusieurs reprises, il s'est dit qu'il aurait mieux fait de rester dans ce pays lointain où il avait tenté de repartir de zéro.

Heimat. Patrie. Un mot qui prend tout son sens quand on en est privé. Un mot qui le hantait exilé si loin du lieu de sa naissance. Que lui manquait-il, alors ? Son entourage, la pratique de sa langue, la texture de l'air et celle de la lumière, les arbres et la cuisine ? Autant d'éléments qui une fois de nouveau à portée de main se sont dérobés.

Ce pays lointain où, pour tenter de recoller à ses racines, il avait voulu se remettre au violon. Après dix ans de silence et un premier abandon faute de talent. Il pensait naïvement que la musique suffirait à convoquer l'esprit de ses ancêtres, de sa famille et de sa patrie. Pathétique. Cela s'était avéré pire que tout. Tout juste s'il était capable de tenir son archet, et les sons disgracieux qu'il en tirait étaient comme les plaintes déchirantes d'un autre, de l'autre. L'ami à jamais disparu.

Alors très vite il avait rangé son instrument et ne s'en était pas encombré pour son voyage de retour en Europe. Il l'avait revendu comme on se débarrasse d'un meuble faute de place.

Mais ce n'était pas le violon qui était en cause. C'était lui. Et cette tentative musicale avait fait ressurgir un fantôme qu'il avait eu la faiblesse de croire disparu à jamais et qui à présent le visite deux fois par an. À dates fixes.

Cette journée, le 19 mars, et celle du 15 novembre, se dit-il en se redressant sur son séant puis de ses pieds nus cherchant ses chaussons au sol.

15 novembre 1940. Le jour après lequel sa vie a basculé dans une forme de repentance omniprésente. Très discrète les quelques années suivant les événements, mais s'affirmant une fois la guerre derrière eux. Et, à l'approche de sa propre mort, carrément insupportable. Avec cette question lancinante : que trouvera-t-il dans l'au-delà ?

Ses pieds chaussés, il se lève et va ouvrir les volets. Dans l'air frais du petit matin, il regarde les montagnes dont la sombre silhouette se découpe dans le ciel où clignotent encore quelques étoiles. Le jour n'est pas levé et il referme la fenêtre en frissonnant.

Sa robe de chambre sur le dos, lui qui jadis portait si bien le prestigieux uniforme de la Wehrmacht, en traînant les pieds il se dirige vers la cuisine où il met de l'eau à bouillir. Puis du même pas va ouvrir la porte d'entrée d'où il appelle Sultan d'une voix lasse. Aussitôt, il entend ses griffes racler contre le plancher de la niche puis aperçoit le malinois bondir dans le jardinet et courir vers lui en jappant.

« Brave bête », songe-t-il tandis que le chien, la queue remuante, file dans la cuisine.

La bouilloire émet son sifflement suraigu et il éteint le feu. Le chien le regarde, docile et confiant, attendant sa pitance. Seul être véritablement vivant entre ces murs, sans qui cette maison ne serait plus qu'une antichambre de la mort. Ce qu'elle est déjà, songe-t-il en remplissant le filtre en papier de café moulu avant d'y verser l'eau frémissante. Puis il sort le sac de croquettes et en fait rouler une ration dans la gamelle du chien immobile qui ne perd pas un de ses gestes.

Comment va-t-il occuper cette journée ? se demande-t-il devant sa tasse de café fumante tandis que deux toasts jaillissent du grille-pain. Cette journée du souvenir. Plus douloureuse que celle qui correspond à la date anniversaire du drame. Avec le temps, il a fini par comprendre pourquoi : cinquante-sept ans plus tôt jour pour jour, à Berlin son ami recevait son premier prix de conservatoire, et cette cérémonie était celle de toutes les promesses. D'avenir, de musique, de voyages, de renommée, de réussite. Autant de promesses tuées dans l'œuf sept ans plus tard. Par sa faute.

Ce fameux 15 novembre 1940 dans ce château de la Nièvre, en France.

Parfois, il se demande à quoi bon continuer. Et toujours la même réponse s'impose à lui : il n'a pas le courage d'en finir. Une balle dans la bouche et on n'en parle plus. Certains n'ont pas hésité, au moment de la déroute et de la capitulation. D'autres que lui s'en sont mieux tirés, au grand jour pour un certain nombre, après quelques années de traversée du désert. Jacques Feldmann… Quelle farce. Sinistre farce. Le monde entier y croit. Son petit monde en tout cas. Le voisinage, les commerçants chez qui il se fournit, son médecin traitant, son dentiste, les diverses administrations avec lesquelles il est en contact, le postier…

Même Monica. Monica Kromberg avec qui il entretient des relations plus intimes. Seule personne à lui tenir compagnie. Avec son chien. Les thés, les promenades, les spectacles et les expositions auxquels ils se rendent ensemble. Les soirées qu'ils passent chez l'un ou chez l'autre, où elle apporte une touche féminine à son intérieur trop austère.

Régulièrement, il lui arrive de la plaindre de s'être intéressée à lui, vieil homme pétri d'amertume. Pire qu'une double vie, ce passé et cette identité véritable que l'on est obligé de cacher. Quelle imposture, pour elle qui croit aimer Jacques Feldmann, rescapé des camps.

Monica aurait mieux à faire, à soixante-huit ans. Avec ses quelques rondeurs et sa gentillesse elle n'aurait aucun mal à tomber sur un autre, au passé plus limpide et à l'avenir moins sombre. Mais s'en séparer non plus, il n'en a pas le courage. Il serait alors vraiment seul. Il est donc obligé de composer avec ce sentiment déplaisant né du mensonge permanent. Si elle savait, resterait-elle auprès de lui ? Il est trop tard pour se confesser. Elle ne comprendrait pas, après tant d'années.

Il n'a pourtant pas à avoir honte. Son seul tort : avoir été du côté des perdants. Ce détail mis à part, de bout en bout il a fait une guerre propre, une guerre de soldat, pas de criminel.

Entachée par la nuit du 15 novembre 1940. Mais qu'aurait-il pu faire ? S'opposer, c'était mourir. Épisode maudit sans lequel aujourd'hui il porterait la tête haute.

La sonnerie du téléphone le fait tressaillir. Vieil homme craintif. Comme s'il pouvait s'agir de Gustav, se dit-il en haussant les épaules. Gustav se manifeste de façon beaucoup plus pernicieuse.

Il se lève et se dirige vers le combiné. Elle est tenace, quand il s'agit de s'assurer de sa santé. Enfin il décroche et entend la voix de Monica, toujours remplie de sollicitude. Et il se dit qu'il ne doit pas être si moche, pour qu'une telle femme s'intéresse à lui.

15

À 13 h 45, Gal quitte son appartement, remonte le boulevard Saint-Germain jusqu'à l'Assemblée nationale, sous un vent glacial contre lequel les mouettes peinent à lutter, traverse le pont de la Concorde et s'engage enfin dans le jardin des Tuileries.

À 14 h 15, il est près du grand bassin circulaire. L'endroit où le Service lui a donné rendez-vous. Ce qui signifie qu'il y a du nouveau. Même si, selon les immuables règles de sécurité, au téléphone, il n'a pu obtenir aucune précision. Les nouvelles doivent provenir de Vienne. Il ne voit pas ce que cela pourrait être d'autre. Certainement pas un rendez-vous lié à l'agression qu'il a subie à Florence, même si elle prouve clairement qu'un danger les menace et le sérieux de l'organisation à laquelle il est confronté. Le centre Simon-Wiesenthal aurait localisé l'un des deux Allemands, en quelques semaines à peine ?

Une autre question le taraude : qui le Service aura-t-il envoyé à sa rencontre ? Ève ? Dès l'instant où ils l'ont contacté, il y a songé, un espoir dont il ne peut se défaire.

Une semaine après l'agression florentine, sa tête par moments l'élance encore, comme à présent, sans doute à cause du froid. De retour à Paris, il s'est décidé à faire radiographier son crâne. À son grand soulagement, aucune lésion n'a été constatée, même si la douleur risque bien de persister quelques semaines encore. Pas de quoi l'empêcher de jouer en tout cas ; ce qui pourrait lui arriver de pire.

Les alentours sont déserts. Le ciel bas fait craindre la pluie, incessante ces jours-ci, et seuls se promènent quelques touristes asiatiques harnachés de leurs appareils photo. Un instant Gal s'exerce à deviner leurs nationalités puis il s'éloigne de la pièce d'eau afin d'élargir son champ de vision et s'assurer que personne ne le surveille.

A 14 h 25 une silhouette élancée passe l'entrée du jardin. Longues jambes gainées de collants noirs, jupe courte en daim clair, pull-over noir à col roulé, bonnet rouge et lunettes sombres lui couvrant la moitié du visage. Un homme la suit à distance. Resté loin du bassin, Gal la voit s'avancer dans sa direction, tandis que son escorte prend à droite et s'écarte de l'allée principale. La fille s'arrête près du bassin, fouille dans son sac, en sort un appareil photo et prend quelques clichés.

La montre de Gal indique exactement 14 h 30. Il vient à sa hauteur. Elle retire ses lunettes d'un geste lent, libérant la petite lumière qui brille au fond de ses yeux : Ève le regarde en souriant. Pris d'une brusque envie de la serrer dans ses bras, Gal fait un pas en avant, mais se ravise aussitôt, réfréné dans son élan par le signe qu'elle lui adresse de la main gauche.

– Tu vas bien ? demande-t-il en restant impassible.

– C'est à toi qu'il faut poser la question, d'après ce qu'on m'a appris. J'ai l'impression que tu as le don de te mettre dans des coups fourrés en ce moment.

– C'est pour cette raison qu'on t'a collé un chaperon ? demande-t-il en regardant dans la direction de l'autre agent qui les observe à quelques dizaines de mètres de distance.

Son rire est une brêche dans son apparence sérieuse.

– Je suis venue te renseigner sur Becher. Le centre Simon-Wiesenthal a contacté le Service avec des informations de première main. Tu n'as pas perdu ton temps.

– Disons qu'eux m'ont pris au sérieux…

– J'ai sa biographie complète, coupe-t-elle en feignant d'ignorer sa remarque.

– Si je comprends bien, ils n'ont encore rien sur von Staden.

– Rien pour l'instant, non. Après la guerre, en 1945, Becher s'est réfugié en Équateur avec l'aide d'une filière proche du Vatican.

– Tiens donc.

– De là, poursuit-elle, il est parti au Brésil en 1946, avec un passeport autrichien au nom de Kalenberg. Puis il a fait un passage en Argentine en 1960, sous le nom de Singer cette fois. Avant de s'installer en Équateur sous le nom de Feldmann, identité qu'il a conservée depuis, un Juif d'origine polonaise, sans famille, ayant vécu en Argentine et dont les papiers ont été volés à sa mort.

– Il a sillonné presque toute l'Amérique latine…

– Jusqu'en 1965, date à laquelle il est rentré en Europe, en Suisse exactement où il réside toujours.

– La nostalgie l'a fait sortir du bois. Un classique.

– Après avoir habité le quartier d'Ouchy à Lausanne, reprend Ève impassible, en 1969 il achète une maison à Romanel, un petit village près de la ville de Morges où il a un compte bancaire au Crédit Suisse. Sa maison se situe à la sortie du village, sur la colline, en bordure des bois, avec vue sur le lac Léman et le Mont Blanc. Il mène une vie modeste mais confortable. Il possède une Volkswagen Passat noire et un chien, un malinois, qu'il confie à sa voisine quand il s'absente. Soins dentaires chez Surcher à Lausanne. Habitué du restaurant Malakof à Luins, près de Nyon.

– Tu as oublié la marque de ses chaussettes…
– Achetées chez Migros à Morges…
– Il va falloir que je remercie Joseph Rosenblum.
– Je pense qu'il y sera sensible. Lorsque nous avons reçu ce dossier, c'est à moi qu'il a été confié.
– Alors j'ai toutes mes chances, plaisante-t-il.
Elle hausse les sourcils.
– Mais dis-moi, pourquoi le Service a-t-il changé radicalement d'attitude ?
– Disons que tes agressions répétées, ajoutées à mon insistance, ont fini par porter leurs fruits. Ne va pas non plus croire que personne ne te prend au sérieux.
– Vous n'avez cessé de me mettre en garde contre le cardinal.
– On s'est trompé. Et puis ton histoire de violoniste m'a tout de suite intéressée. Surtout lorsque je me suis renseignée sur ton Rossi. Il semblerait qu'il existe en effet un mystère qui mériterait d'être percé à jour.
– Et il semblerait également que Becher et von Staden représentent notre dernière chance de découvrir la vérité. Mais pour ça on a besoin de la logistique du Service, dit-il sans pouvoir réprimer un sourire, conscient d'être arrivé au point exact où le cardinal voulait le faire parvenir depuis le début.
Clin d'œil de l'Histoire : après qu'une frange du Vatican a organisé une filière pour exfiltrer un certain nombre de nazis en Amérique latine, notamment, un cardinal du Vatican fait appel aux services israéliens pour appréhender un des Allemands à avoir bénéficié de ce « service ».
– J'y ai réfléchi, confesse-t-elle.
– Et alors ?
– On peut le menacer pour usurpation d'identité, mais il va falloir du temps pour amasser les preuves. Autre solution : on engage une opération de petite envergure, et on en profite pour savoir d'où il tient son

argent. Si c'est un trophée de guerre, il devra nous le rendre. Mais l'affaire ne présentant aucun danger pour Israël, personne ne nous couvrira. Mieux vaut donc que tu sois de la partie pour l'interroger, ton langage de musicien touchera peut-être une corde sensible. Nos agents sont parfois un peu brusques, ils vont se focaliser sur son côté nazi et il se braquera immédiatement.

– Pourquoi mon langage de musicien ? s'étonne-t-il.

– Parce qu'il a été élève au conservatoire de Berlin. C'est très vraisemblablement là qu'il se serait lié d'amitié avec Gustav Schultz.

– Un autre violoniste ? s'exclame Gal pour un peu pris de vertiges.

En silence, il digère l'information.

– Quel genre d'opération avez-vous prévu ?

– Rien n'est encore définitif. Une équipe sur place étudie les possibilités. Je peux seulement te dire que tu voyageras en train jusqu'à Lausanne où l'équipe viendra te prendre. Je pense qu'en dehors de toi et du chauffeur, deux ou trois autres agents suffisent. Dès que la procédure est établie et le timing réglé, je t'appelle…

– Et vous êtes certains de ne pas vous tromper de personnage ?

– Nous ne sommes jamais sûrs à cent pour cent dans ce genre de traque…

– En tout cas, vous avez mis les bouchées doubles. Moi qui croyais me battre seul dans mon coin.

– C'est à cause de ce que tu as enduré. Ça a dû finir par nous attendrir, ajoute-t-elle ironiquement.

– On fait quelques pas ?

À l'est, à l'autre extrémité du jardin, se dresse le Louvre, dont ils aperçoivent sur la gauche le pavillon de Marsan. Plutôt que la grande allée centrale, ils empruntent celle de droite, à l'abri des arbres dénudés. La rigueur de la météo leur assure une certaine tranquillité. Parvenus devant l'autre bassin circulaire, ils observent un moment deux enfants qui jouent avec de petits bateaux aux voiles de couleurs. Inclinés par la force du vent, les voiliers miniatures traversent la pièce d'eau dans des diagonales parfaites, tandis que les enfants font le tour du bassin en courant pour aller les récupérer de l'autre côté. Dans sa poche, Gal sent la timbale enveloppée de papier de soie qu'il a achetée pour Ève à Florence. Il lui tend le petit paquet.

– Mais qu'est-ce que c'est ?

– Une bricole italienne. Tu l'ouvriras plus tard.

– Il ne fallait pas…

– J'ai souvent pensé à toi, lui confie Gal.

– Moi aussi.

– Je t'ai particulièrement regrettée lors de ce rendez-vous sous les arcades du Palais-Royal.

– J'étais en mission.

Il brûle d'en savoir plus, mais il sait qu'elle ne lui répondra pas. Il aimerait aussi lui dire de faire attention à elle, mais ce serait également mal venu. Et puis, il a bien conscience, que c'est en grande partie le danger dont elle est entourée qui l'a séduit chez elle. Curieux, se dit-il, cette propension à vouloir changer les gens que l'on aime. Curieux également, comme il se sent proche de la jeune femme et voudrait prendre soin d'elle alors qu'il la connaît à peine.

– Qu'est-ce qui t'a poussée vers cette vie obscure et dangereuse ? lui demande-t-il en espérant qu'elle lui accordera une réponse plus précise que lorsqu'il lui a posé la question dans le jardin du Luxembourg.

Ils sont repartis en direction de la Concorde, toujours suivis à distance par l'autre agent.

– Plusieurs choses, finit-elle par répondre après avoir parcouru quelques mètres en silence. L'absence de la quasi-totalité de ma famille anéantie en Europe. À l'exception de mes parents, bien sûr, puisque je suis née après la guerre… La conscience du danger qui menace Israël en permanence. L'indifférence du monde à notre égard. Et surtout la mort de mon mari, pilote de chasse pendant la guerre de Kippour, en 1973.

Un pilote, comme lui l'a été pendant ses années de service… Mort il y a plus de quinze ans. Et elle, après tant d'années toujours fidèle à sa mémoire. Ayant repris les armes, à sa manière. Un schéma de vie calqué sur le sien. La même solitude affective, une crainte commune face à la fragilité de l'État hébreu. Jusqu'à l'armée de l'air qui les soude un peu plus l'un à l'autre.

– Moi, je suis un pilote vivant, dit-il après un bref silence.

– Jusqu'à nouvel ordre, ajoute-t-elle sans sourire. Il est moins dangereux de jouer du violon que de se battre.

Sans cesser de marcher, d'un geste furtif elle lui caresse la joue.

– Quand la solitude me pèse, fait-elle en baissant la voix, je me défoule en courant et en sautant en parachute.

Il la regarde, surpris par cet aveu aussi soudain qu'à peine déguisé.

– Il y a d'autres façons d'oublier sa solitude, réplique-t-il finalement.

Elle rit. C'est toujours ça de gagné, pense-t-il.

– Tu as plus besoin de ton violon que d'une présence féminine.

– Ce n'est pas un hasard si je me retrouve dans cette situation à ton côté.

– Que veux-tu dire ?

– Que nous nous ressemblons. Que toi et moi sommes mus par les mêmes impératifs.

Pour la première fois, lui semble-t-il, elle lui adresse un long regard indéfinissable, comme s'il venait d'exprimer une vérité qui ne lui était pas apparue et qu'elle aurait besoin de vérifier en observant son visage.

– Je ne connais presque rien de toi, dit-elle en détournant soudain la tête. Une femme ne peut pas aimer aussi vite. L'homme, c'est le contraire, l'inconnu l'excite. Tu penses à moi parce que tu ne sais rien de moi.

– Je te devine, dit Gal. C'est ce qui me donne envie d'en savoir plus.

– C'est parce qu'il a voulu en savoir plus qu'Adam s'est damné. Souviens-toi… la femme s'appelait Ève.

Sur ce, elle tourne les talons et, sans un mot supplémentaire, tout juste un regard appuyé en se retournant, elle prend le chemin de la sortie, le garde du corps déjà sur ses pas.

Après l'avoir regardée s'éloigner puis se perdre derrière les grilles place de la Concorde, Gal s'attarde un moment au bord du bassin. Un poisson rouge sort la tête de l'eau puis disparaît.

Il n'y avait jamais songé et il a fallu la présence d'Ève pour que, pour la première fois, il l'exprime, mais c'est vrai que ce n'est pas un hasard si, après avoir abandonné le Service pour le violon, quinze ans plus tard, il a replongé.

16

Quand le train entre en gare d'Ouchy, Gal s'apprête à tendre le bras pour prendre sa boîte à violon avant de se ressaisir. Il se déplace si rarement sans son instrument qu'aujourd'hui, avec un petit porte-documents pour unique bagage, il a l'impression d'être amputé d'une partie de lui-même. Il descend du wagon et traverse la gare plongée dans une semi-pénombre. À l'extérieur, un inconnu vient le chercher. Grand, robuste, bonnet, lunettes de soleil, il le guide jusqu'à la voiture garée derrière le parking des taxis.

De loin, Gal remarque un Combi Volkswagen d'un modèle ancien, utilisé le plus souvent par les campeurs. Son moteur placé sur les roues arrière permet de dégager un espace considérable dans l'habitacle. Autre avantage, ses portières latérales coulissantes qui autorisent le conducteur à stationner près des murs sans être gêné pour leur ouverture. Des vitres teintées isolent l'habitacle de la curiosité des passants.

À l'approche des deux hommes, la camionnette ouvre son flanc gauche qui se referme après qu'ils s'y sont engouffrés. En même temps qu'il s'installe sur la banquette arrière, Gal découvre le chauffeur et le troisième acolyte restés à couvert. Personne ne prononce un mot. Ni nom, ni formule de politesse. Tous savent ce qui les réunit.

Cette fois ça y est, se dit-il tandis que le Combi fait demi-tour pour reprendre la route qui longe le lac et, à la sortie de la ville, s'élance sur l'autoroute de Genève. Il a replongé dans le grand bain. Une semaine après sa « promenade » avec Ève aux Tuileries, elle le rappelait pour lui fixer rendez-vous boulevard Malesherbes, au Service des achats, nom qu'a conservé la cellule de sécurité de l'ambassade d'Israël à Paris, et qui date de l'époque où Israël achetait ses armes en France. Une relation qui allait bien au-delà de simples liens commerciaux et qui consistait en une véritable collaboration technologique entre les deux nations avant que le général de Gaulle n'y mette fin en se rapprochant des pays arabes.

Ron Pérez, le responsable du Service, l'a reçu de façon courtoise mais a été très clair : une opération légère, ne mobilisant pas plus de trois hommes, en espérant qu'elle soit concluante dès le premier coup. Il n'y aura pas de deuxième tentative. Gal sait ce que ce « coup de main » signifie : une façon pour le Service de se l'attacher à nouveau après quinze ans de « liberté ». En dépit d'une si longue absence, il les a trop longtemps fréquentés pour ignorer leur mode de fonctionnement et le pragmatisme d'un Ron Pérez. Cette faveur fait de lui leur obligé. Un sacrifice consenti pour le cardinal, ce diable d'homme, mais aussi et surtout pour Salomone Rossi.

– On sera à Morges dans dix minutes, précise le chauffeur après qu'ils ont parcouru quelques kilomètres sur la voie rapide.

Assis à la place du passager avant, Gal jette un coup d'œil à l'arrière et voit, entassés en vrac, cordes, vêtements, rouleaux de Scotch, torches, pelles, boîte à outils, balles de tennis, cagoules et bâtons. Il trouve même une boîte de Canigou.

– Les choses vont se dérouler ainsi, commence l'homme au volant. Au centre du village de Romanel, deux voies : celle de gauche où Feldmann habite et celle de droite qui traverse les champs et la forêt. Elle mène vers Cossonay et Renens. C'est sur celle-là que notre oiseau fait du vélo. Le problème est le suivant : il lui prend parfois la fantaisie de descendre à Morges. Mais la pente est raide, et pour ses soixante-dix ans passés, le retour est sportif, alors tout dépend de sa forme du moment. Une dernière chose, le chien. Si l'animal le suit, on doit l'éliminer ou le capturer, ce qui complique nos affaires. J'ai une astuce pour forcer Feldmann à laisser son chien chez lui. Il quitte son domicile en général vers 16 h 15, après sa sieste. Il suffit que l'un de nous fasse les cent pas devant sa maison, un peu avant son départ. Il se méfiera et laissera le chien dans le jardin au cas où l'inconnu tenterait de le cambrioler.

– Et si le faux rôdeur lui fait tellement peur qu'il décide de ne pas sortir ? s'inquiète Gal.

– Y a-t-il quelqu'un d'autre dans la maison ? demande le passager à côté du chauffeur.

– La femme de ménage. En principe, elle part après le déjeuner, vers 13 h 30, sauf quand il déjeune à l'extérieur.

– Bon, lance l'un des hommes assis à l'arrière, c'est l'improvisation totale. Chien ou pas. Vélo ou pas. Morges ou pas…

Chacun est obligé d'élever la voix pour se faire entendre dans le vacarme du moteur du Combi.

Aux portes de Morges, ils s'apprêtent à suivre la route qui monte à Vallorbe.

– On a encore du temps, dit le passager assis à côté de Gal.

– Autant arriver en avance et accorder nos violons, insiste le conducteur. Pas question de rentrer bredouilles.

Comme chaque jour après la sieste, Jacques Feldmann jette un coup d'œil par la fenêtre donnant sur la rue, pour s'assurer que Sultan est bien à son poste avant sa promenade en vélo. Trois ans plus tôt, préoccupé par son état de fatigue, ses jambes lourdes et la difficulté qu'il éprouvait à se lever le matin, il a consulté un médecin à Morges. Ses analyses ont révélé un taux de cholestérol élevé, une urée anormale et un taux de triglycérides alarmant. Depuis, le docteur Bloch assure son suivi médical et lui prescrit une série de médicaments aux noms barbares et une dose d'aspirine à prendre régulièrement. Tout cela ne valant rien sans une activité physique quotidienne, le médecin lui recommande la marche, la natation ou tout autre sport non violent. C'est ainsi que Feldmann est devenu un adepte du vélo. Il lui arrive de pédaler jusqu'à Morges, près du lac, et même parfois de pousser jusqu'à Cossonay, en prenant par le bois. Mais en général, la peur de la crevaison le maintient dans les alentours de Romanel où son chien Sultan le suit et le rassure de sa présence. Sait-on jamais, un malaise peut le surprendre, une voiture le faucher, un imprévu survenir sur une route secondaire ou en pleine forêt…

Cet après-midi, un homme qu'il n'a jamais vu dans le voisinage va et vient devant sa maison, tantôt regardant le ciel, tantôt comptant ses pas. L'individu est grand et porte des lunettes. Un employé municipal ? Ou peut-être un inspecteur de la compagnie d'électricité qui vient évaluer les travaux à entreprendre pour enterrer les câbles électriques. Il serait temps de réaliser le projet au lieu de le repousser d'année en année, faute de budget, car les coupures de courant se répètent chaque hiver à la première tempête de neige, ou lorsque le vent souffle en violentes rafales.

Toujours est-il que cet inconnu qui passe et repasse sous ses yeux perturbe la tranquille monotonie de son quotidien. Il ne veut prendre aucun risque. Aujourd'hui, son chien montera la garde en son absence. Il enfourche donc sa bicyclette et part pour sa promenade de santé en laissant le malinois attaché dans le jardin.

Il descend le chemin goudronné qui conduit à la poste située au centre du village, saluant au passage le fermier qui charge des bidons de lait vides dans son pick-up Peugeot hors d'âge. Après quelques centaines de mètres sur la grande route, il s'enfonce dans le sentier forestier.

À l'embranchement de la forêt, surgissant de derrière les arbres, le Combi s'engage derrière le cycliste à une bonne centaine de mètres en retrait. La camionnette bringuebale à chaque nid-de-poule. À l'intérieur les hommes ne bronchent pas. Ils ont bien étudié l'itinéraire et savent que dans cinq-cents mètres, un nouveau tronçon goudronné les attend.

Feldmann ne tarde pas à remarquer qu'un véhicule le suit et se rapproche. Le bruit de la mécanique lui rappelle les fameuses voitures de la Wehrmacht avec leur moteur Volkswagen placé à plat sous le siège arrière. Il serre le plus possible à droite afin de laisser le Combi le doubler, mais celui-ci garde obstinément son allure. La route traverse maintenant le cœur de la forêt.

La fourgonnette accélère pour se placer à hauteur du vélo. Avec une rapidité époustouflante, l'un des hommes ouvre la porte du Combi et saute sur le cycliste. Simultanément, le chauffeur stoppe le véhicule. Le passager avant se jette à son tour sur la cible. En un clin d'œil, Jacques Feldmann est maîtrisé, hissé à bord, et son vélo expédié au fond de la camionnette. Les deux hommes lui entravent les mains et les pieds à l'aide d'un ruban de nylon puis s'asseyent de part et d'autre de leur prisonnier. Le chauffeur démarre en trombe.

D'abord paralysé par la peur, Feldmann commence à se débattre et à crier.

– Silence ou je te bute, lui intime l'agent assis à sa droite en exhibant un Mauser sous son nez. Cela doit te rappeler des souvenirs.

– J'ai une maladie de cœur, geint le cycliste en français. Je vais mourir…

– Si tu veux, mais avant, tu dois parler.

– Que me voulez-vous ? Je… je ne possède rien.

– Seulement une maison, un chien, et un compte en banque bien pourvu. Tout ça, on sait. Mais ce qu'on ne sait pas, c'est d'où vient ton argent et pourquoi tu as changé d'identité.

– Je ne comprends pas de quoi vous parlez. Je suis un rescapé des camps…

– Je vais te rafraîchir la mémoire. Franz Becher, aide de camp du feld-maréchal Keitel, ça te dit quelque chose ?

– Mais de quoi parlez-vous ? Vous êtes fou ! s'écrie-t-il après une brève hésitation. Je suis Jacques Feldmann…

La voiture quitte le bois et roule en direction de Cossonay. Pour sa sécurité, l'équipée ne peut rester à découvert.

– Je retourne sur Morges, décide le conducteur. Vers Échandant, il y a un petit bois à l'écart. On va se planquer là-bas.

– On n'a pas beaucoup de temps, lance l'agent assis à la droite du cycliste. Réponds à nos questions et on te lâche. Ton vélo est là qui t'attend. Si tu refuses, tu meurs. On sait que tu n'étais pas un SS. Mais aide de camp de Keitel, ce n'est pas anodin. Lui a été jugé pour crime contre l'humanité.

Le deuxième homme sort de sa poche une photo de Becher datant des années 1940, sur laquelle il pose en uniforme allemand. Puis un second cliché, un portrait agrandi, qu'il approche du visage du prisonnier. À part les rides et la chevelure moins épaisse et blanchie, les traits du visage coïncident parfaitement. Le regard non plus n'a pas changé.

Le soleil qui a amorcé sa descente depuis plusieurs heures est en passe d'être masqué derrière les montagnes du Jura. Dans l'obscurité naissante, le Combi poursuit sa route à plein régime.

– On y est presque, annonce le conducteur. Mais il ne faut pas traîner. On ne sait pas ce que notre invité a prévu pour sa soirée. Personne ne doit s'inquiéter de son absence.

– Assez rigolé, Becher. Tu parles ou on te délie la langue avec une injection de Penthotal. À toi de choisir.

Recroquevillé sur lui-même, muré dans son silence, Feldmann campe encore sur ses positions. Sans doute pas pour très longtemps. Chacun des hommes présents est bien placé pour savoir que personne ne résiste à un interrogatoire méthodiquement mené. Surtout passé un certain âge.

– Voilà les papiers et la photo du vrai Jacques Feldmann, fait l'agent assis à la gauche de Franz Becher. Rien à voir avec toi. Que tu avoues ou non, on communiquera ces documents aux Suisses. Pour toi, les ennuis ne font que commencer. Dommage, après tant d'années de tranquillité…

– Bon sang ! ce qu'il fait sombre là-dedans, s'écrie le chauffeur en engageant le véhicule dans la forêt. Je vous cherche un endroit un peu plus dégagé.

D'abord épaté par la rapidité avec laquelle ses compagnons ont opéré, Gal est à présent bluffé par les renseignements de premier ordre qu'ils ont su dénicher. Sans doute avec l'aide du centre Simon-Wiesenthal. Devant tant de preuves, Becher ne pourra pas nier indéfiniment. Mais le temps commence à leur faire cruellement défaut.

Autant essayer une autre méthode et tenter de l'avoir par la surprise. Avec un peu de chance, ils n'auront pas à user de violence. C'est à son tour de jouer. Il se tourne vers l'arrière et lance :

– On n'est pas là pour punir l'usurpateur que tu es, mais pour un violoniste dénommé Schultz, Gustav Schultz. Convoqué pour distraire ton Führer qui rencontrait un certain John Dale dans un château de la Nièvre. Et ne me dis pas que ça ne t'évoque rien, parce que je me mettrais vraiment en colère. Ce qui serait dommage étant donné que je suis ici le seul qui pourrait empêcher qu'on te fasse mal.

À l'air de panique qu'il peut voir sur le visage de l'Allemand, Gal sait qu'il vient de toucher une corde sensible et pressent qu'il ne se dérobera pas.

Dans le Combi à présent à l'arrêt, le silence des occupants, alourdi par celui du moteur au repos, charge l'atmosphère d'une tension dramatique.

– On dirait que les souvenirs reviennent, fait l'homme au Mauser. Il a changé de tête en entendant prononcer le nom de Schultz. Je crois même avoir aperçu une larme. Alors, Becher ! Tu te décides, ou je tire. On te laisse le choix… Sacré veinard ! La Gestapo n'était pas si généreuse.

– Si je parle, qu'allez-vous me faire ?

– Tu verras. Mais raconte n'importe quoi et on fera n'importe quoi. Vide ton sac, on avisera.

Gal devine que l'instant de vérité est proche. Il passe à l'arrière. Il se sent mal à l'aise dans cet endroit trop exigu pour quatre hommes et s'adosse au siège avant. Couché sur le sol, Becher se tourne vers lui et le regarde fixement. De ses yeux rougis coulent des larmes.

– Je vous connais, dit Becher d'une voix faible. Vous êtes Knobel. Le violoniste. Vous étiez déjà en Argentine. Je commence à comprendre. Gustav Schultz et Knobel, même combat.

– Quel combat ? demande Gal en espérant une réponse.

– Je ne sais pas. Mais un combat dangereux. Schultz a formulé une requête en montrant des documents et Hitler est entré dans une colère noire.

– Que demandait-il ?

– Je ne sais pas. Sans doute une faveur pour sa famille ou pour lui, pour son travail.

– Tu vois, quand tu fais un effort, la mémoire revient ! ironise l'un des hommes.

Becher semble ne pas entendre. Il se racle la gorge et reprend :

– Gustav et moi étions amis d'enfance. Il habitait Kantstrasse et moi, Leibnitzstrasse, près du Schiller Theater à Berlin. C'est moi qui ai eu l'idée de le faire venir au château.

– Pourquoi l'avoir choisi lui ?

– Parce qu'il était un excellent violoniste et qu'il était à Paris. Tout s'est décidé en peu de temps, il nous fallait quelqu'un qui puisse venir rapidement. Il avait été affecté aux archives de la Schola Cantorum pour trier les documents laissés par les grands musiciens français et étrangers, et rapporter les plus importants en Allemagne.

– Quels documents ? le presse Gal.

– Schultz s'intéressait surtout aux papiers écrits par Vincent d'Indy sur Wagner, Beethoven et Monteverdi. Je le revois encore au pied de cet escalier en pierre, poursuit-il. Il avait une petite valise, son violon et un cartable. Il n'a pas dit grand-chose. Il semblait inquiet. Sur le moment, j'ai cru qu'il avait le trac. Maintenant je sais qu'il était torturé par ce qu'il avait l'intention de demander aux généraux. Il ne savait pas qu'Hitler serait présent. Je ne le lui avais pas dit.

– Qu'est devenu Schultz après le concert ?

– Le Führer a donné l'ordre de le supprimer. Comme j'étais responsable de sa venue au château, Hitler a exigé que ce soit moi qui l'exécute, pour prouver ma fidélité au régime. Alors je l'ai emmené dans la forêt, aux environs du château… C'était affreux. Je ne peux pas oublier ses yeux remplis de panique et de stupeur, braqués sur moi, l'ami d'enfance qui allait le tuer… Mais c'était lui ou moi. Les SS qui m'accompagnaient avaient mission de surveiller l'exécution et de m'abattre en cas de défaillance. Je n'ai même pas pu lui dire un dernier mot… Je… je n'ai jamais raconté ça à personne, ajoute-t-il après un silence.

Becher marque un temps d'arrêt dans son récit qui semble l'avoir abattu plus encore que l'agression qu'il vient de subir.

– Il y a un détail que je conserverai jusqu'à mon dernier souffle, poursuit-il d'une voix lointaine. Lorsqu'on l'a emmené, encadré par les SS qui pointaient leurs pistolets-mitrailleurs sur lui, il avait gardé son cartable, comme un enfant se rendant en classe. Dans un ultime effort pour conserver un peu de dignité sans doute. Ça avait un côté pathétique et incongru.

« Ensuite les soldats m'ont aidé à creuser sa tombe. Je m'étais refusé à lui imposer cette sale besogne comme ils me l'avaient suggéré. On l'a enterré avec sa serviette en cuir qu'il n'avait pas lâchée, comme un ultime rempart, allez savoir…

– Tu retrouverais l'endroit ? le coupe Gal nerveusement.

– J'y suis retourné il y a quelques années. Pour me recueillir sur sa tombe. Et le pire, c'est que je n'ai jamais su la vraie raison de tout ça. C'est Jürgen von Staden, le secrétaire de Ribbentrop, qui la connaît.

– Qui la *connaît* ? demande le chauffeur.

– Je… Qui la connaissait… C'est lui qui a appelé Berlin pour renseigner le Führer sur le contenu des papiers de Schultz. Moi je me souviens seulement l'avoir entendu chuchoter le nom de Monteverdi et d'un autre…

– Rossi ! Salomone Rossi ! éclate Gal.

– Oui, ce doit être ça.

– Donc Schultz aurait trouvé un papier à la Schola qui parlait de Monteverdi, ou plutôt du rapport entre Rossi et Monteverdi. Mais qu'est-ce que cette affaire comportait de si grave pour condamner Schultz à mort ?

– Je me demande si ce drame n'est pas simplement l'effet de la folie d'Hitler, dit Becher. Il n'a pas supporté qu'un artiste vienne le solliciter pour une histoire sans intérêt. Ça pouvait être suffisant pour le faire sortir de ses gonds. J'y réfléchis depuis près de cinquante ans… Parfois je me dis qu'il y avait peut-être quelque chose dans ce papier, un détail tellement insoutenable pour le Führer qu'il a tout réduit à néant, y compris le violoniste.

L'Allemand se tait. Face inclinée vers le sol, corps replié sur lui-même, s'exposant au regard des autres dans une attitude de contrition.

– Il est tard, il faut se dépêcher, lance le chauffeur.

– On te ramène chez toi, dit l'homme armé. Mais au moindre écart, on informe les Suisses de ta fausse identité. Ils n'aiment pas s'embarrasser de types dans ton genre. Autre chose : nous savons qu'un transfert d'argent a été effectué depuis un compte numéroté du Crédit Suisse de Zurich vers une banque privée à Genève.

Becher se tait, le visage voilé de consternation.

– Les fonds ont ensuite été répartis dans d'autres banques, toutes opérations effectuées au nom de Jacques Feldmann. Tu as eu assez de courage pour échapper aux sanctions de l'après-guerre, alors sers-toi de ce courage pour aller jusqu'au bout de ton destin. De toute manière, nous pouvons prouver ton identité, alors si tu n'es plus de ce monde, c'est ta famille qui devra rendre des comptes. Et puis, il y a aussi Monica, ton amie de Zurich…

– Laissez-la en dehors de ça. Elle n'est au courant de rien.

– Elle ne sait pas encore qui est Franz Becher…

L'Allemand soupire. L'évocation de Schultz a eu raison de ses dernières résistances. Il est désormais prêt à répondre à n'importe quelle question.

– Après la guerre, j'ai perçu un million de dollars d'un fonds secret allemand caché en Suisse et distillé par une organisation proche du Vatican. J'ai reçu cet argent, comme quelques autres survivants, et je l'ai fait gérer comme j'ai pu par les banques suisses. J'ai acheté une maison à Romanel pour presque rien à l'époque. Pour le reste, je vis seul avec mon chien et je n'ai pas de grands besoins.

– Bien. On s'assure que tout ça est vrai. Si nécessaire, on reviendra te voir pour un complément d'information.

Le chauffeur démarre, la fourgonnette fait un bond en avant puis s'élance sur le chemin forestier plongé dans la nuit.

S'adressant une nouvelle fois à Becher, le violoniste demande :

– Tu as une idée de l'endroit où se cache von Staden ?

– Aucune, répond-il en secouant la tête. Il a disparu bien avant la fin de la guerre. Je ne sais même pas s'il est toujours vivant.

– Tu as parlé de lui au présent il y a un instant !

– Je… Parce qu'il n'est peut-être pas mort… Je n'ai jamais été informé de sa mort en tout cas…

Les yeux fixés sur la route, les mains sur le volant, le conducteur secoue la tête d'un air dégoûté.

– Pour l'instant la prise peut paraître maigre, lui souffle Gal à voix basse. Mais cette affaire fait partie d'un tout. Crois-moi, elle représente un élément charnière. C'est l'unique raison pour laquelle Ron a accepté d'organiser cette opération. Il n'y a qu'à voir les moyens déployés par certains pour préserver ce secret, pour considérer qu'il s'agit d'un mystère à tiroirs : dans un premier temps le secret proprement dit, dans un second l'organisation qui le protège.

Après plusieurs kilomètres parcourus sans autre son que le ronronnement du moteur, le véhicule entre dans Lausanne et le chauffeur reprend la parole, s'adressant aux deux agents :

– Je vous laisse avec l'Allemand au bord du lac. Allez au chalet-restaurant qui se trouve près du rond-point, à l'emplacement de l'Exposition universelle. Je serai de retour d'ici une heure. Je garde le vélo.

Redressé et libéré sans ménagement de ses liens de nylon, l'Allemand reprend son souffle et masse ses poignets endoloris. Le Combi freine brutalement. Les deux agents le poussent dehors en le maintenant fermement pour l'aider à retrouver son équilibre et s'engagent avec lui sur le chemin qui mène au chalet-restaurant.

Gal et le chauffeur repartent par le centre-ville. Il est un peu plus de 19 heures quand ils atteignent l'aéroport. Un Beachcraft A60 Duke, un bimoteur des années 1970, attend en bout de piste.

– Apparemment, le pilote a soudoyé le contrôleur aérien pour rester en contact radio. Saute dans l'avion, on s'occupe de l'Allemand, lance le conducteur à Gal déjà dehors.

Sans même un regard en arrière, le violoniste parcourt la piste au pas de course. Le pilote le reçoit en pestant :

– Qu'est-ce que vous foutiez ? On est sacrément en retard ! Quelques minutes de plus, et le vol était annulé. Il n'y a rien de prévu pour les décollages de nuit ici et l'éclairage n'est pas adéquat.

– Désolé. Ce fut une longue et pénible journée, répond Gal en attachant sa ceinture.

L'avion glisse sur la bande de pelouse, prend de la vitesse tandis que le pilote met les gaz et après quelques centaines de mètres s'arrache au sol. Un bref échange radio avec la tour de contrôle, et le Beachcraft prend de l'altitude.

– Mon plan de vol passe par Genève. C'est là qu'officiellement nous allons, ensuite je changerai d'itinéraire en branchant ma radio sur la tour de Genève.

À peine dix minutes plus tard, l'appareil survole l'agglomération genevoise reconnaissable à ses lumières qui scintillent dans la nuit en épousant le contour du lac, masse sombre sur laquelle apparaissent quelques reflets. Le pilote doit discuter ferme avec les contrôleurs aériens pour pouvoir changer de cap. Après avoir fourni une série de numéros d'immatriculation, des noms et des garanties, il est autorisé à prendre le couloir aérien qui passe par la vallée du Rhône.

– Dans deux heures, nous devrions apercevoir les lumières de Paris, annonce-t-il à Gal qui respire enfin.

Tandis que l'appareil prend sa vitesse de croisière, en suspension entre les étoiles et les lumières qui brillent au sol, Gal se laisse envahir par les impressions de la journée : l'adrénaline de la capture, les premières dénégations, puis les aveux, la peur de l'Allemand et son émotion à l'évocation de Schultz. Son émotion à lui aussi, en entendant cette histoire qui l'habite depuis plusieurs semaines racontée par l'un des protagonistes. Sa déception également, après l'excitation, devant la pauvreté des renseignements obtenus. À ceci près qu'il reste encore un espoir, même ténu : la tombe de Schultz dont Becher connaît l'emplacement.

Après un œil jeté au pilote concentré sur sa route, il ferme les yeux et se laisse bercer par le ronronnement du moteur.

17

Jamais il n'est sur son vélo à une heure aussi avancée. D'autant qu'il n'est pas équipé, que son feu arrière ne fonctionne pas et que les automobilistes le distinguent à peine dans l'obscurité. À plusieurs reprises il a eu droit à des coups de Klaxon rageurs après avoir été frôlé d'un peu trop près. Les Suisses n'aiment pas le désordre, moins encore que les Allemands, et ne peuvent comprendre que l'on s'aventure sur la route sans être en règle. Maudit pays, peste-t-il tandis que pour la première fois depuis son installation la tranquillité qu'il était venu chercher se retourne contre lui. Tu parles d'une promenade de santé…

Ils l'ont relâché sans ménagement, ces salauds. Sur la route de Morges, loin de chez lui. Il a eu beau implorer qu'ils le reconduisent jusqu'à Romanel, ils sont restés sourds à ses supplications. Quelle pitié en attendre ? À leurs yeux, il reste un nazi et il peut déjà s'estimer heureux d'avoir eu la vie sauve…

Ces émotions ne sont plus de son âge. Il a l'impression que son cœur va lâcher. Et puis le froid est mordant après la tombée de la nuit. Il n'est pas assez couvert. Il va au moins attraper une pneumonie. À son âge. Pédalant à grand-peine sur la route de Romanel, il prend conscience que jamais plus il ne connaîtra de jours paisibles. Une fois repéré, un ancien nazi est à la merci de ses poursuivants.

Il vient de basculer dans l'incertitude. Non, la Suisse n'est pas un havre de paix où le chocolat et le fromage gardent éternellement le même goût et où la police maintient la sécurité jusque dans les coins les plus reculés… Ses jambes se dérobent sous lui. De temps à autre, il remonte en selle jusqu'à ce que, le souffle court, il reprenne la marche. L'effort à fournir avant d'atteindre Romanel lui semble insurmontable, au point d'espérer que par miracle un voisin passe en voiture et le reconnaisse. Mais une fois encore, il mesure la fragilité de ses certitudes : en se réfugiant à l'écart de tout, il a omis d'envisager qu'un jour il pourrait dépendre des autres.

Quand il pousse enfin la grille de son jardin, il laisse tomber son vélo et se précipite chez lui, sans prendre le temps de détacher le malinois. En nage et transi, à bout de forces, il se jette sur son lit. Sa tête bourdonne de mille questions qui toutes se noient dans la crainte et le doute soulevés par sa nouvelle situation.

Et s'il vendait ses biens pour disparaître à nouveau en Amérique du Sud, ou ailleurs ? Peut-être même en Israël ? Un Feldmann a tous les droits de rentrer dans son pays…

Dans un sursaut de lucidité, il se rend compte qu'il perd la tête et divague : il est déjà fiché et sous étroite surveillance. Le temps d'organiser sa fuite et de mettre la maison en vente, il sera liquidé, comme tant d'autres avant lui.

Et cette histoire avec Schultz qui lui revient comme un boomerang ! Torturer sa conscience n'était pas suffisant. Il ne pouvait pas en être quitte pour si peu.

Gustav. Ce n'est pourtant pas de sa propre volonté qu'il a assassiné son ami, mais sur ordre. Malgré ses efforts pour réconforter le condamné, celui-ci a refusé de l'entendre et a juste murmuré : « Tout ça pour un compositeur que tout le monde idolâtre… »

Il a dû s'endormir. Ce sont les aboiements du chien qui le tirent de son sommeil. Fourbu, les membres endoloris, il ne trouve pas la force de bouger, seulement celle de maugréer : « Ah ! Les salauds. M'emmerder comme ça à mon âge pour une histoire aussi stupide. Je ne suis pas un criminel de guerre. Je ne suis même pas riche. »

Il lui faut absolument sortir de ce face-à-face avec un passé qui le rend fou, entendre une voix qui l'appelle Jacques, qui lui parle du quotidien. Celle de Ritter, par exemple, son copain de Lausanne. Tant bien que mal, il se déplace jusqu'au téléphone. Sa main hésite à soulever le combiné. La ligne est peut-être sur écoute. Alors il se résigne au silence.

Prenant enfin son chien en pitié, il se décide à se traîner dehors pour le détacher. Alors que le malinois, comme chaque soir, se dirige vers la maison, Becher lui interdit d'en franchir le seuil et le contraint à se coucher dans sa niche. Ce soir, Becher se sent indigne de la confiance de son compagnon. Il préfère cacher sa honte de s'être fait prendre et d'avoir si vite cédé à l'interrogatoire.

Las, il referme la porte et allume la télévision. Les images et les sons comblent le vide de la pièce. Il passe d'une chaîne à l'autre. Aucun programme ne le satisfait, aussi retourne-t-il s'allonger. Mais les souvenirs qu'il avait mis tant de temps à effacer refont soudain surface, nets et précis, comme s'ils dataient d'hier.

Du fond de sa mémoire, se dresse la Schola Cantorum. Un frisson le parcourt lorsqu'il croit sentir le contact de son ami lui donnant l'accolade. Puis la route de Nevers défile sous ses yeux, il refait le voyage au côté du violoniste tendu et plongé dans ses réflexions. Le château si accueillant. Le petit garçon qui ne voulait pas dormir. Le concert devant la cheminée. Et le drame. Aussi brutal et soudain qu'un orage dans un ciel d'été. La suite, ce sont les années de cette guerre toujours plus incertaine, les discussions avec le feld-maréchal Keitel lorsque celui-ci désespérait du Führer et de sa décision absurde d'attaquer la Russie de Staline. Des jours où Keitel comparait le destin de l'Allemagne à celui de l'Égypte. Tel le pharaon, les nazis avaient signé la chute de leur nation en s'attaquant aux Juifs. Quelle folie. Toutes les machines finissent par s'enrayer, et l'Allemagne a surestimé ses capacités, lui disait le feld-maréchal.

Le téléphone sonne, il sursaute et décroche, anxieux de découvrir qui l'appelle. Au bout du fil, Monica paraît soulagée de l'entendre après plusieurs tentatives restées sans réponse en début de soirée.

– Alors tu étais sorti, Jacques, dit-elle rassurée. J'espère que tu n'as pas commis d'infidélité. À ton âge, ce ne serait pas raisonnable.

Il ne peut s'empêcher de ricaner.

– Ma pauvre, quelle imagination ! Si tu savais... Je suis tombé de vélo, j'ai mal partout.

– Mon Dieu ! Je suis à Lausanne, veux-tu que je vienne te soigner ?

– Non, ce n'est pas la peine, ce n'est pas si grave. En plus, je dois avoir l'air d'un vieillard ce soir, et je préfère que tu ne me voies pas dans cet état. On a sa coquetterie, que veux-tu.

Elle rit à son tour.

– Ce n'est rien je t'assure, dans quelques jours ce sera passé, ajoute-t-il.

– Mais je serai déjà repartie à Zurich.

– Ce n'est pas le bout du monde, répond-il en tentant de réprimer son irritation. J'ai fait une chute, voilà tout, ça peut arriver à n'importe qui.

Les mots le fuient. Il a hâte d'en finir avec cette conversation. La sollicitude de Monica le déprime.

Jacques Feldmann ne peut confier le secret de Franz Becher. Pas même à cette femme devant qui il a toujours soigneusement évité toute allusion au passé, trop incertain de sa réaction. Il en va avec Monica comme avec le petit cercle d'amis dont il s'est entouré depuis qu'il vit en Suisse. Par peur de dévoiler l'inavouable en cédant à la faiblesse d'un jour, il entretient avec eux des relations cordiales sans se départir d'une certaine distance.

Mais le simulacre lui pèse. C'est face aux images de l'Allemagne nouvelle à la télévision qu'il ressent lc plus cruellement son isolement. Là-bas le monde bouge sans lui, les politiques modèlent un autre pays, la réunification suit son cours, les citoyens s'expriment. Retranché dans son coin d'Helvétie, Franz Becher est exclu de son peuple. Quant à ce qui reste de sa famille il ne l'a plus revu depuis la fin de la guerre. Depuis quarante-cinq ans… Jusqu'à sa propre histoire qui fait de lui un étranger. Car de ce temps-là, il ne reste rien. Son ami Schultz gît dans un trou en France et la plupart de ses anciens camarades sont morts au combat, à Stalingrad ou à Berlin. À qui lui demande son nom, il lui arrive aujourd'hui de répondre « Franz », machinalement, comme un fantôme que personne ne voit vraiment.

Toujours au téléphone, Becher s'aperçoit qu'il n'est plus capable de tenir une conversation ordinaire. La voix de Monica ne le réconforte pas, ses propos ne lui sont d'aucun secours. Quelles paroles sauraient apporter un remède à ses maux connus de lui seul ? Ceux qui le traquent ont surgi, rompant le précaire équilibre de son existence, et leur intrusion dans l'intimité de sa conscience a ouvert une brèche par laquelle son passé refoulé s'engouffre, telle une déferlante dévastant tout sur son passage.

– Mais qu'as-tu, Jacques ? demande Monica surprise par le silence au bout du fil. On dirait quelqu'un d'autre. Tu ne vas pas bien.

– J'ai seulement besoin de quelques jours de repos. Je suis incapable de faire quoi que ce soit. Je préfère rester seul.

– Tu me caches quelque chose, je le sens. Tu as rencontré une fille plus jeune qui te mène par le bout du nez ? Il faut rester avec les gens de ton âge, la jeunesse d'aujourd'hui est sans pitié.

La jeunesse… Mais qu'imagine-t-elle ?

– Tu déraisonnes, là, c'est absurde, lâche-t-il effaré par le décalage entre les soupçons de Monica et la réalité. Ce dont j'ai besoin c'est de repos, alors je vais raccrocher, ne m'en veux pas. À bientôt, ma chérie.

Et il repose le combiné sur son socle sans même écouter ses protestations, soulagé d'être enfin parvenu à la réduire au silence.

En ayant raccroché de façon aussi cavalière il va s'attirer ses foudres, mais il n'est plus à quelques complications près…

Il se lève pour se préparer un café, ce qui ravive ses courbatures. Dehors, le malinois se manifeste par de longs aboiements. Se rappelant qu'il ne l'a pas nourri de la journée, Becher lui ouvre la porte avant de lui concocter une pâtée des restes de viande achetée chez Migros trois jours plus tôt.

Malgré l'heure tardive, il ne s'est toujours pas lavé de sa sueur et porte encore son jogging. Bien qu'accablé de fatigue, il retarde le moment du coucher, certain de ne pas trouver le sommeil.

Il repense à Monica qu'il a expédiée. Il avait fait sa connaissance à Zurich, dans sa galerie d'art de la Zimmerlistrasse où elle exposait les tableaux d'une jeune aquarelliste polonaise. Il revenait de la banque. Par hasard, l'affiche placardée sur la porte de la galerie avait attiré son attention. Il était entré et, sans savoir comment, quelques minutes plus tard, buvait une bière assis en face d'elle. Il n'envisageait pas de recommencer une vie à deux, mais ne refusait pas une liaison à distance pour rompre son isolement. Par peur de commettre une erreur compromettante, il ne voulait pas s'impliquer entièrement dans une relation. Il se savait à la merci d'un lapsus, d'une contradiction ou d'un détail révélateur qui éveillerait les soupçons d'une compagne.

Il se félicite aujourd'hui de sa prudence. Mais maintenant que l'on sait comment l'approcher, il craint que son secret ne se répande parmi les Suisses comme une traînée de poudre. À plus de soixante-dix ans, il refuse d'endosser une énième identité et de changer de vie.

Et s'il contactait des anciens pour leur demander protection ?

Contacter des anciens… Contacter von Staden surtout, qu'ils recherchent également. L'appeler au plus vite même, pour au moins le mettre en garde. Le seul élément sur lequel il est parvenu à mentir. Parce que c'était une question d'honneur : on ne donne pas les siens.

Von Staden. En voilà un qui s'en est beaucoup mieux sorti que lui, toujours dans la vie active, au cœur d'une vaste organisation. La fin de la guerre et la déroute n'ont pas signifié pour lui le renoncement à toute forme d'existence normale, à la patrie, à une culture. Jürgen von Staden n'a cédé sur rien. Il s'est enfoncé dans la clandestinité un certain nombre d'années, avant de refaire surface après un changement d'identité et une petite intervention de chirurgie plastique, histoire de ne rien laisser au hasard. Pragmatique, réaliste, von Staden est de la race des éternels survivants, de ceux qui s'en sortent toujours. Les insubmersibles. Plus prospère encore sous sa nouvelle identité. Il a été à bonne école, avec Ribbentrop.

Bénéficiant d'une vitrine brillante et d'un réseau dont il est certainement le seul à connaître toutes les ramifications, von Staden fait partie de ceux sur qui ont longtemps reposé, et reposent encore, les espoirs de renaissance du Reich.

Il connaît toujours par cœur le numéro où le joindre, même s'il ne l'a jamais noté nulle part.

Il n'y a pas de temps à perdre. Sa parka sur le dos, Becher ouvre la porte d'entrée et sort dans la nuit. La cabine est à cinq minutes à pied. Quoi qu'il lui en coûte il se doit de passer ce coup de fil.

Le sens du devoir. Le sens de l'honneur.

Onze heures du soir, note-t-il après un coup d'œil à sa montre. La rue est déserte. La plupart des habitants du village sont endormis. Comme chaque soir à cette heure. Ses pas traînants résonnent dans la nuit. Il ne pensait pas avoir à sortir ce soir. Lorsqu'il aperçoit la lumière blafarde de la cabine, il soupire et presse le pas. Une fois à quelques dizaines de mètres, il se retourne. Personne ne semble le suivre ou l'épier. Ils reviendront plus tard.

Enfin il entre, décroche le combiné et compose le numéro.

La sonnerie retentit dans son oreille. À un rythme lent et régulier. Il ignore où il appelle, si c'est chez von Staden ou ailleurs, dans un bureau quelconque. À vrai dire il s'attend plutôt à tomber sur un répondeur et à devoir laisser un message. Après une dizaine de tonalités, il s'apprête à raccrocher lorsqu'à l'autre bout du fil on décroche enfin.

– Allô ? fait une voix distinguée, celle de von Staden, bien sûr.

– Jürgen ?

– Franz ! quelle surprise, lui répond-il après deux petites secondes d'hésitation. J'ai failli ne pas te reconnaître ! Que me vaut le plaisir ?

– On peut parler ? demande Becher nerveusement, impressionné par les capacités de son interlocuteur qui l'a si vite reconnu alors qu'ils ne se sont ni vus ni parlé depuis plusieurs mois.

Au bout du fil, un bref silence. Le temps pour von Staden d'enregistrer et d'analyser toutes les données.

– Bien sûr qu'on peut parler, si de ton côté c'est OK.

– Aucun problème.

– Des ennuis ?

– C'est le moins qu'on puisse dire… J'ai été découvert…

– Quand ça ? demande-t-il avec son sang-froid légendaire.

– Aujourd'hui. Et ils en avaient après toi, s'empresse-t-il d'ajouter.

– Ah oui ?…. Qui ça ?

Au fond de lui, Becher est admiratif : von Staden ne paraît pas plus impressionné que cela, alors qu'il mesure très bien les conséquences possibles d'une telle information.

– Des Juifs, français. Des services de renseignements israéliens. Il y avait avec eux un certain Gal Knobel, le violoniste. Le coup vient de lui. Ça te dit quelque chose ?

– Rien, ou peut-être vaguement. Que voulaient-ils ?

– Ça concerne Schultz, ce violoniste qui…

– Je sais qui était Schultz, coupe von Staden sur le ton de quelqu'un qui n'a pas de temps à perdre avec des détails inutiles.

– Ils cherchent à savoir ce que Schultz avait découvert qui a causé sa perte.

– Compris. Il vit où, ce Knobel ?

– À Paris. Et il est souvent amené à voyager, en Europe surtout, pour ses concerts.

– Qu'est-ce que tu leur as dit ?

À l'autre bout de la ligne, Becher sait que von Staden est en train d'évaluer la situation, de l'analyser dans ses moindres détails, de mesurer les risques, avec cette faculté d'anticiper qui chaque fois lui permet d'avoir un coup d'avance. À près de soixante-quinze ans, il n'a manifestement rien perdu de ses capacités, celles qui cinquante années plus tôt le faisaient apprécier de Ribbentrop. Malgré la différence d'âge, la ressemblance entre les deux hommes frappait, avec ce profil acéré et cet air aristocratique.

– Je leur ai dit que j'ignorais si tu étais toujours en vie.

– Je n'en aurais pas attendu moins de toi, mon cher Franz… Que c'est étrange, ajoute-t-il après une seconde de silence, comme s'il hésitait à se livrer à une confidence, qu'un tel événement puisse créer des remous après tout ce temps… Je me disais bien que cette soirée, avec l'Américain, ce John Dale, une absurdité, avait quelque chose de… malsain. Hitler avait hélas certaines faiblesses… On peut le confesser à présent.

– C'est le moins qu'on puisse dire, fait Becher hargneusement.

– Comme c'est dommage, poursuit von Staden sans tenir compte de la remarque de son interlocuteur. Et tu sais comment cette histoire a refait surface ?

– Knobel a parlé d'un petit garçon qui était sur place, glisse Becher avec un regard inquiet vers la rue. Un petit garçon qui n'a pas oublié et qui à présent veut comprendre.

– Un petit garçon ? Tout cela est si vieux… Mais tu n'en sais pas plus sur son identité…

– Désolé, non.

– Ah, mon cher Franz, les événements n'ont pas pris la tournure que nous espérions, et aujourd'hui toi et moi sommes hélas bien vieux. Mais le Reich n'est pas mort, tu sais, il survit sous une autre forme, et poursuit le combat. La relève est assurée. Lorsque nous avons assisté à la chute du Mur et à la renaissance de la grande Allemagne je n'avais pas connu pareil bonheur depuis bien des années. Merveilleux, n'est-ce pas ?

– Merveilleux en effet, répète Becher en se souvenant qu'une heure plus tôt il se sentait exclu de ce vaste mouvement.

– Eh bien, il ne nous reste plus qu'à nous quitter. Et sur ces bonnes paroles, porte-toi bien, en espérant que tu n'aies pas droit à une nouvelle visite. Et si tu as besoin de quoi que ce soit, n'hésite pas. Tu sais que nous sommes là...

– Je le sais, oui. Et je t'en suis reconnaissant, ajoute-t-il sans conviction, attendant que l'autre ait raccroché.

En regagnant sa maison par les rues désertes, Franz Becher est en proie à un sentiment désagréable. La réaction de von Staden sans doute, ce côté supérieur et froid dont il ne s'est jamais départi. « Tu sais que nous sommes là. » Il sait trop ce que cela signifie. Cette obsession à poursuivre le combat après que tout a été perdu... Lui-même a préféré passer à autre chose. Peut-être a-t-il eu tort, si on compare sa situation à celle de von Staden.

Une fois chez lui, accueilli par son chien, lui qui a cessé de fumer depuis de nombreuses années, il ressent une irrépressible envie d'allumer un cigare. Il a beau fouiller ses tiroirs, pas la moindre cigarette. Rien non plus dans les placards, seulement quelques bouteilles de schnaps, de whisky, de grappa et de vodka.

Il s'empare de la vodka, s'en verse une bonne rasade et, verre après verre, tente d'oublier ses tourments.

Après avoir raccroché, Jürgen von Staden est resté quelques minutes à fixer son téléphone, pensif, comme si sa contemplation pouvait lui apporter un quelconque éclaircissement sur la conduite à tenir. Sur une petite feuille de papier il a, au cours de la conversation, inscrit le nom du violoniste.

S'arrachant soudain à l'abîme de ses réflexions, de son écriture élégante il inscrit au sommet de la feuille celui de Franz Becher.

« On n'est jamais trop prudent », se dit-il avant de quitter la pièce et d'éteindre la lumière.

18

Gal n'a jamais vu le cardinal jubiler autant. Ses yeux pétillent sans relâchc et son large sourire dévoile ses petites dents légèrement jaunies. Une gaieté qui a contaminé Emilio, son secrétaire d'habitude si sérieux.

Tous deux sont assis côte à côte dans le canapé blanc que les « visiteurs » de Gal ont épargné, tandis que le violoniste leur fait face dans le fauteuil de cuir fauve dont l'assise a été lacérée d'un coup de couteau. Les différents instruments à cordes qui se détachent sur les murs blancs et dont certains portent encore les stigmates du « cambriolage » accaparent l'attention d'Emilio, le regard du cardinal revenant quant à lui sans cesse sur le violoniste.

Alors que l'idée ne lui aurait pas effleuré l'esprit quelques semaines plus tôt, Gal a cette fois décidé de les accueillir chez lui, geste auquel le cardinal a été sensible.

– Arrêtez de vous moquer, je vous prie, finit-il par demander sur le mode de la blague à Alphonse de Morillon qui ne cesse de le considérer avec malice.

– Me moquer ? s'insurge presque le cardinal en souriant davantage encore.

– Je me doute que vous jubilez plus à cause de ce que vous êtes parvenu à me faire faire qu'à cause du résultat de l'opération. Un résultat pour l'instant assez maigre.

– Pour l'instant ! comme vous dites. Mais je reconnais que l'idée qu'un homme d'Église comme moi soit parvenu à se servir des services action israéliens pour faire avancer ma cause est des plus plaisantes. Reconnaissez-le, mon cher Gal.

– Oh ! ils ne sont pas dupes, rétorque le violoniste, ne pouvant lui non plus s'empêcher de sourire.

– Ça n'en est que plus beau ! Cela dit, reconnaissez aussi que ma cause sert la leur. Mais ce n'est pas uniquement pour ça que je me réjouis.

– Cette fois, vous m'intriguez.

Le regard de Gal passe du cardinal à son secrétaire, tous deux arborant la même mine joyeuse.

– Je me réjouis surtout parce que cette fois j'ai la conviction que nous sommes à deux doigts du but.

– Pour le coup, je vous trouve bien sûr de vous, rétorque Gal les sourcils levés. Qu'avons-nous trouvé, à part un vieil homme apeuré qui n'a fait que confirmer ce que nous savions déjà ?

– Certainement beaucoup plus que ce que vous imaginez. C'est déjà formidable de l'avoir trouvé, lui.

Une sonnerie en provenance de la cuisine retentit soudain.

– L'heure de passer à table, annonce Gal. Le gigot est prêt !

– À la bonne heure ! se réjouit le cardinal en se levant, aussitôt imité par Emilio. Si vous cuisinez aussi bien que vous jouez, ça nous promet un festin.

– Vous ne manquez décidément pas de dons, ce gigot était délicieux, s'exclame Alphonse de Morillon à la fin du repas. Un peu en avance pour Pâques, mais j'apprécie.

– Je vous remercie, fait Gal en se tournant vers le cardinal. Ce n'est pas parce que je vis seul que je vais me laisser mourir de faim, et puis je n'aime ni les conserves ni les surgelés, alors j'ai bien été obligé de me mettre à la cuisine. J'ai un faible pour la gastronomie italienne, mais en présence d'un Italien j'ai préféré ne pas m'y risquer.

En manière de protestation, Emilio lève son verre.

– Vous auriez pu, parce qu'on sent la patte d'un virtuose. Et je suis sûr que vous pourriez en remontrer à pas mal d'Italiens, ou d'Italiennes.

Loin de ces considérations d'ordre culinaire, Gal a soudain l'air songeur.

– À quoi pensez-vous ? s'inquiète l'ecclésiastique.

– Becher ne nous a pas dit tout ce qu'il sait.

– Le contraire eût été étonnant. Vous ne l'avez pas non plus vraiment cuisiné, d'après ce que vous nous avez raconté, poursuit Emilio devant l'air interrogateur du violoniste.

Amusé par la logique du secrétaire et sa façon de s'exprimer, Gal ne peut réprimer un sourire.

– Serait-ce un jeune et prometteur ecclésiastique comme vous qui aurait des leçons d'interrogatoire à donner à des barbouzes dont c'est le métier ? Décidément, vous autres hommes d'Église ne cesserez de me surprendre !

Les trois hommes éclatent de rire.

– Sur quel point pensez-vous qu'il n'a pas tout dit ? s'enquiert Alphonse de Morillon.

– Von Staden. Je sais trop comment ces réseaux fonctionnent, et je doute que Becher s'en soit totalement écarté. Ne serait-ce que parce qu'il a eu besoin d'aide pour organiser sa nouvelle existence, d'une aide logistique et financière au lendemain de la guerre, et peut-être même pour son retour en Europe. Au risque de vous déplaire, il a parlé d'une organisation proche du Vatican.

Mais le cardinal ne fait que lever les mains en signe d'impuissance face à une situation qu'il déplore depuis trop longtemps.

– Et lorsqu'on vous fournit ce type d'aide, il est bien rare que l'on vous oublie totalement. Ce n'est pas à un aussi fin connaisseur de l'âme humaine que je vais apprendre une chose pareille.

Le cardinal lui renvoie son sourire.

– En ce qui concerne von Staden, donc, reprend Gal, à un moment la langue de Becher a fourché, il a parlé de lui au présent, comme s'il était toujours en vie. Je pense qu'on a eu tort de ne pas le pousser dans ses derniers retranchements. Parce que j'imagine mal les services israéliens monter une nouvelle opération…

– Je ne pense pas que ce soit nécessaire, suggère le cardinal.

– Que voulez-vous dire ?

Alphonse de Morillon repose son verre après l'avoir bu à moitié, son visage arborant un air de satisfaction.

– Je ne voudrais pas jouer au vieux donneur de leçons, surtout que vous-même n'êtes plus tout à fait un enfant, mais avec l'âge, et la fin approchant, on a tendance à vouloir mettre de l'ordre dans ses affaires. Alors ceux qui parviennent à passer entre les mailles du filet finissent parfois par emporter avec eux leurs regrets dans la tombe, et je dirai tant pis pour eux. Mais les autres, ceux à qui est donnée l'occasion de soulager leur conscience, il est bien rare qu'ils n'en profitent pas. Or il est évident que votre apparition soudaine dans l'existence de Becher a soulevé dans sa conscience des questions qu'il a dû s'employer à oublier pendant plusieurs dizaines d'années. Difficile pour lui de les ignorer plus longtemps.

Gal lui adresse un regard dubitatif. Emilio, l'air de rien, boit ses paroles.

– Songez qu'une entreprise comme le centre Simon-Wiesenthal doit une bonne partie de ses succès à des informations émanant d'anciens nazis rongés par le remords, poursuit le cardinal pour achever de le convaincre. Et je vous rappelle que Schultz était l'ami de Becher, et qu'il ne l'en a pas moins exécuté. Je vous laisse imaginer l'état de sa conscience, surtout depuis que vous avez ravivé tous ses souvenirs. Alors laissons-lui encore un peu de temps, et il devrait revenir vers vous, une fois qu'il sera mûr.

– Votre assurance est parfois déconcertante. Et le pire c'est que je serais presque tenté de vous croire.

– Il s'agit d'un point de vue réaliste développé avec les années et l'expérience, répond le cardinal. Mais qui n'exclut pas non plus le libre arbitre, et la Providence.

– Et si vous aviez tort ? Et s'il ne se manifestait pas ? insiste Gal.

– Dans ce cas je pense qu'une simple visite de votre part, avec moi peut-être, serait suffisante pour le décider à coopérer. Sans l'appui logistique de vos amis du service action.

– Voulez-vous boire autre chose ?

– Armagnac ?

– Je dois avoir ça. Si vous voulez me suivre au salon…

En passant d'une pièce à l'autre, le cardinal et Emilio s'attardent sur les traces laissées par les « cambrioleurs » dans l'appartement. Le placage d'une commode en frêne décollé, un pan de moquette arraché, quelques cadres de photos aux verres fendus…

– Ça n'a pas dû être drôle de retrouver votre appartement dévasté. Dire que c'est à cause de nous, déplore Emilio.

– Que voulez-vous, ce genre d'événements apprend aussi à se détacher des choses matérielles.

– Mais les souvenirs…, suggère le cardinal.

– Ils sont toujours là, un peu cabossés, comme le reste, fait-il en lui tendant un verre rempli au quart d'un liquide ambré.

Onze heures. Alors que le cardinal trempe ses lèvres dans l'armagnac et que son secrétaire s'est relevé pour observer de plus près une viole de gambe, Gal se dit qu'il aurait aussi aimé cuisiner pour Ève ce soir. Sa place ici eût été tout aussi indiquée que celle des deux ecclésiastiques, elle dont le pouvoir de persuasion a été déterminant pour organiser l'opération Becher.

– Vous avez l'air soucieux, dit le cardinal en le tirant de sa rêverie.

– Nous ne sommes qu'à la moitié du chemin. Et si nous nous arrêtons là, tout ce que nous avons entrepris l'aura été pour rien.

– Vous avez une idée derrière la tête.

– Il faut que nous nous rendions à ce fameux château dans la Nièvre et que nous retrouvions l'endroit où Schultz a été enterré. Becher a parlé de sa serviette dans laquelle il conservait certains documents. Il aurait été enterré avec elle. Avec un peu de chance, on y trouvera certaines réponses.

À ce moment, Gal intercepte un regard d'Emilio adressé au cardinal. Il a l'air de se féliciter de la pugnacité du violoniste.

– Ça ne devrait pas être difficile à obtenir. Pour Becher, ce sera le meilleur moyen de rendre justice à son ami.

– Alors je n'attendrai pas qu'il se manifeste pour lui demander de nous y accompagner, ou au moins de nous adresser un plan.

– Sa présence serait préférable. Et avec moi sur place, on aura réuni deux des protagonistes du drame. Mon Dieu… cinquante ans après, achève le cardinal soudain pensif.

– Vous savez qui habite le château ? Toujours des membres de votre famille ?

– Pas du tout. Il a été vendu il y a une trentaine d'années, et ne me demandez pas à qui. Surtout que ce ne sont peut-être plus les mêmes propriétaires, à présent.

– Alors ce sera ma prochaine destination. Rossi a assez croupi dans l'oubli où on l'a plongé.

– Et je vous y accompagnerai. Ce sera pour moi l'occasion d'un voyage dans le temps. J'en tremble d'avance, avoue le cardinal en se levant.

Une fois le cardinal et Emilio partis, Gal éprouve l'envie de saisir son violon et d'en tirer quelques notes. Sortant son Amati de son étui, de la main gauche il le coince entre son épaule et sa joue, tandis que de la droite commandant à l'archet, il entame le premier air qui lui vient à l'esprit, une composition de Salomone Rossi, celle qu'il a jouée au consulat de France à Venise et qui a provoqué l'émotion du cardinal et tout ce qui s'est ensuivi. Un air qui envahit l'espace sous la charpente de son salon, et s'échappe par la fenêtre entrouverte. Et ces quelques notes déchirantes à elles seules témoignent de son existence et de son talent.

VIRGIN MEGASTORE

GRANDS BOULEVARDS

VIOLON D [illegible] R 7,00

€* TOT 7,[illegible]

€ ESPECES 1[illegible]

[illegible]ENDRE

DANS VOTRE MAGASIN

Conditions d'échange :

…duit dans son état d'origine vous sera …changé sur présentation du ticket de caisse, dans un délai de 15 jours et dans son emballage d'origine (hors billetterie).

MEGASTORE

Ensemble

Protégeons l'environnement

FSC

Sources Mixtes

Groupe de produits issu de forêts bien gérées et d'autres sources contrôlées

Certro. SGS-COC-2664

www.ecospirale.fr

19

Conduite par Emilio, l'Alfa noire portant des plaques du Vatican progresse avec fluidité dans le trafic romain. Ce qui est déjà en soi un petit exploit, reconnaît Gal, tant la circulation dans les rues de Rome est dense et anarchique. Une légende vérifiée tous les jours.

Le cardinal l'attend à la villa Médicis, siège de l'Académie de France à Rome depuis 1803, où ils seront plus tranquilles qu'au Saint-Siège. Il est en possession de nouveaux éléments. Au téléphone il n'a rien voulu dire, mais d'après lui cela nécessite un déplacement à Rome.

Une fois de plus, Gal s'est laissé dicter sa conduite, s'en remettant au prélat décidément passé maître en suspens. Certain de ne pas être déçu, il se demande ce qu'il va découvrir.

Toujours aussi flegmatique, Emilio contourne la Piazza d'Espagna puis, en haut de la colline qui surplombe Rome, gare la voiture et chuchote quelques mots au gardien de la villa Médicis avant d'inviter Gal à le suivre. À l'intérieur, les deux hommes gravissent le grand escalier qui mène aux appartements privés.

La pièce dans laquelle ils pénètrent surprend Gal par la quantité de tableaux accrochés aux murs, tous du peintre contemporain Carmassi. Parmi une dizaine de personnes, Alphonse est déjà là, assis dans un fauteuil tapissé de velours vert. À l'arrivée du violoniste, il se lève, lui fait l'accolade et le présente au directeur de la villa. Après un verre de proseco, quelques considérations sur son voyage et la douceur du temps romain, et il est temps de passer à table.

– Que nous vaut le plaisir de votre présence à Rome ? demande soudain à Gal le directeur de la villa Médicis.

– Des recherches sur un musicien italien ayant vécu au XVIIe siècle, répond-il en cherchant le regard du cardinal.

Parce que l'occasion ne s'est pas présentée, Alphonse de Morillon ne lui a encore rien révélé. Mais cette attente est une subtile torture pour ses nerfs, et il lui en voudrait presque de l'avoir convié à ce déjeuner qui retarde d'autant l'heure des révélations.

– À ma demande, intervient le cardinal qui n'a rien perdu de l'hésitation du violoniste, Gal Knobel a bien voulu nous faire l'honneur de donner un concert à Venise au cours duquel il a interprété les psaumes du roi David.

– Un concert qui a connu un grand retentissement, l'interrompt le directeur de nouveau tourné vers le violoniste. Il faudrait que vous veniez jouer ces psaumes à Rome.

Gal lui renvoie son sourire.

– Et à présent j'essaie de lui apporter mon soutien dans ses recherches concernant Salomone Rossi, poursuit le cardinal.

– Rossi comme le Martini ?

– Non, comme Tino, le Corse, le champion de Papa Noël, intervient Gal, déclenchant le rire de toute la tablée.

– On ne compte plus les Rossi, reprend le cardinal. Rien qu'en Italie, il y a déjà quatre ou cinq compositeurs qui portent ce patronyme. Le hasard veut que la

Bible cite David en l'appelant le Rouge, à cause de ses cheveux roux. Ainsi, le Salomone Rossi qui nous préoccupe symbolise à la fois Salomon et David.

– Et quelles sont les œuvres de ce Rossi ? s'enquiert une femme assise en face du violoniste.

– Notre but est de le découvrir. Rossi travaillait à Venise et à Mantoue, poursuit le cardinal, mais hélas, la majeure partie de son œuvre a été détruite dans l'incendie des archives de Mantoue au début du XVIIe siècle et durant l'épidémie de peste à Venise.

– Et dites-moi, demande alors le directeur avec un sourire gourmand, comment un cardinal du Vatican et un violoniste d'origine israélienne en sont venus à travailler ensemble ?

– J'ai en effet remarqué que notre « association » a tendance à surprendre, relève le cardinal. Gal appartient à la génération d'après la Shoah. Quant à moi, j'ai vécu l'occupation allemande qui a en quelque sorte déclenché ma vocation. Gal a certainement choisi le violon dans l'intention de transmettre le judaïsme. Depuis le roi David, lui-même violoniste, cet instrument est devenu un symbole. Nous nous sommes donc trouvés grâce au violon et à la religion. Et je considère que cette rencontre a été guidée par la main du Divin, puisque nous avons le même Dieu. Je ne trahis pas votre pensée, Gal ?

– Je ne me serais pas mieux exprimé, lui rétorque le violoniste narquois.

Le repas achevé, le cardinal fait part de son désir de montrer les jardins de la villa au virtuose. Les deux hommes laissent le reste de l'assemblée se diriger dans un des salons pour le café.

– Allez-vous enfin me dire pourquoi vous m'avez fait venir à Rome ? ne peut s'empêcher de demander Gal dès qu'ils ont fait quelques pas dehors.

Le cardinal sourit.

– Certains jours, je me demande quel genre d'existence je me serais bâti sans l'obsédant souvenir d'un Schultz anéanti. Oui, que serais-je aujourd'hui si je n'avais pas vu cela ?

– Vous avez décidé de faire durer le suspens, à ce que je vois, remarque le violoniste. Ce qui m'intrigue dans votre démarche, c'est que vous soyez un homme d'Église fidèle aux principes de votre religion et que vous pourchassiez des nazis avec moi qui suis juif. Je me demande parfois qui vous êtes véritablement. J'espère que vous m'éclairerez, parce que je dois vous avouer que j'ai souvent l'impression de me jeter dans la gueule du loup, comme ici à Rome.

– Ma loyauté envers l'Église consiste aussi à m'opposer aux courants délétères qui la traversent. J'ai commencé mon combat en découvrant que les atrocités hitlériennes se perpétraient au cri de *Got mit uns* qui a permis à quelques fous d'entraîner tout un peuple. Puis j'ai vu Pie XII donner sa bénédiction au régime nazi. Ensuite, j'ai constaté qu'au sein du Vatican une minorité, certes, mais active, secourait les criminels en leur épargnant le jugement des hommes. Je dois avouer que depuis les croisades et les templiers, la chrétienté a beaucoup œuvré dans le sens de ceux qui profitent de la religion, et pas toujours dans celui du Christ. Alors, quand je me suis aperçu que même dans le domaine artistique l'Église oubliait sa mission charitable, je me suis souvenu des heures terribles que j'ai endurées en 1940, dans le château. Ce qui a été vu ne peut s'effacer des mémoires, ainsi que le souligne la Haggada, en parlant de la fuite d'Égypte. Je suis maintenant dans une position où ma foi me maintient dans la véritable voie chrétienne. Une seule chose peut me faire dévier de ma route, la mort.

La mission charitable de l'Église dans le domaine artistique, songe Gal. Il lui semble que l'Église, longtemps principal commanditaire d'œuvres d'art, a surtout utilisé les artistes pour asseoir son pouvoir. Comme en témoigne la multitude de tableaux qui ornent ses édifices. Pendant des siècles, elle seule offrait au peuple matière à éduquer ses sens à travers les chants et la peinture. Elle imprégnait l'esprit de ses fidèles des bienfaits de la dévotion qui allégeait leurs peines et inspirait la main des artistes. Des artistes chrétiens, bien entendu. Car le don de créer ne pouvait être conditionné que par la foi chrétienne. C'est ainsi que bien des œuvres furent totalement occultées, et que des artistes de confessions différentes durent se convertir au catholicisme afin d'être reconnus.

Les deux hommes marchent toujours, laissant leurs pas les guider au gré des allées qui s'entrecroisent.

– Mais ce n'est pas pour vous parler de moi que je vous ai fait venir à Rome.

– Enfin, profère entre ses dents Gal qui n'a que trop attendu.

– Un peu par hasard je dois dire, mais je doute que le hasard ait grand-chose à voir là-dedans, je préférerais parler de Providence, j'ai trouvé ici des documents inédits qui concernent Rubens, le peintre de l'école flamande. Celui-ci a séjourné à Mantoue à l'époque où Monteverdi et Rossi étaient à la cour des Gonzague, et j'ai lu une partie de la correspondance qu'il a échangée avec eux. J'étais loin de me douter que Rubens se trouvait sur le chemin de Rossi. Ses lettres sont fort instructives, écoutez plutôt cet extrait que j'ai recopié, dit-il en sortant une feuille d'une de ses poches :

Mon cher Claudio,

Vos aveux concernant votre difficulté à maîtriser le développement lyrique des madrigaux à trois ou quatre voix m'ont expliqué l'étroite collaboration qui vous unit à Salomone. Ainsi j'ai compris que la modernité et l'orientalisme du style donnaient un éclat nouveau à cette musique qui devait être vénitienne et qui devient spécifiquement vôtre. Quant à Gesualdo, ni son tempérament ni son talent ne pourront égaler les vôtres. Il faut peut-être comprendre en cela qu'il lui manque un Rossi pour aller plus loin.

Bien à vous,

Pierre Paul Rubens, Mantoue, 1605.

– Extraordinaire ! s'exclame le violoniste. Proprement extraordinaire.

– N'est-ce pas ? rétorque le cardinal en replaçant le papier dans la poche intérieure de sa soutane. J'ai parcouru de nombreuses lettres provenant des archives secrètes, mais certaines ont été subtilisées. Cela ne fait aucun doute car les documents répertoriés sont numérotés, or, par endroits, la numérotation n'est plus consécutive. Ce qui signifie que les écrits particulièrement compromettants ont été retirés. J'ai lu entre autres une lettre de Vincent d'Indy à Pie XI où il confie l'intérêt qu'il porte à Monteverdi et à son opéra *Orfeo*. Il évoque son projet d'écrire un livre sur le compositeur italien et termine en le remerciant pour l'aide inestimable qu'il a bien voulu lui accorder. En quoi le pape pouvait-il aider un musicien français ?

À l'air interrogateur que lui renvoie le violoniste, il est évident qu'il ne peut lui être d'aucune aide.

– Il est vrai que d'Indy était très proche de l'Église et qu'il a pensé devenir prêtre, poursuit le cardinal. Malheureusement pour lui, la Schola Cantorum qu'il dirigeait à Paris appartenait à l'Église anglicane. Ce qui n'était pas tout à fait du goût de Sa Sainteté, toujours enlisée dans le schisme entre Rome et l'Angleterre… Et ce n'est pas tout. Dans l'un de ses courriers, Rubens vante la beauté de Madama, et ne tarit pas d'éloges sur sa jeunesse et sa voix magnifique. Il dit même vouloir un jour peindre son portrait, ajoutant qu'il comprend l'engouement de Claudio pour cette créature féminine dont beaucoup d'hommes pourraient s'éprendre. Un autre écrit mentionne l'incapacité dans laquelle se trouve Madama de chanter à Mantoue. Il y est clairement dit qu'elle est enceinte, et à en croire le souci qui ronge Claudio, l'enfant qu'elle porte ne peut être que le fruit de leur amour.

– Jolie découverte, mais où cela nous mène-t-il ?

– À ce que nous savons déjà. Vincent d'Indy a découvert bien avant nous la relation très particulière qui unissait Salomone, Madama et Monteverdi. Un trio duquel disparaissent mystérieusement le frère et la sœur, laissant Claudio seul qui s'enferme alors entre les murs d'une église pour ne plus jamais en sortir. Pas même mort, puisqu'il se fait enterrer dans celle des Frari. Dans sa colère, Hitler a probablement détruit les preuves de quelque évidence inavouable de la vie de Monteverdi, servant ainsi le jeu des papes Pie XI et Pie XII qui s'évertuaient à garder le secret.

– Dans ce cas, notre dernière chance gît peut-être au fond de la tombe de Schultz.

– Peut-être, tempère le cardinal. En attendant, demain vous découvrirez les archives du Vatican. Une partie non négligeable est interdite au tout-venant mais nous devrions franchir les premières barrières. Les archives d'un État, quel qu'il soit, sont toujours au cœur d'enjeux politiques et donc source de manipulations plus ou moins licites au regard de l'Histoire. Les dirigeants en ont depuis longtemps compris et exploité le pouvoir. À commencer par Napoléon qui avait fait le tri dans les archives de l'Europe entière et prévoyait de bâtir un centre européen de documentation en bordure de Seine. L'Allemagne nazie est devenue maître en la matière. Conscients de l'inestimable manne que constituent les écrits, Hitler et ses complices ont ordonné le rapatriement en Allemagne de tous les documents d'intérêt supérieur disséminés à travers l'Europe.

– C'est une gigantesque quantité d'archives que les Allemands ont rapportée chez eux…

– Presque tout a fini entre les mains des Russes. Staline a immédiatement tiré parti de cette avalanche de renseignements pour reconstituer les structures des États européens, leur charpente administrative, leurs tendances politiques, les origines de leur population. Il a aussi soigneusement répertorié les individus au passé criminel, susceptibles d'être manipulés et retournés contre leur pays. C'est ainsi que les Russes se sont inventé de faux citoyens aux nationalités usurpées et aux arbres généalogiques fabriqués de toutes pièces. Une couverture idéale pour agents secrets.

– Et les archives ?

– Devant le danger de concentrer cette masse d'informations en un seul lieu, Staline a morcelé son trésor de guerre, en perdant du même coup la maîtrise. Le KGB ressemblait déjà à une machine infernale où courants, contre-courants, partisans et adversaires de Staline s'affrontaient. Tout le monde puisait dans les archives, les militaires, les politiques, jusqu'aux simples fonctionnaires qui espéraient monnayer un jour les précieux renseignements. Le grand gâchis a commencé à la mort de Staline. Les personnages haut placés ayant perdu leur position et les intérêts ayant changé de mains, les documents ont été éparpillés.

– Alors, si nous déterrons la sacoche de Schultz, nous aurons peut-être la chance d'y trouver l'un d'eux, dit Gal, prolongeant sa pensée.

– Toutes les archives n'étaient pas en Russie ou en Allemagne. Il y en avait au Saint-Siège. Dont certaines ont été supprimées… Commc peut-être celles dont

Vincent d'Indy a révélé la valeur à Pie XI, alors que personne jusque-là n'y prêtait attention. Mais vous découvrirez tout ça demain, et je serai avec vous cette fois, même si j'ai la certitude que tous mes faits et gestes sont épiés.

– Si l'on considère les avertissements auxquels j'ai eu droit, il y a de quoi se méfier…

– Nous sommes trop près du but. C'est le moment ou jamais d'enfoncer le clou. Et puis, que voulez-vous qu'il m'arrive ?

Gal préfère ne pas répondre, mais il sait que le Vatican n'est pas un sanctuaire, et qu'y vivre n'a jamais protégé d'une mort violente. En silence, les deux hommes regagnent le bâtiment principal de la villa Médicis où le directeur les attend sur le perron.

– En vous regardant de loin, vous m'avez fait penser à François d'Assise parlant aux oiseaux.

– Et à quelle espèce pensez-vous précisément, puisque c'est de moi qu'il doit s'agir ? demande Gal de manière espiègle.

– Eh bien, en vous observant, j'hésite entre le rossignol et le faucon, suggère de manière non moins espiègle le directeur.

L'aube se lève sur Rome. L'heure où le personnel de l'hôtel Due Torri s'active pour préparer une nouvelle journée. Dans sa chambre, tiré de son sommeil par des arias venant d'une chambre voisine, Gal ouvre les yeux. Il a mal dormi après son entretien avec Alphonse dans le jardin de la villa Médicis. Si le cardinal dit vrai, il existe un noyau actif de nostalgiques du IIIe Reich au sein de l'Église. Or, dans quelques heures il doit se rendre au Vatican pour la visite des archives. Et même s'il prend sur lui pour ne pas céder à la paranoïa, l'isolement dans lequel il se trouve l'effraie. L'ambassade ignore sa présence à Rome et il n'a pas mis Ève au courant de ses projets.

Il commande un thé et un croissant sucré à la réception auprès de laquelle il hésite à se plaindre de sa voisine de chambre, une cantatrice qui vocalise à tout-va. Le violoniste qu'il est ne peut ignorer les impératifs du métier d'artiste.

Son petit déjeuner avalé, il compose le numéro de l'ambassade et décline son code secret à la jeune femme qui lui demande le motif de son appel.

– J'ai rendez-vous au Vatican avec le cardinal de Morillon à 10 heures. Sans signe de ma part à 12 h 30, déclenchez la consigne A, dit-il d'un trait avant de raccrocher.

Huit heures du matin. Gal se douche, se rase, s'habille au son des vocalises qui décidément lui portent sur les nerfs. Exaspéré, il finit par sortir son violon et entame lui aussi ses gammes.

Sur la table de chevet, le téléphone sonne presque aussitôt : sa voisine débite sa colère dans un laïus frisant l'hystérie. Gardant son sang-froid, Gal lui rétorque que si le violon l'importune, ses effets de voix empêchent les clients de l'hôtel de dormir, et qu'elle pourrait au moins souffrir qu'un musicien s'exerce. « J'ai enduré vos gammes, respectez les miennes », lui lance-t-il avant de couper la communication.

La cantatrice s'est tue, et lui n'a pas le cœur à s'entraîner. Il reste un peu de temps avant qu'Emilio n'arrive. Quelques pas dehors lui feront du bien.

La via Condoti le mène jusqu'à la Piazza d'Espagna avec ses célèbres escaliers. De là il aperçoit la villa Médicis perchée sur les hauteurs de la via dei Monti. L'heure du rendez-vous approchant, il rebrousse chemin tandis que les premiers magasins ouvrent.

L'Alfa Romeo noire attend devant le Due Torri. Gal s'assied à l'avant et Emilio prend aussitôt la direction du Saint-Siège. Curieusement, il est ému à la perspective de découvrir cet État. La voiture traverse le pont Cavour, vire à gauche, puis contourne la place Saint-Pierre et pénètre dans l'enceinte du Vatican par la petite entrée située derrière le bâtiment central. Les gardes-frontière vérifient le passeport de Gal et l'autorisation que leur tend le chauffeur.

– La bibliothèque et le musée occupent pratiquement tout le bâtiment principal, explique Emilio une fois sorti de la voiture. Il ne reste que peu de place pour les bureaux. Les archives sont au deuxième sous-sol, c'est encore un monde à part.

– On raconte que le Vatican garde le trésor du Temple de Jérusalem rapporté par Titus, et la Menora, le chandelier qui symbolise la nation juive.

– Personnellement je n'ai rien vu, relève Emilio tout en guidant le musicien d'un pas vif malgré sa claudication. Mais je sais qu'il y a eu des tractations avec Israël pour que le Vatican restitue des richesses faisant partie du patrimoine historique juif. Cela n'a jamais abouti. C'est logique, remarquez. Puisque l'Église est la Nouvelle Alliance, elle veut conserver les marques de l'origine de Jésus.

Mettant un terme à ce petit cours sur l'histoire des religions, l'ascenseur stoppe au premier étage. À quelques mètres sur la gauche, Emilio frappe à une porte. La voix du cardinal les invite à entrer. Tandis qu'Emilio s'éclipse, le prélat se lève du bureau où il était assis dos à la fenêtre donnant sur le jardin du Vatican.

– Nous allons descendre au deuxième sous-sol, je veux vous montrer certains documents, annonce-t-il sans préambule.

En pénétrant dans l'ascenseur, Gal regarde sa montre. Dix heures et quart. C'est la première fois qu'il voit le cardinal au Vatican, tout comme c'est la première fois que lui-même y pénètre. L'ecclésiastique lui paraît plus tendu que d'habitude, se dit-il tandis que la cabine semble les entraîner dans les entrailles de la Terre. Est-ce à cause des risques qu'il encourt en l'ayant convié entre ces murs, dans la gueule du loup…

– Le sous-sol a été creusé dans la roche, indique le cardinal en poussant la porte de l'ascenseur. La température y est à peu près constante toute l'année.

Leurs pas vifs contre les dalles de pierre résonnent sous les voûtes. Gal a à peine le temps de s'imprégner de l'atmosphère des lieux tant le cardinal marche vite dans ce véritable dédale. Un dédale de plus, depuis qu'il s'est laissé entraîner par le prélat. Un dédale de plus symbolisant la difficulté à découvrir cette vérité occultée depuis si longtemps.

– La cité du Vatican est petite, mais les distances sont importantes, poursuit Alphonse en forçant l'allure, Gal à son côté, impressionné par ce lieu de pouvoir, très certainement le plus ancien au monde. Des couloirs, des couloirs, et des portes. Les appartements du pape couvrent une grande partie du second étage.

– Moi qui ai toujours été tourné vers l'avenir, je n'ai jamais passé autant de temps à fouiller le passé. Vous êtes en train de me transformer en vrai rat de bibliothèque, plaisante Gal pour tenter de dérider son guide.

En vain.

Les deux hommes dépassent la bibliothèque et au bout du long corridor qui se termine sur la pièce dédiée aux archives, deux gardes saluent le cardinal. L'un d'eux presse un bouton, actionnant le mouvement de la porte qui s'ouvre sur les mystères du Vatican, serrés dans d'innombrables volumes reliés et entassés sur les étagères envahissant les murs.

– Le saint des saints ? demande Gal à voix basse.

– En matière d'archives je doute que l'on puisse trouver mieux, tempère le cardinal avec un sourire.

Prévenu de la visite du prélat, le conservateur a préparé un énorme dossier de couleur sombre qu'il dépose devant les deux hommes. Frappé de la simple initiale R, le volume laisse penser à Gal qu'il concerne Rossi, mais lorsque le cardinal l'ouvre, la page de garde le détrompe aussitôt. Il s'agit de Rubens.

– Regardez ces lettres, conseille le prélat allant directement à l'essentiel, Rubens y parle des liaisons de Monteverdi, dont une avec la femme de Gonzague, Marguerite, pour laquelle il a dû écrire *Arianna*. A l'évidence, le comportement de Monteverdi le choque, et la rupture entre le compositeur et François de Gonzague ne semble pas le surprendre. Il cite aussi Romanina, Florinda et Madama, toutes trois cantatrices... Ce courrier-ci est de la main de Monteverdi. Il répond à Rubens pour lui faire part de sa reconnaissance envers les Rossi. Il reconnaît que Salomone le délivre de ses problèmes d'écriture musicale, et sa sœur, des difficultés qu'il a à faire exécuter ses œuvres. Il avoue même ne pas pouvoir exister sans eux.

– Je m'étonne qu'un homme pareil se soit confié de cette façon, par écrit surtout.

– Ils étaient très amis. Rubens peignait les couleurs et Monteverdi les mettait en musique. Souvent, l'un enviait les modèles de l'autre. Rubens a peint la cour des Gonzague, il ne devait pas en ignorer les dessous.

Alphonse tourne les pages et s'arrête sur un écrit de Rubens dans lequel il est fait mention de Rossi, de François de Gonzague, d'un certain Brigadine de Venise, et de l'éditeur Amadino. Le peintre termine sa lettre par ces mots : « Un jour, cela finira mal. »

– Quand on sait que tous ces personnages sont morts dans d'étranges conditions avant d'avoir atteint la vieillesse et que, seul survivant et au faîte de la gloire, Claudio s'est cloîtré dans la religion... Plutôt prémonitoire, n'est-ce pas ?

– Hitler protégeant Monteverdi, laisse échapper pensivement Gal.

– Dans la pièce d'à côté, il y a les archives secrètes, poursuit Alphonse. Secrètes, mais pas inviolables à ce qu'il semble. Car des pages ont été arrachées de certains documents, et sur d'autres, des mots sont raturés, parfois même des lignes entières sont effacées. On voit des taches sur le papier. Sans doute les traces d'une substance acide qui a dissous l'encre… Toujours est-il que j'ai trouvé un papier très particulier sur Vincent d'Indy dont il faut que vous preniez connaissance. Suivez-moi.

Vincent d'Indy, encore lui, songe Gal tandis que le cardinal montre les laissez-passer établis à leurs deux noms. Le fondateur de la Schola Cantorum où lui-même enseigne le violon. Pour la première fois cette coïncidence supplémentaire le frappe vivement. Aurait-il négligé une piste ? Pourtant, Alphonse lui a affirmé avoir déjà entrepris des recherches à la Schola. Il faudra qu'il se penche sur la question.

Spécifiant qu'ils n'ont ni appareil photo ni scanner de poche, ils pénètrent dans la seconde pièce.

Ici, aucun dossier n'est visible. Un mur percé d'un guichet sépare l'endroit en deux. Derrière la cloison, la plus grande partie du local renferme les archives, tandis qu'à l'avant, un espace restreint est réservé à la consultation. Le prélat indique au guichetier la référence du volume dont il a besoin, et celui-ci s'éclipse derrière ses rayonnages pour ne réapparaître que dix bonnes minutes plus tard, un temps qui leur paraît une éternité.

– Il est certainement allé prévenir quelqu'un de notre présence, marmonne Alphonse entre ses dents. Il ne faut pas tout ce temps pour sortir un dossier convenablement classé. On va aller à l'essentiel, si vous voulez bien.

Levant les yeux vers le plafond, Gal constate que plusieurs caméras braquent leurs objectifs sur eux. Impossible d'échapper à leur surveillance ni à celle du gardien.

Enfin en possession des documents, le cardinal les pose sur une table murale et va directement aux pages qui l'intéressent. D'abord une lettre de D'Indy adressée aux autorités supérieures du Saint-Siège, dans laquelle il promet de ne pas surcharger de détails inutiles son livre à la mémoire de Salomone Rossi, ni d'y faire allusion à un travail accompli avec Monteverdi. Puis un écrit de Grégoire XV dispensant Rossi du port du chapeau pointu et du carré de tissu jaune, et l'autorisant à quitter la Sérénissime pour se rendre à Florence. Enfin, un décret de la main du pape Urbain VIII qui annule les dispositions prises par son prédécesseur en faveur de Rossi mais, de façon énigmatique, accorde à ce dernier une totale liberté pendant dix jours. La date qui figure au-dessous de la signature, en partie illisible, laisse cependant apparaître les deux derniers chiffres de l'année : 29.

– Rossi est mort en 1629 ou en 1630 ! s'exclame Gal.

– Ce dossier a été expurgé de plusieurs feuilles. Ou elles sont classées ultrasecret, ou elles ont été dérobées ou détruites. Mais il vaut mieux que nous ne nous attardions pas, ajoute le cardinal à voix basse. Nous avons déjà passé trop de temps ici, on pourrait venir.

– Mais de qui avez-vous peur ? le presse Gal.

– Venez.

Interloqué par la crainte soudaine d'Alphonse de Morillon qui remet vivement le dossier au guichetier, Gal lui emboîte le pas dans le couloir où il accélère l'allure, réduisant à trois minutes à peine le parcours jusqu'à l'ascenseur.

– Mais qu'est-ce qui vous a pris ?

Le prélat n'a pas le temps de lui répondre que la porte de l'ascenseur s'ouvre sur un personnage petit et mince, au front surmonté d'une altière brosse argentée et au visage éclairé par un regard froid comme l'acier. Dans son dos, deux hommes nettement plus jeunes et plus grands, en soutane également, semblent former sa garde rapprochée.

– Cardinal de Morillon ! Quelle surprise, à moins justement que ce n'en soit pas une, tellement vous semblez attaché aux archives depuis quelques semaines… Que de temps perdu à replonger dans le passé… Mais je ne doute pas que vos raisons soient les meilleures, poursuit-il avec une certaine préciosité dans un français teinté d'un très léger accent allemand…

– Elles sont les meilleures, rassurez-vous, réplique le cardinal.

– À qui avons-nous l'honneur ? demande-t-il d'une voix glaciale sans même accorder un regard à Gal.

– Gal Knobel, répond Alphonse de Morillon à contrecœur.

– Un chercheur ? poursuit le petit homme avec ce qui paraît au violoniste une certaine condescendance.

– Musicien, réplique-t-il dans un souffle. Nous devons vous laisser à présent. Je vous prie de m'excuser.

– J'espère que vous avez bien conscience que les archives ne sont pas censées être consultées par n'importe qui… sans vouloir vous offenser, ajoute-t-il en regardant pour la première fois le violoniste.

Le cardinal laisse la porte de l'ascenseur se refermer sans prendre la peine de répliquer, manifestement soulagé d'avoir mis un terme à cet entretien.

– Schmidt ? demande Gal tandis que la cabine les ramène à la surface de la Terre.

– Lui-même, siffle le cardinal entre ses dents.

– Vous l'avez constaté, j'ai préféré vous laisser vous débrouiller entre cardinaux.

– Vous avez bien fait.

– Je reconnais qu'il a l'air, comment dire… délicieux. Il m'a fait penser à Herbert von Karajan, aussi brillant et autoritaire que le chef. Mais vous ne vous offenserez pas si je vous dis que je ne vous ai jamais vu aussi… tendu ? Je ne suis pas certain que le diable en personne vous aurait fait plus d'effet.

Le cardinal a un sourire pincé.

– Il a un pouvoir de nuisance très important, réplique-t-il, ignorant la deuxième partie de la remarque. Je ne doute pas qu'il aurait celui d'anéantir nos efforts. Je savais que je prenais un risque en vous conviant au Vatican, mais je dois dire que j'ai été surpris par la rapidité de la réaction.

– Au moins, vous savez pour qui roule l'archiviste…

– J'aime votre optimisme, sourit le cardinal en ouvrant la porte de l'ascenseur enfin parvenu à l'étage.

– Disons que je suis satisfait d'avoir rencontré notre adversaire. C'est plus sain. Au fait, les colosses qui l'accompagnaient, ce sont des prêtres ou des hommes de main ?

– Laissons-leur le bénéfice du doute, si vous voulez bien. Et à propos, lui-même savait exactement qui vous étiez. Soyez-en certain.

– Évidemment ! Il serait bien le seul à ne pas me connaître.

Ne sachant pendant une seconde s'il plaisante, Alphonse esquisse finalement un sourire. Gal jette un coup d'œil à sa montre. Midi moins le quart. Par rapport à l'ambassade, il est dans les temps. Leur intervention n'aura pas été nécessaire.

Sitôt entrés dans le bureau du cardinal, Emilio qui se tient déjà prêt à reconduire le violoniste à Rome les interroge :

– Qu'avez-vous trouvé d'intéressant ?

– Quelques lettres particulièrement instructives et un cardinal, répond Gal.

– Schmidt ?

L'air consterné d'Emilio est plus révélateur encore que la réaction d'Alphonse de Morillon. Et, de nature pourtant difficilement impressionnable, il s'avoue à lui-même qu'il a hâte de quitter l'enceinte du micro-État.

20

À peine l'élève a-t-elle achevé son morceau, *La Havanaise* de Saint-Saëns, qu'elle regarde anxieusement le professeur. Toujours fasciné par cette attente qu'il peut lire dans le regard de ses élèves, Gal se lève de la table où il est assis et commence à arpenter la pièce sur sa largeur sous les regards attentifs des futurs musiciens.

– L'œuvre est romantique, dit-il enfin. Elle exige donc de jouer tout ce qui n'est pas écrit, contrairement au baroque qui nous astreint, lui, à ne jouer que ce qui figure sur la partition. Cela réclame une culture, une sensibilité, une intelligence et une technique à toute épreuve. N'oubliez jamais que transcrire sur les cordes d'un violon une idée que l'on a dans la tête requiert une grande vitesse d'exécution et une aussi grande liberté des doigts.

La destinataire de ces remarques qui s'adressent aussi bien aux autres, encore un peu trop appliquée aux yeux de Gal qui très tôt s'est affranchi de ses maîtres pour trouver son propre style, paraît plongée dans un abîme de réflexion. En audition collective, il s'abstient toujours de faire des commentaires trop personnels qu'il réserve aux cours particuliers.

– Quel est le plus important dans la technique du violon ? demande alors une autre étudiante, une Coréenne.

– La prise. Savoir établir un rapport entre le corps et l'instrument, sans que le violon soit tenu, mais posé.

Lorsque vous tenez un objet, vous perdez la possibilité de le manipuler librement. Le violon et l'alto sont les seuls instruments que l'on tient avec la main tout en exigeant des doigts qu'ils soient assez libres pour trouver une note et la jouer. Rien que ça, c'est une gageure. Le violon n'a que quatre cordes tendues sur un manche qui ne possède aucun repère pour indiquer l'emplacement des doigts.

– Alors comment fait-on ?

– Vous devez trouver par vous-mêmes le chemin qui mène du principe à la pratique. Cela fait partie du travail. Une fois la position acquise, vous vaincrez les autres difficultés. Mais il est indispensable de maîtriser d'abord la tenue du violon, sans cela, le reste vous paraîtra tellement insurmontable que vous finirez par perdre tout intérêt pour votre instrument. Et sur ces derniers conseils, la classe est finie !

Pendant qu'ils rangent leurs instruments dans leurs étuis, Gal les observe, encore si jeunes, pleins d'espoir et d'ambition, pas encore marqués par la vie, même si chacun a dès le plus jeune âge vécu son violon comme un sacerdoce pour être aujourd'hui en face de lui. Une ascèse qui confère une certaine maturité en ce qui concerne le travail et l'effort, mais qui peut aussi être à l'origine de retards dans d'autres domaines. Et face à eux, lui à qui elle a tant donné et promet encore, il ne peut s'empêcher de se demander ce que l'existence lui réserve.

La dernière des élèves a refermé la porte derrière elle et Gal se retrouve seul. Son incursion dans les archives du Vatican la veille occupe l'essentiel de ses pensées. Alphonse savait pertinemment les risques qu'il prenait. L'apparition du cardinal Schmidt n'était qu'une démonstration de force, il aurait été de toute façon au courant, et le risque pour Alphonse, et peut-être également pour lui, aussi grand.

Tout cela pour qu'il voie dans ces documents, de ses propres yeux, le rôle joué par Vincent d'Indy. Vincent d'Indy qui a hanté les murs entre lesquels il se trouve. Vincent d'Indy, le chaînon manquant entre les couples Monteverdi-Rossi et Hitler-Schultz. Il lui fallait cet électrochoc pour qu'il comprenne son importance et se penche sur la question.

Le cardinal ne veut rien laisser au hasard et ne se contente pas d'une seule piste, même aussi prometteuse que celle que représente Becher-Feldmann.

Un détail qui dans la précipitation de la consultation aux archives ne l'a pas frappé lui revient en mémoire : cette lettre de d'Indy adressée aux autorités supérieures du Saint-Siège, dans laquelle il promet de ne pas surcharger de détails inutiles son opuscule à la mémoire de Salomone Rossi, ni d'y faire allusion à un travail accompli avec Monteverdi. Or, jamais il n'avait entendu parler d'un livre écrit par d'Indy sur Rossi. Même ici, à la Schola Cantorum dont la bibliothèque comprend pourtant les œuvres complètes de d'Indy. Pas si complètes apparemment… D'Indy fossoyeur de Rossi, de son œuvre ? D'Indy qui lorsque l'affaire Dreyfus a éclaté s'est rangé dans le camp des antidreyfusards. D'Indy dont lui-même, à travers l'enseignement qu'il prodigue dans cette école, d'une certaine façon contribue à perpétuer l'œuvre…

Il doit en avoir le cœur net, se dit-il en se levant pour quitter la salle. Suzanne Leroux, la directrice de l'établissement et par la même occasion sa mémoire, doit avoir la réponse.

Rue La Bruyère, la Peugeot 406 diesel s'arrête devant le numéro 45. Gal règle la course et se précipite dans l'entrée de l'immeuble. Passant sans s'arrêter devant le gardien, il monte au secrétariat où il demande à voir le directeur. Au téléphone, la standardiste lui fait signe de patienter.

Sitôt sorti du bureau de Suzanne Leroux, il n'a pas perdu une minute. Tout d'abord étonnée par sa requête, elle a laissé tomber son travail pour réfléchir avec lui. Étant à l'origine de son embauche à la Schola, elle l'a toujours apprécié, et après des années de présence reste séduite par cet électron libre qui ne fait rien comme les autres professeurs, qui ne leur ressemble en rien, mais qui partage le même amour pour la musique.

Elle avait hésité avant de lui proposer le poste, certaines voix s'étaient élevées pour s'y opposer, plus par conformisme que par réelle inimitié. Mais elle n'avait écouté que son instinct, espérant sans doute forcer le destin entre elle et lui. Malgré quelques appels du pied, il ne s'est jamais rien passé entre eux. Le dépit digéré, elle n'a plus fait attention qu'à la satisfaction des élèves de Gal Knobel dont la popularité n'est jamais descendue des sommets.

Elle se rappelait l'existence de l'ouvrage de Vincent d'Indy. Un fascicule plutôt qu'un véritable volume, qui avait dû lui passer entre les mains lorsqu'elle s'était employée à classer la bibliothèque et les archives de l'établissement. Après un effort de mémoire, elle avait fini par se souvenir d'un unique exemplaire qui des années auparavant avait été cédé à l'Alliance israélite. Gal s'était alors saisi du téléphone posé sur son bureau et avait appelé l'Alliance israélite sous son regard médusé. Il lui montrait là un aspect nouveau de sa personnalité, soudain pugnace et agressif. Il avait bien remarqué qu'elle le regardait d'un autre œil, peut-être légèrement choquée par ce côté prédateur qui à la Schola n'était jamais apparu. L'autre facette de lui-même qui dans l'esprit des gens ne cadre pas avec un violoniste. C'est oublier trop vite l'ambition, la volonté et la somme des combats nécessaires pour maîtriser l'instrument.

La standardiste a raccroché. Gérard Dantzig est en rendez-vous, annonce-t-elle avec un air important, qui plus est, son emploi du temps est très chargé... Parvenant mal à masquer son irritation, Gal fait les cent pas dans le couloir qui sert de salle d'attente.

Vingt minutes s'écoulent durant lesquelles il tourne en rond comme un fauve en cage. Enfin il aperçoit Gérard Dantzig, très grand, la chevelure abondante rejetée en arrière, de grosses lunettes sur le nez, qui raccompagne deux hommes jusqu'à l'escalier. Ces derniers ont à peine descendu les premières marches que Gal lui saute dessus malgré les protestations de la standardiste. Interloqué, Gérard Dantzig le dévisage.

– Je vous connais ! Le violon du Roi David. Vous voulez me voir ? Alors prenez rendez-vous, je ne suis pas disponible aujourd'hui.

– Je ne serai pas long, insiste Gal. C'est très important. Crucial.

Le directeur de l'Alliance semble réfléchir quelques secondes.

– Suivez-moi, dit-il finalement. Que ne ferait-on pas pour satisfaire un musicien. Mais je vous préviens : je ne vous accorde que cinq minutes.

Son bureau, assez vaste, pourrait faire office de bibliothèque. Des centaines de livres s'empilent sur les étagères fixées partout. Pas le moindre pan de mur vierge. Du sol au plafond, tout est en bois.

– Dites-moi si je me trompe : vous n'êtes pas musicologue mais violoniste, et pourtant vous semblez survolté par des recherches concernant un musicien italien ayant vécu au XVIIe siècle comme si c'était une question de vie ou de mort. Comprenez ma curiosité, c'est elle qui vous sauve. Il y a tellement peu d'urgence dans le monde des archives. Alors venons-en aux faits.

– Vous détenez un livre écrit par Vincent d'Indy sur Salomone Rossi, un compositeur juif italien, collaborateur de Monteverdi, et disparu en 1630. Un livre édité par Naumbourg en 1877.

– D'où tenez-vous ces renseignements ?

– De la personne qui dirige la Schola Cantorum.

– C'est exact. Nous ne possédions rien sur Rossi, alors quand j'ai su que la Schola avait été fondée par Vincent d'Indy, j'y suis allé. Les archives ont été pillées pendant la guerre, vous comprenez, et je dois m'adresser partout pour les reconstituer.

– Alors pourquoi m'a-t-on dit que la bibliothèque ne comptait rien sur le sujet ?

– Le livre est conservé à part. C'est un exemplaire unique qui ne doit pas sortir d'ici. D'ailleurs, même en sachant cela, personne ne vous aurait renseigné. L'ouvrage n'est pas classé à Rossi.

– Comment est-il répertorié ?

Le directeur affiche un sourire diplomatique, manière de refuser.

– Que cherchez-vous au juste ?

– J'enquête sur la mort de deux personnes. Celle de Rossi en 1630 et celle de Schultz en 1940. Le premier disparaît purement et simplement. Le second, un violoniste allemand, découvre à la Schola un papier sur Rossi qui lui vaut d'être assassiné par Hitler.

– Comment avez-vous appris cela ?

Gal soupire, il a l'impression de répéter la même histoire pour la centième fois.

– De la bouche d'un témoin oculaire aujourd'hui cardinal. C'est lui qui a organisé mon premier concert à Venise.

Assis derrière son bureau, Gérard Dantzig essuyant ses lunettes lève un regard dubitatif sur son interlocuteur.

– La presse a écrit des articles très flatteurs à ce sujet. Mais vous n'ignorez pas qu'à cause de ça, les gens jasent sur vous. On dit que vous avez pactisé avec l'Église pour asseoir votre réussite.

Exaspéré par cette éternelle polémique, Gal ne peut réprimer un nouveau soupir.

– On dit aussi que les Juifs ne font rien pour les leurs tant que ceux-ci ne sont pas prisés par d'autres, répond-il. Aucune synagogue n'a programmé le roi David.

Le directeur de l'Alliance remet ses lunettes qui lui font des yeux comme des soucoupes. Un grand oiseau de nuit parmi ses livres.

– Et ce fameux cardinal, pourquoi s'intéresse-t-il à Rossi ? demande-t-il, légèrement condescendant.

– Si je vous l'explique, nous allons largement dépasser les cinq minutes, tranche le violoniste avec un sourire.

– Et vous vous fiez à ce serviteur du Vatican sans sourciller… Comme si vous aviez déjà oublié l'attitude du pape…

– Il fait avancer les choses. C'est bon pour Rossi et pour nous.

Israélien, Gal s'est toujours senti étranger à ce type de querelles qui lui paraissaient vaines et stériles. Avec le temps, il a remarqué que cette intransigeance est le plus souvent le fait de Juifs issus de la diaspora, plus à cheval sur leurs positions, que de Juifs d'Israël ; comme si vivre en Terre promise était déjà un engagement en soi. Mais c'est aussi cette liberté d'esprit qui l'isole et lui vaut certains reproches.

– Êtes-vous conscient du fait que vous posez quasiment le même problème que Rossi ? lui demande soudain le directeur, se faisant ainsi l'écho de ses propres pensées. Il travaillait pour les chrétiens, sous la protection du pape. Monteverdi, dévoué à l'Église, l'a entraîné dans son sillage. Naturellement, les juifs l'ont mal pris, il a été rejeté de la communauté vénitienne.

– Formidable ! s'exclame Gal. Ses coreligionnaires l'ignorent et le laissent tomber. Que lui reste-t-il alors pour créer et vivre, sinon l'Église ? Il ne faut pas inverser les rôles.

– Vous oubliez que c'est le monde chrétien qui a institué la ségrégation, les ghettos, le port de vêtements affichant la judéité… Autrement dit, ce sont les chrétiens qui ont organisé l'élimination de notre peuple. Ce peuple dont un des membres dédie son talent à la gloire de Dieu, certes, mais sous la férule de l'Église. Rien ne vous choque dans tout cela ?

– À Babylone comme dans les camps nazis, les juifs ont joué de la musique pour leurs tortionnaires. Au début de l'ère chrétienne, des musiciens grecs et hébreux étaient au service des Romains. Et à Venise, un juif accepte de servir dans l'ombre la gloire d'un chrétien. Cela s'appelle lutter pour la vie. Alors on peut choisir la solution de mourir sans agir, mais ceux qui ont malgré tout tenté d'exister ont laissé une part de leur âme juive dans ce monde. Et si Rossi a disparu sans laisser de trace, il me semble qu'il est temps d'y remédier.

Manifestement surpris par ces arguments, Gérard Dantzig regarde Gal à travers ses culs-de-bouteille.

– Il faut que je vous révèle un détail que vous semblez ignorer, dit-il en balayant les rayonnages du regard.

Les cinq minutes sont passées depuis longtemps. Sous le regard animé de curiosité du violoniste, le directeur de l'Alliance israélite raconte…

Au XIXe siècle, le financier Edmond de Rothschild découvrit l'existence d'une branche de sa famille à Venise. Le patronyme Rothschild qui en allemand signifie « écu rouge » est devenu Rossi, « les rouges », en Italie. Ainsi Edmond de Rothschild a-t-il identifié Salomone le Rouge, compositeur tombé dans l'oubli, comme appartenant à la lignée italienne de ses ancêtres. De retour à Paris, il chargea son ami, l'éditeur Naumbourg, de publier un ouvrage à la mémoire de Salomone le méconnu. Naumbourg estima que l'homme le plus apte à cerner le personnage de Rossi était Vincent d'Indy. Fort de ses travaux sur Monteverdi, d'Indy devait mieux que quiconque connaître l'œuvre de Rossi, d'autant que les deux contemporains ont publié leurs compositions musicales chez le même éditeur, Amadino.

– Toujours est-il que dans son livre, *Vie et œuvre de Salomone Rossi*, paru en 1877, d'Indy survole son sujet, poursuit Dantzig. Manque-t-il d'information, est-il censuré, ou a-t-il supprimé certains détails qu'il jugeait encombrants ? L'explication réside peut-être dans son attitude vis-à-vis du judaïsme qui s'est affirmée par la suite : antidreyfusard, auteur d'un opéra antisémite, admirateur notoire de Wagner… L'animosité de d'Indy envers les Juifs s'est affirmée avec le temps, si vous voyez ce que je veux dire, termine-t-il avec un sourire désabusé.

– Alors, où est-il, ce livre ?

– Comme je vous l'ai dit, répond Gérard Dantzig, nous ne possédons qu'un seul exemplaire, du reste en mauvais état, que nous conservons précieusement. Nous ne savons pas comment il a pu échapper aux mains des Allemands qui ont détruit ou raflé tout ce qui avait trait à la culture juive. Cependant, votre démarche me plaît. Je vais vous en faire faire une copie. Pouvez-vous repasser à l'accueil dans une heure ?

À l'heure dite, Gal se présentait à l'accueil de l'Alliance israélite, et une heure plus tard, de retour à la Schola Cantorum, il avait lu le fascicule que d'Indy a consacré à Rossi. Gérard Dantzig l'avait prévenu, mais il était très en deçà de la vérité : non seulement l'ouvrage est d'une platitude désolante et s'en tient à la surface de la vie du violoniste et compositeur, passant sous silence des faits que Gal et le cardinal ont découverts malgré tous les obstacles, mais il rend compte d'une réalité tordue, erronée, falsifiée. Comme si d'Indy, pourtant au courant de certains éléments de cette biographie, les avait supprimés, ou transformés, parce qu'ils ne correspondaient pas à ses idées et risquaient d'entacher la gloire de Monteverdi. D'où ses courriers aux services papaux. Décidément, tout se tient.

Afin d'en avoir le cœur net, Gal pour la première fois s'est littéralement immergé dans la mémoire de la Schola Cantorum. Il n'avait pas jugé la chose utile depuis que le cardinal lui avait dit y avoir entrepris des recherches quelques années plus tôt. Mais cette fois, il a voulu constater de ses propres yeux, et dans la mesure du possible se mettre à la place de Schultz en 1940. D'autant plus que le cardinal n'a pu avoir accès qu'à la partie publique de la documentation, tandis que lui est libre d'aller où bon lui semble, dans ce bâtiment traversé de couloirs et d'escaliers, truffé d'une multitude de pièces, de cagibis et de recoins, de caves et de greniers où un quart à peine des livres, partitions et documents qui s'y trouvent ont été inventoriés.

Il n'était jamais descendu dans les sous-sols de l'établissement. Depuis l'édification du bâtiment, avec la création de l'école de musique, la vie artistique tumultueuse de la première partie du siècle, les deux guerres et l'Occupation, la renaissance de l'enseignement… il demeure là tout un univers de documents perdus, de chefs-d'œuvre oubliés et de partitions, auquel personne n'accorde d'intérêt.

Mais après l'ivresse première de cette découverte de tout un pan de la Schola dont il ne soupçonnait pas l'existence, le nez dans ces vieux papiers, y passant des heures pour ne rien remonter de fracassant, il a déchanté.

C'est qu'il y a eu du mouvement depuis le passage de Schultz. D'autres Allemands après lui sont venus faire le ménage. Et sans doute lui-même avait-il déjà prélevé tout ce qui concernait la relation entre Monteverdi et Rossi, et que d'Indy avait découvert avant lui. Ce qu'il a remonté de ces archives à l'abandon, c'est surtout une liasse de partitions.

Faute de grives, on mange des merles…

Seul chez lui, Gal retourne à sa planche de travail sur laquelle sont étalées les photocopies de l'œuvre de Rossi ainsi que les feuillets publiés de Monteverdi. Une théière à portée de main, il poursuit la minutieuse et fastidieuse tâche consistant à comparer les écritures musicales des deux compositeurs. Après un long temps d'observation, il a fini par déceler de troublantes analogies entre plusieurs mesures du très fameux *lamento* d'*Arianna* et d'un madrigal de Salomone. Or la version des madrigaux que publie Vincent d'Indy dans son livre diffère de celle que Gal analyse, aux endroits où apparaissent les coïncidences : les partitions de Rossi ont été retouchées de manière à masquer l'emprunt probable de Monteverdi.

À première vue, la tricherie semble dénuée de sens. D'Indy prétend-il nier que Claudio doit à son ami un peu plus que des bribes de son œuvre ? Pourtant, à y regarder de près, le stratagème peut soulever le doute. En effet, la partition en cause est extraite du *Second livre de madrigaux à cinq voix*, publié par Rossi chez Amadino en 1610, alors que l'opéra *Arianna*, dont il ne reste que le *lamento*, a été donné en représentation deux ans plus tôt. Qui, dans ces conditions, plagie l'autre ? Si Rossi a copié Monteverdi, ainsi que la chronologie des faits porte à le croire, pourquoi d'Indy se serait-il donné la peine de l'affranchir d'un acte qui n'était pas répréhensible au début du XVIIe siècle ?

Gal en déduit que Rossi a composé son madrigal plusieurs années avant de le publier. Monteverdi se serait inspiré de la pièce écrite pour les Gonzague, après l'avoir entendue jouer à la Cour.

Mais peut-être faut-il aussi se demander si le célèbre *lamento* n'a pas été composé par Salomone à l'intention de sa sœur, étant donné l'amour qui existait entre eux, isolés dans un monde de puissants qui les exploitaient. Au regard de ce que les documents lui ont laissé entrevoir, le violoniste imagine Madama au chant et Rossi à l'épinette, bouleversés par cette musique qui élève le désespoir au rang des sentiments les plus nobles. En exprimant ainsi le secret de leurs âmes, les notes sublimaient un amour contenu par la force des choses. Traités en étrangers dans leur propre pays, le frère et la sœur se réfugiaient dans leur passion commune, la musique. De son côté, Monteverdi leur mettait la bride au cou, profitant du talent du frère et de la voix et des charmes de la sœur. Mais la moindre attaque qu'aurait portée contre eux un Marco de Cagliano ou un Paolo Gastoldi, rivaux du maître, aurait été sévèrement sanctionnée par celui-ci. Et pour cause.

Schultz a dû se poser une multitude de questions sur les travaux laissés par Vincent d'Indy. D'Indy qui a dû connaître quelques problèmes de conscience pour accéder à la requête de Naumbourg sans dévoiler la vérité historique qui remettait en cause l'authenticité de l'œuvre de Monteverdi. Il est évident que le jeune d'Indy, catholique, attaché au répertoire germanique avec des compositeurs tels que Wagner, Strauss ou Beethoven, a dû éprouver certaines réticences à se pencher sur la personnalité de Rossi.

Les partitions étalées sous ses yeux, fatigué par ce travail qui conviendrait mieux à un musicologue, la vue brouillée par ces notes entremêlées, Gal sent une idée germer dans son esprit. Une idée inattendue qui pourrait bouleverser les progrès que le cardinal et lui ont déjà faits, et qui pour cette raison semble avoir du mal à s'imposer. Jusqu'à ce qu'elle apparaisse comme une évidence et que son cœur se mette à cogner dans sa poitrine.

Car en dépit des moyens mis en œuvre pour les contrer, ils n'ont pas eu tellement de mal à découvrir ce qu'ils ont déjà en leur possession : les preuves que Monteverdi doit une part importante de son œuvre à Rossi. Une révélation qui secouerait le monde de la musique mais n'aurait pas plus de conséquences que cela. Ce ne peut pas être ça qui a fait sortir Hitler de ses gonds. Pas au point de faire exécuter un malheureux violoniste et de passer pour un fou sanguinaire aux yeux de l'Américain.

Ce qui sous-entend que l'essentiel est ailleurs, s'emballe-t-il.

Mais où, alors ? Dans la tombe de Schultz ?

Il doit justement se rendre demain en repérage au château où a eu lieu le drame. Venise, Romanel en Suisse, Rome, la Nièvre… il a rarement fait autant de déplacements en si peu de temps. Mais il sent qu'il lui faut accélérer l'enquête s'ils ne veulent pas être pris de vitesse par leurs adversaires. Avoir aperçu le cardinal Schmidt et croisé son regard glacial lui a viscéralement fait ressentir l'urgence de la situation.

Il a prévu de passer prendre Ève à 10 heures avant de filer sur l'autoroute. À elle seule, la perspective de cette escapade en sa compagnie a eu le don d'éclairer sa journée.

21

Le Lüger P08 dans sa main qui tremblait. Les deux SS pistolet-mitrailleur au poing, deux silhouettes terrifiantes dans la nuit sombre et froide. Il apercevait le panache blanc de leur haleine qui s'élevait comme deux fantômes. L'éclat des casques et des armes. Les sanglots de Schultz agenouillé sur le tapis de feuilles mortes, les secousses de ses épaules, sa serviette en cuir serrée contre sa poitrine. Sa propre respiration sifflante.

Lequel de Gustav ou de lui-même avait le plus peur ? Gustav de la mort, ou lui des SS, terrassé par sa propre lâcheté ? Soudain il savait à peine tenir un pistolet. De façon moins assurée qu'il tenait l'archet, du temps où il avait des prétentions artistiques. Une journée seulement avait passé depuis qu'il était allé chercher son ami et qu'ils s'étaient retrouvés dans son bureau de la Schola Cantorum. Il ignorait alors qu'il le conduisait à l'abattoir.

Mais pourquoi ne lui avait-il pas fait part de ses projets ? Il en aurait eu le temps pourtant, sur la route de Paris au château. Il avait certainement eu peur qu'il ne veuille l'en dissuader. Ce qu'il aurait fait, et Gustav ne serait pas mort. Il s'était cru plus habile qu'il ne l'était. Quel effroyable gâchis. Et lui-même s'était retrouvé entraîné dans cette tragédie. Il avait blêmi face au coup de sang d'Hitler, puis il avait senti ses jambes se dérober lorsqu'on avait cherché un responsable et qu'il avait été désigné pour exécuter son ami.

Quant au cas de conscience qui dans la voiture jusqu'au lieu de l'exécution s'était emparé de son esprit, ce n'était qu'une mascarade tant l'issue était courue d'avance. Révolté par l'idée d'avoir à tuer son propre ami coupable d'un crime dont il ignorait jusqu'à l'existence réelle, il avait flirté avec l'idée de s'opposer à cet ordre venant pourtant du plus haut imaginable de la hiérarchie. Ce qui supposait supprimer les deux SS et le chauffeur avant de prendre la fuite dans la voiture de l'état-major, Schultz et lui.

Mais à supposer qu'il soit parvenu à descendre les trois soldats, où fuir ensuite ? Il n'avait nulle part où trouver refuge. Et puis sa famille aurait été victime de représailles. Il avait eu trop de temps pour peser le pour et le contre, et il n'avait pas penché du côté de l'héroïsme.

Alors, une fois la voiture arrêtée dans cette clairière, il en était descendu les jambes flageolantes et avait dû prendre sur lui pour réprimer son tremblement et être capable d'ouvrir l'étui de son arme puis d'armer son pistolet. L'espoir auquel il s'était efforcé de se rattacher l'avait aidé à reprendre ses esprits : la carrière prometteuse qui s'offrait à lui au cœur du Reich s'il obéissait à cet ordre et prouvait ainsi sa soumission et sa fidélité au régime.

Pourquoi Gustav ne l'avait-il pas prévenu ? Aveuglé par son idée fixe, il avait préféré le prendre en traître, lui son ami qui lui offrait cette fantastique opportunité.

Et les pleurs que le violoniste versait semblaient l'être sur cette erreur impardonnable qui allait lui coûter la vie.

Lui-même, Franz Becher, n'était plus à cet instant qu'un misérable pion entraîné dans un mouvement dont il n'était pas responsable. Et son ami agenouillé parmi les feuilles mortes, secoué comme un enfant par les sanglots, lui paraissait trop bête pour mériter que l'on risque sa vie pour lui. Il n'avait que ce qu'il méritait, lui qui lâchement l'implorait et tentait d'éveiller sa pitié. Mais savait-il seulement ce que cela signifiait de le prendre en pitié et de désobéir à cet ordre ?

Et les deux SS témoins de ce psychodrame qui n'en perdaient pas une miette et qui rapporteraient ensuite précisément ce à quoi ils auraient assisté, y compris et surtout son propre comportement dans cette situation où il jouait sa vie. Ah ! comme il avait haï Gustav Schultz, au moment de presser la détente. Cette haine qui l'avait aidé à faire feu, à trois reprises, tirant encore sur son corps inerte sur le sol, à peine secoué par les impacts des balles.

Un héros n'aurait pas réfléchi. Il se serait révolté contre une telle situation et contre un régime dirigé par un fou capable d'une telle hystérie. Sa fureur contre le violon aurait provoqué son dégoût, et l'ordre qui avait suivi son entrée en dissidence et sa désobéissance. Au moment de tirer, un héros aurait retourné son Lüger contre le SS le plus proche avant d'abattre le second puis de se ruer vers la voiture pour régler son compte au chauffeur. Il aurait tenté le tout pour le tout sans se demander où ils pourraient fuir ensuite, et peut-être que dans cette tentative désespérée lui-même se serait fait tuer.

Mais cette mort dans l'honneur eût été préférable à cette vie dans la honte, et elle lui aurait évité d'assister à la défaite. Il a eu tellement de temps pour réfléchir à ce qu'il aurait dû faire s'il n'avait pas été si lâche, tandis qu'à mesure que l'Allemagne s'enfonçait dans la guerre il montait en grade.

Il a eu tellement de temps pour regretter.

Et ce n'était rien jusqu'à la visite de Gal Knobel et des agents israéliens. Au début il a surtout eu peur pour lui, peur d'une éventuelle seconde visite, peur que sa couverture ne soit dévoilée, qu'ils ne le dépossèdent de son argent, qu'ils ne tentent de le faire parler plus sérieusement, qu'ils ne le tuent…

Et puis une autre idée, plus surprenante, a fini par s'immiscer dans son esprit : dans quelle mesure ces hommes qui le harcèlent au nom du passé ne lui ouvrent-ils pas la voie du salut ? Si étrange qu'il y paraisse, ils sont les gardiens de sa mémoire, donc les seuls à connaître ses véritables tourments et à pouvoir le soulager des remords qui l'écrasent. Les événements de ces dernières heures n'ont-ils pas déjà allégé son fardeau ? Il se dit que peut-être il lui sera accordé de mourir l'âme en paix…

La motivation de ses agresseurs l'intrigue davantage que leurs intentions. Pourquoi, n'ayant rien vécu de cette période, entreprennent-ils de faire justice pour une affaire qui ne représente rien en regard des millions de victimes emportées par la guerre ? En cela réside peut-être la force du peuple juif. Ne pas oublier, sans relâche sonder le passé pour que les coupables soient jugés. Osera-t-il leur dire, à ces enfants qui combattent les tortionnaires de leurs parents, que lui aussi s'estime victime de la folie nazie ?

Et puis cette peur s'est muée en honte. Une fois qu'il a eu compris leurs motivations. Cinquante ans après les faits, pour une raison encore obscure, Gal Knobel, violoniste dont il a suivi la carrière de loin en loin, essaie de comprendre pourquoi Hitler a ordonné la mort de Schultz, et donc pourquoi lui-même l'a tué.

À partir de ce moment, il a compris que c'était l'Israélien, pourtant étranger aux événements, qui était dans le vrai et non pas lui qui pleurait sur le sort de Schultz et se lamentait en regrettant son geste et sa lâcheté. D'autant que moins de cinq ans après le drame, la défaite lui donnait tort de bout en bout.

Il n'en avait pas profité longtemps, du fruit pourri de sa lâcheté…

Non, les motivations de Knobel sont nobles et lui-même aurait dû avoir la même ambition, au lieu de ne pas chercher plus loin que cette scène dont il a été témoin au château et les derniers mots de Schultz qu'il a entendus quelques secondes avant sa mort. Cela aurait donné un sens à son existence vidée de sa substance après la guerre et l'exil.

Après la peur, c'est donc la honte qui le torture depuis cette visite trois jours plus tôt.

Mais il n'est pas trop tard, se dit-il tandis que sa maison est enfin en vue après trois heures de promenade, à pied cette fois – il préfère ne pas trop s'éloigner, le vélo à présent lui fait peur –, son chien tantôt le précédant de quelques dizaines de mètres, tantôt s'attardant derrière. Il n'est jamais trop tard, se répète-t-il, s'accrochant à cette infime lueur d'espoir.

Il reconnaît à la sensation de plénitude qu'il ressent tout à coup que sa décision est la bonne. Elle comble le vide qu'il entretenait en lui et dont jusque-là il s'accommodait, croyant par ce subterfuge gagner sa liberté. Il prend conscience que, amputé d'une partie de lui-même, il ne peut vivre qu'à moitié. En découvrant sa véritable identité, « les autres » lui permettent de réconcilier les deux personnages qui l'habitent. Déjà, malgré la panique première, il a ressenti un bonheur intense à être appelé par son vrai nom, et non pas Jacques Feldmann, une malheureuse victime du nazisme dont il a usurpé l'identité.

Ainsi libérée de la contrainte du silence, sa mémoire l'autorise à revenir sur ces temps maudits où, malgré tout, subsistent sans doute quelques images sécurisantes d'une vie ordinaire. Peut-être a-t-il encore une chance de se racheter ? Et qui sait, d'obtenir ses papiers d'origine et une pension de l'Allemagne en tant qu'aide de camp d'un maréchal de l'armée allemande.

Mais il s'agit de ne pas perdre de temps une fois qu'on a pris ce genre de décision ! Les chances de se racheter sont rarissimes. C'est déjà extraordinaire d'en avoir une. Une occasion à saisir dans l'instant et puis basta.

– Sultan ! Viens vite ! crie-t-il en pressant le pas vers sa maison. On a un travail urgent à faire !

La meilleure façon de racheter son crime et sa lâcheté n'est-elle pas de contribuer à poursuivre ce que son ami avait entrepris et qui lui a coûté la vie ? Ce qui suppose de renoncer à certains principes et de dire tout ce qu'il sait à Knobel. Y compris l'identité sous laquelle von Staden se cache, songe-t-il en grimaçant, puisqu'il a eu la légèreté de lui parler du violoniste. Une légèreté coupable, comprend-il tout à coup avec effroi. Comme s'il n'avait pas déjà fait assez de mal comme ça. Mais à cette extrémité aussi il est prêt, même s'il n'a pas besoin de réfléchir pour mesurer les conséquences d'une telle trahison.

Aussitôt rentré chez lui, Franz Becher prend un bloc de papier à lettres, un stylo, et s'installe à sa table dans le salon puis commence à rédiger : mélange de confession et de compte rendu factuel des événements auxquels il a participé un demi-siècle plus tôt.

Aussi curieux que cela lui paraisse, les mots et les phrases semblent couler de source, comme si pendant toutes ces années il avait inconsciemment préparé cette lettre-confession.

Sur sa lancée, ne sachant s'il aura l'occasion de retourner sur place pour guider Knobel, il entreprend de dessiner un plan des lieux permettant, espère-t-il, de retrouver l'endroit où a été enseveli Gustav. Et tandis qu'il est occupé à tracer ses traits et à écrire les légendes, il se surprend avec joie à penser à lui en tant que Franz Becher, et non plus en tant que Jacques Feldmann, comme si cette simple confession l'autorisait à sortir à nouveau au grand jour sous sa véritable identité retrouvée.

Sa signature apposée en bas de la dernière page, Franz Becher se lève et se dirige vers le meuble où sont rangés ses CD. Si ses souvenirs sont bons, il doit avoir conservé un enregistrement de Knobel et il trouvera sur la pochette l'adresse de sa maison de disques à Paris qui lui fera suivre le courrier.

Il a à peine relu sa lettre et cacheté l'enveloppe déjà affranchie qu'il voit Sultan se lever d'un bond, quelques instants avant que la sonnerie de la porte retentisse. Surpris, il se lève et se dirige vers l'entrée. Les Israéliens à nouveau ? Depuis trois jours, il craint les surprises. Puis il se rassure en se disant que même si c'était eux, avec la lettre qu'il vient d'écrire, ils devraient trouver un terrain d'entente.

Il ouvre la porte et tombe nez à nez avec Monica.

– Mon Dieu, Jacques ! Mais qu'est-ce qui t'est arrivé ? Tu as l'air d'avoir cent ans.

Jacques… Confusément, il avait cru que ce prénom correspondait à une page tournée. Il soupire. Elle n'a jamais eu le sens de la mesure, et chaque fois qu'il a le malheur d'être fatigué elle a le chic pour lui trouver un air mourant. Il ne l'attendait pas. Surtout pas pour être plaint de la sorte. Et pourtant elle est la seule à tenir à lui.

– C'est trop aimable, parvient-il à dire en s'effaçant pour la laisser entrer.

– Tu m'as l'air très affaibli. Heureusement que je n'attends pas d'être invitée pour venir prendre de tes nouvelles. Mais dis-moi, tu as laissé ton téléphone débranché tout ce temps ? J'étais morte d'inquiétude, qu'est-ce que tu crois ? C'est bien des hommes, un égoïsme pareil, tu devrais avoir honte !

Elle enlève son manteau et l'accroche à une patère dans l'entrée. Tenant à n'être dérangé par personne, il n'a pas rebranché son téléphone. Avoir honte… Si seulement elle connaissait la cause de sa honte.

– Mais tu sais bien que tu es ici chez toi.

– Et au-delà de ça, je te trouve changé.

– Changé ? s'étonne-t-il.

– Différent oui… Pas le même homme.

Sans prêter attention à sa réaction, elle se dirige vers la cuisine où elle met de l'eau à bouillir, sort la théière et commence à préparer un plateau. Une vraie ménagère à son affaire, songe-t-il en l'observant.

– Tu as été voir un médecin au moins après ta chute ? C'était quoi ? Une perte d'équilibre ? Ça peut être sérieux, tu sais.

Sans prendre la peine de lui répondre, il la regarde s'affairer dans sa cuisine, si vivante malgré sa lourdeur helvétique, si attentionnée et charmante. Elle qui par sa présence a transformé son séjour ici.

– Tu ne me réponds pas, ce qui veut dire que tu n'es pas aller consulter, évidemment… Tu manges à ta faim au moins ? Je vais te préparer des toasts. Ah, je te jure…

Il n'a plus la force de mentir, il est temps de lui avouer qui il est. Après avoir écrit cette lettre, elle est la première à qui il doit la vérité.

– Monica…

– Oui ?

– J'ai quelque chose d'important à te dire… Je…

– Eh bien, je t'écoute, dit-elle d'une voix plus grave, interrompant ce qu'elle était en train de faire et se retournant pour le regarder. Tu as rencontré quelqu'un, c'est ça ?

Livide, elle a l'air de croire à ce qu'elle dit. Dans d'autres circonstances, le fait qu'elle puisse penser une chose pareille à son propos lui arracherait un sourire.

– Je ne suis pas Jacques Feldmann.

– Mais mon pauvre Jacques, tu déraisonnes complètement. Tu es vraiment tombé sur la tête alors !

– Je m'appelle Franz Becher.

– Je vais…

Les toasts jaillissent du grille-pain en même temps que la bouilloire, dont le bec-verseur se termine par un petit oiseau de plastique, émet un sifflement strident. D'un geste vif, Becher coupe le feu. Elle voudrait protester mais son air sérieux l'arrête.

– Je m'appelle Franz Becher et j'étais l'aide de camp du feld-maréchal Keitel pendant la Seconde Guerre. Je n'ai rien d'un nazi ni d'un criminel de guerre, j'étais un soldat de la Wehrmacht, mais j'ai quand même dû me cacher pour échapper aux recherches engagées par les Israéliens, notamment. Il y a trois jours, ils m'ont retrouvé…

Monica s'est assise et le regarde pétrifiée, les yeux révulsés et une main plaquée sur la bouche comme s'il s'agissait d'étouffer un cri.

– C'était donc ça…

– Ce n'est pas après moi qu'ils en ont, sinon je ne serais pas là pour te parler. Il s'agit d'une vieille histoire dont j'ai été témoin et qu'ils voudraient élucider. Une histoire de violoniste, un ami à moi mort en 1940… Peu importent les raisons. Ce n'est pas le moment d'en parler.

– Mais, Jacques…

Il soupire. Il la regarde, affaissée sur cette chaise dans sa cuisine. Elle lui ferait presque pitié, pour avoir été abusée si longtemps. La découverte doit être terrible pour elle. Quant à lui, il comprend pour la première fois la nature réelle de son comportement vis-à-vis d'elle.

– Je m'appelle Franz. Franz Becher, répète-t-il. Ce que je voulais te dire, c'est que la visite de ces Israéliens m'a soulagé en quelque sorte, parce que grâce à eux je peux enfin sortir du mensonge. Ce mensonge dans lequel je t'ai tenue pendant toutes ces années, toi et notre petit groupe d'amis. Par moments, je me sentais plus malin que tout le monde, j'étais parvenu à échapper à toutes les poursuites, mais le plus souvent, j'avais honte. Surtout vis-à-vis de toi. Cela fait deux nuits que je dors à peine, que je voulais t'en parler sans savoir comment m'y prendre... Mais c'était de la survie, tu sais. À une époque j'aurais bien voulu me dévoiler, mais ça me paraissait trop tard... Et puis j'avais peur de te perdre..., ajoute-t-il en baissant les yeux.

Dans un effort manifeste, Monica se lève et fait les quelques pas qui les séparent avant de le serrer dans ses bras.

– Mon pauvre Franz, mon pauvre Franz, répète-t-elle dans un élan de compassion.

Face à cette réaction inattendue, à ce pardon que ce simple geste signifie, Franz Becher ne peut que fondre en larmes, et ses sanglots sont comme un écho lointain, à ceux de Schultz cinquante ans plus tôt lorsqu'il était sur le point d'être exécuté dans ce petit bois sinistre.

– Je suis fatigué, je suis si fatigué, parvient-il à dire tandis qu'elle le serre comme un enfant.

– Je sais que tu es fatigué. Il faut que tu t'allonges, laisse-moi te conduire dans ta chambre.

Et elle joint le geste à la parole, le soutenant jusqu'à son lit et l'aidant à s'allonger comme si elle avait soudain affaire à un grand vieillard.

– Je vais te donner quelque chose pour t'aider à dormir. Un petit comprimé, j'en ai dans mon sac. Je reviens.

Deux minutes plus tard elle est de retour, un somnifère dans une main, un verre d'eau dans l'autre, et elle lui tend l'un puis l'autre qu'il avale docilement.

– Voilà, poursuit-elle, toujours aussi maternelle. Tu vas dormir quelques heures, peut-être un peu plus, et à ton réveil je serai là et tu verras les choses sous un autre jour, on pourra en parler plus calmement et tout ira mieux.

Il lui sourit faiblement, la tête enfoncée dans son oreiller, les paupières déjà lourdes.

Une fois son manteau sur le dos, après avoir rangé la cuisine et rempli la gamelle du chien à qui elle a enjoint de veiller sur son maître, Monica passe par le salon pour s'assurer que tout est en ordre. Là, elle aperçoit la lettre cachetée sur la table et s'en saisit avant de sortir et de tirer la porte derrière elle.

22

– Tu roules trop vite, je n'ai pas le temps de lire les panneaux… Regarde ! Château de Châtillon. Ce doit être là. Ralentis. Nous y sommes, à droite une descente vers le port fluvial, et à gauche, le château.

– J'aime quand tu me parles comme ça. On a l'air d'un couple marié depuis vingt ans, lui au volant, elle à la carte à indiquer le chemin.

– C'est pour ça que tu as tenu à ce que je t'accompagne ?

– J'avais besoin d'un copilote.

– Et moi de prendre l'air.

Gal vire à quatre-vingt-dix degrés pour s'engager sur le chemin qui mène au canal, et gare la Jaguar sur le bas-côté. Déjà hors de la voiture, Ève traverse la route pour se mêler au groupe de visiteurs qui patientent derrière les grilles. Quelques secondes plus tard, Gal est près d'elle. Il ressent une vive émotion. Le voilà au seuil de l'Histoire.

Il sait que la présence d'Ève a été âprement discutée au sein du Service pour ce repérage au château. L'envoyer, c'était mobiliser un agent pendant vingt-quatre heures pour une mission encore considérée comme tout à fait secondaire, mais Gal une fois de plus a su faire valoir ses arguments. À savoir qu'en couple il inspirerait beaucoup plus confiance aux châtelains pour obtenir leur accord et retrouver la tombe de Schultz.

Évidemment, sa requête a pu faire jaser, mais la nécessité d'une présence féminine a fini par s'imposer, même pour Ron Pérez, le responsable du Service, pourtant sourcilleux dès qu'il s'agit d'Ève.

– J'ai hésité à te le dire, mais si on s'était opposé à ce que je t'accompagne, j'aurais profité d'un jour off pour le faire.

– Tu tenais tant à voir cet endroit ? demande Gal pour masquer sa surprise.

– Cette affaire que le cardinal et toi avez déterrée… enchaîne-t-elle sérieusement. Ce mystère qui tourne autour de ce violoniste, non élucidé depuis plus de trois siècles… ça me plaît. Et puis je pense que le Service ne devrait pas prendre ça trop à la légère.

– Ils ont quand même organisé l'opération Becher/Feldmann, et tu es ici…

Elle a une moue dubitative.

– À propos de Becher/Feldmann, ça va bientôt faire une semaine qu'on est allé le bousculer et je pense qu'il ne faudrait pas traîner plus longtemps. Il a déjà eu assez de temps pour réfléchir et on ne sait jamais ce qui pourrait lui arriver.

– Tu as raison… admet-elle. Mais on a organisé une surveillance sur place.

– Permanente ? s'étonne Gal.

– Impossible. Mais s'il avait dans l'idée de disparaître, il aurait peu d'avance. Et à propos… En ce qui concerne ma présence ici, c'est parce que j'ai lourdement insisté et que Ron a un faible pour moi. Mais je t'assure que pour lui, c'est un crève-cœur de me savoir avec toi.

– Jusqu'à présent nous n'avons rien fait qui soit de nature à l'affoler, me semble-t-il. Mais je pense surtout que le Service devrait davantage s'assurer la collaboration d'agents comme toi, à l'intuition féminine particulièrement développée.

Elle hausse les épaules.

À un moment, au cours du trajet, il lui a pris la main tandis qu'il conduisait. Une impulsion à laquelle il n'a pu résister, enivré par l'odeur de son parfum. Cela fait des années qu'il n'a rien éprouvé de semblable pour une femme, des années qu'il s'était accommodé de cette solitude confortable. Jusqu'à son apparition, avec sa beauté énigmatique auréolée par l'existence dangereuse qu'elle a choisie.

Était-ce par sagesse ? Toujours est-il qu'elle a retiré la sienne. Elle aussi séduite – elle n'a pas fait le déplacement uniquement pour Rossi et Schultz –, elle a la force de résister. Peut-être parce que contrairement à lui elle se trouve en service, a-t-il fini par penser pour se rassurer.

Cinq minutes plus tard, une jeune fille reconduit un groupe de visiteurs vers la sortie, puis ouvre le portail aux suivants : « Bonjour, soyez les bienvenus. Nous commençons la visite… »

Composé pour l'essentiel de retraités, le groupe avance sur une large allée bordée d'arbres bourgeonnant à peine en cette fin mars.

« Au bout de cette allée, nous tournerons à droite pour longer un bâtiment du XVIIe siècle qui autrefois abritait les écuries. Ensuite, nous suivrons le chemin qui mène au château. »

Au détour du virage que dessine le sentier de terre, la bâtisse surgit dans toute sa splendeur. Entourée d'arbres plusieurs fois centenaires et dressée sur les hauteurs d'une butte, la demeure surplombe les eaux tranquilles du canal et de la rivière qui s'étirent en contrebas. Rehaussée de chiens-assis et portant, érigée en son centre, une tour coiffée d'un toit gothique ressemblant à un casque à pointe allemand, l'imposante construction semble tout droit sortie d'un conte de fées.

Les visiteurs se resserrent autour du guide qui retrace l'historique du château depuis son origine, dix siècles plus tôt. Le parc recèle quelques merveilles, ainsi l'énorme cèdre du Liban et le gigantesque sophora du Japon, haut d'une vingtaine de mètres, qui provoque des murmures admiratifs.

« … L'histoire de Châtillon est un peu celle de toutes les seigneuries, faite de querelles et de croisades. Depuis les sires de Châtillon, les propriétaires se sont succédé tous les deux cents ans… » poursuit le guide.

– Regarde la tour à gauche du château, chuchote Ève à Gal. Ce doit être le pigeonnier, ou alors une tour de guet pour scruter la vallée.

– À vrai dire, je voudrais surtout voir la pièce où s'est déroulée la fameuse réunion, là où Schultz a joué du violon… Là où il a joué sa vie.

« … et ici, les marques d'une histoire plus récente. Vous pouvez voir des impacts de balles sur cette tour d'échauguette, car le château fut occupé par les Allemands et une échauffourée eut lieu entre les résistants et les occupants. Von Paulus resta ici quelque temps. La rumeur dit aussi qu'Hitler y passa une nuit… »

Ève et Gal se regardent. C'est alors que le violoniste aperçoit une femme à la démarche alerte sortir du château. Son visage dont la grâce évoque un Botticelli éveille sa curiosité.

– Suis-moi, lance-t-il aussitôt à Ève.

D'un pas décidé, Ève sur ses talons, il s'éloigne du groupe pour rattraper la femme entraperçue qui se dirige vers ce qui lui semble être une roseraie. En entendant leurs pas crisser sur le gravier, elle se retourne.

– Chantal Myris ?

L'air surpris, un sécateur à la main, la cinquantaine épanouie, les cheveux chatains tirés en arrière dégageant un front haut, la femme regarde le couple approcher, légèrement sur ses gardes.

– Je vous prie d'excuser cette intrusion. Je m'appelle Gal Knobel, je suis violoniste et je ne suis pas là par hasard. Et… et voici Ève Rosen, ajoute-t-il en se tournant vers elle.

Plus surprise encore par cette introduction, elle ne peut s'empêcher d'éclater de rire, dévoilant une dentition parfaite ajoutant à son charme.

– Ainsi vous n'êtes pas là par hasard… enchaîne-t-elle avec autant de malice que d'attente. Vous voulez dire que vous êtes venus visiter le château ?

– Pas exactement. Comment dire ?…. Je suis ici pour, avec votre autorisation, tenter d'élucider un mystère vieux de plus de trois siècles. Un mystère intimement lié à votre château.

– C'est vous qui êtes de plus en plus mystérieux…

– Votre guide nous a parlé de cette rumeur sur le passage d'Hitler. Est-ce que vous en sauriez un peu plus ?

– Rien du tout, nous n'avons pas tenté de la vérifier car elle nous semble très peu vraisemblable.

Il doit choisir ses mots avec soin, l'entretien dure déjà depuis un moment, elle pourrait perdre patience, et alors il serait très difficile de rattraper le coup. Il est parvenu à l'intriguer, il ne s'agit pas de la lasser avec une histoire trop longue.

– J'ai quelques raisons de penser que cette rumeur est fondée et que vous ignorez encore un pan du passé de cet endroit… Cette demeure m'intéresse pour un fait qui s'y est produit durant la dernière guerre et dont apparemment vous n'avez jamais entendu parler.

– Je vous écoute.

Il l'observe une seconde, elle a l'air disposée à entendre son histoire.

– Vous êtes sûr de ce que vous racontez ? lui demande-t-elle une fois qu'il a terminé.

– Absolument certain.

– Mais pourquoi ce violoniste aurait-il été assassiné ?

– C’est ce que je cherche à déterminer.

– Je dois dire que c’est très troublant. Savoir qu’Hitler a séjourné ici et que… Mais pour qui travaillez-vous ?

– Avant tout pour moi. Ensuite, pour la musique, et pour réhabiliter la mémoire d’un compositeur assassiné au XVIIe siècle, comme l’Allemand ici.

– Votre ami est fou, fait-elle en se tournant vers Ève.

– Je serais assez d’accord avec vous, mais sur ce point il dit pourtant vrai, réplique la jeune femme en riant, déclenchant le rire de leur interlocutrice.

– Avez-vous entendu parler du cardinal Alphonse de Morillon ? enchaîne Gal, soulagé par l’intervention d’Ève et le rire de la châtelaine.

– De la famille des anciens propriétaires ? demande-t-elle en fronçant les sourcils.

– Tout à fait. Il avait une dizaine d’années quand les Allemands se sont installés ici en 1940, et il a été témoin de l’événement. Il a été si secoué qu’à l’âge adulte il est entré en religion, mais il n’a jamais cessé de vouloir comprendre, et c’est lui qui m’a orienté sur cette voie.

À nouveau ce regard dont il a si souvent été gratifié depuis qu’il est aux prises avec cette histoire et qui pourrait être adressé à un insensé que l’on ne veut surtout pas contrarier.

– Je vous demande pardon, mais qui êtes-vous exactement ? demande-t-elle pour la seconde fois.

– Gal Knobel. Israélien, violoniste, et professeur à la Schola Cantorum de Paris. Le violoniste allemand tué ici, Gustav Schultz, a également séjourné à la Schola. Et a priori, je poursuis le même but que lui : découvrir pourquoi, en 1630, un compositeur italien de Mantoue a disparu sans laisser de trace.

– Mais qu’attendez-vous de nous ?

Une seconde Gal tente de se mettre à sa place : elle se dirigeait vers sa roseraie un sécateur à la main et voilà qu'un inconnu surgi de nulle part l'entretient sur des événements aussi dramatiques qu'insensés qui se seraient produits cinquante ans plus tôt chez elle.

– Eh bien… Ce violoniste allemand, Gustav Schultz, hésite-t-il. Il a été exécuté ici, et enterré sur place. Et j'aurais besoin de retrouver l'emplacement…

– Vous voulez dire pour fouiller sa tombe ? demande-t-elle vivement.

Gal ne peut réprimer une grimace. Il craint d'être allé trop loin en ne travestissant pas la vérité. Elle pourrait se braquer, déjà il a l'impression de la voir basculer vers le dégoût, qu'elle le regarde d'un autre œil tout à coup.

– Mon Dieu ! non, quelle horreur, intervient Ève. Mais retrouver sa tombe permettrait de prouver qu'il a bien été exécuté…

L'attention de Chantal Myris est détournée par le vol d'une vingtaine de choucas qui passe en formation au-dessus du château, dans un parfait ensemble vire sur la gauche et va se poser sur les plus hautes branches d'un grand cèdre.

– C'est affreux, ce que vous êtes venu me raconter… Moi qui pensais être ici à l'écart de la fureur du monde… Je crois que le mieux est d'aller trouver mon mari, peut-être aura-t-il une idée… Vous avez votre instrument avec vous ? demande-t-elle soudain sur un ton beaucoup plus léger.

– Dans la voiture.

– Mon mari est très mélomane. Le violon aidera certainement à plaider votre cause.

23

Il regarde son réveil digital posé sur sa table de chevet : 4 : 00. Combien de temps a-t-il dormi ? Huit heures ? Mais beaucoup plus que ça ! constate-t-il en découvrant la date inscrite au-dessus de l'heure en plus petits caractères. La dernière fois qu'il s'est levé, c'était pour laisser le chien sortir dans le jardin puis aller dans la salle de bains soulager sa vessie et prendre un verre d'eau. Avant de se recoucher aussitôt. Il a dormi toute la nuit précédente puis toute la journée, avant d'entamer une deuxième nuit d'affilée jusqu'à maintenant.

Jamais il n'avait dormi aussi longtemps, ou peut-être une fois, au lendemain de la guerre, à son arrivée en Amérique latine, après le périple épuisant. La faute à Monica, qui lui a administré un somnifère. Ce type de chimie ne lui a jamais réussi. Le meilleur moyen de se réveiller dans les vapes et de perdre la mémoire.

– Monica ?

Sa voix lui paraît faible et pâteuse.

– Monica ? répète-t-il, sans obtenir plus de réponse.

Mais évidemment, elle n'est pas restée à attendre qu'il se réveille pendant tout ce temps. Elle est rentrée chez elle.

La soirée passée en sa compagnie lui revient par bribes. Jacques Feldmann, grince-t-il. C'est ça : il a enfin tombé le masque. Après tant d'annécs. Il se rappelle même que sur le coup il en a ressenti un profond soulagement. Franz Becher. Ça lui correspond tout de même mieux. Il se rappelle aussi comme elle l'a encouragé à poursuivre sa confession, comme elle l'a pris dans ses bras, et comme il s'est laissé faire…

Mais c'était sur le moment, face à lui qui était en plein désarroi. Comment va-t-elle réagir à froid ? Une fois rentrée chez elle ? Un vent de panique le submerge tout à coup. Est-ce qu'elle ne va pas prendre conscience de l'ampleur de la tromperie et soudain le tenir en horreur ? Est-ce que ce n'était pas Jacques Feldmann qu'elle aimait, retraité isolé, rescapé des camps, ayant cherché l'oubli dans ce village reculé ? Peut-elle aimer un Franz Becher dont le passé est à l'exact opposé de celui qu'elle lui a toujours prêté ? Peut-on aimer un officier de la Wehrmacht, du côté des tortionnaires donc, même s'il n'en était pas un, que l'on a pendant des années cru du côté des victimes ? Est-ce l'homme en lui-même qu'une femme aime, ou ce qu'il représente ? C'est absurde, les deux sont indissociables. Mais tout ça est tellement vieux, de l'histoire ancienne, la préhistoire, à l'échelle de sa vie, tente-t-il de se rassurer.

Trop fatigué pour se livrer à ce type de réflexions, il se laisse retomber sur l'oreiller. Ce qui est fait est fait et il n'a pas à regretter. Qu'importe sa réaction, même si elle représente ce qui lui est arrivé de mieux depuis sa plongée dans la clandestinité. Une relation qu'au départ il a pris comme une commodité, une agréable compagnie le distrayant de la solitude et lui renvoyant l'image d'un homme encore capable de plaire. Mais une relation à laquelle il s'est attaché de façon irréversible, comme à une drogue. Monica dont la présence n'a cessé d'illuminer sa triste existence. Et voilà qu'il a mis ce fragile équilibre en péril.

De toute façon il n'avait pas le choix, tente-t-il de se convaincre. Sa santé mentale en dépendait. Et il ne fallait pas qu'elle l'apprenne par un autre biais. C'était à lui de lui dire. La moindre des choses. Par respect pour elle, et pour tenter de limiter les dégâts.

4 : 10. Il ne va jamais pouvoir se rendormir. Lire ? Pourquoi pas ? Mais il doute de pouvoir garder longtemps les yeux ouverts à une heure pareille, l'esprit embrumé.

Un gémissement venant de l'extérieur lui fait dresser l'oreille. C'est ça qui l'aurait réveillé ? Sultan ? Depuis quand n'a-t-il pas mangé ? Depuis longtemps peut-être, étant donné les derniers bouleversements. Mais non, ça ne peut pas être ça. Il n'a jamais manifesté sa faim en gémissant de cette façon. Alors quoi ? La douleur ?

Soudain tout son corps se contracte. Et si c'était à nouveau eux ? Qu'est-ce qu'ils lui veulent à présent ? Il ne s'est pas manifesté assez vite ? Il aurait déjà dû les avoir appelés ?

D'un bond, il est sur ses pieds. Il a pris garde de ne pas allumer. Précaution élémentaire héritée de sa formation de soldat : essayer au moins de conserver à son avantage un effet de surprise, aussi mince soit-il.

Aussi prestement que ses soixante-dix ans et ses courbatures le lui permettent, il se saisit de la matraque conservée dans le premier tiroir de sa commode puis, un tant soit peu raffermi par le contact du bois poli dans sa main, décroche son téléphone.

L'absence de tonalité lui glace le sang.

Cette fois il n'y a plus de doute possible. C'est bien ce qu'il a immédiatement pressenti : à une heure pareille ils ne sont pas venus pour une simple conversation. Mais il vendra chèrement sa peau.

Un nouveau gémissement plus déchirant que les précédents le fait sursauter. Ah, les salauds ! S'en prendre à son chien comme ça. Ils ne l'ont même pas tué sur le coup. Son seul compagnon. Il ne peut plus supporter de le laisser à leur merci sans réagir. Avec un peu de chance en hurlant il ameutera le voisinage et les fera fuir.

Il ouvre la porte d'entrée et pointe le nez dehors, prêt à appeler son chien, sa matraque fermement tenue dans sa main droite pour se donner du courage, quand une main gantée de cuir étouffe son cri dans sa gorge et qu'il est violemment repoussé à l'intérieur.

Sous le coup de la surprise, il est renversé en arrière et son agresseur tombe avec lui dans le vestibule, l'écrasant de tout son poids avant de se relever en lâchant un juron en allemand tandis qu'un complice referme la porte derrière eux.

Dehors, le chien a cessé de gémir.

Légèrement groggy, Franz Becher appelle à l'aide et tente de se redresser. Une baffe le repousse sur le carrelage de l'entrée. Il palpe sa bouche : elle est ensanglantée.

Quelque chose lui échappe : un juron en allemand, deux grands gaillards qui malgré l'obscurité lui paraissent clairs de peau et de cheveux, au profil typiquement aryen. Rien à voir avec les agents israéliens qui sont venus lui rendre visite quelques jours plus tôt. Ces deux-là lui font irrésistiblement penser aux deux SS qui le tenaient en respect dans le petit bois au moment d'exécuter Schultz. Comme si le fait d'avoir tombé le masque les avait ressuscités.

– Que… que me voulez-vous ? parvient-il à balbutier.

– La salle de bains…

– Quoi ? demande-t-il interloqué à la silhouette menaçante penchée sur lui.

– Où est la salle de bains ?

– Ppp… par là, deuxième porte sur la gauche.

Aussitôt l'homme lui empoigne la gorge, le soulève et d'une seule main l'entraîne dans la salle de bains.

L'autre y est déjà. Il a allumé la lumière dans cette pièce aveugle et a entrepris de remplir la baignoire.

Cette fois Franz Becher commence à comprendre et les regarde, paniqué. Les cheveux blonds, rasés, chacun un bon mètre quatre-vingt-dix, larges d'épaules, l'uniforme et le casque en moins… En effet en tous points semblables aux deux SS, cinquante ans plus tôt. Même âge, même brutalité. À eux deux ils occupent toute la pièce. Ils ont déjà tué son chien. Il n'a pas la moindre chance. Sa terreur ne rencontre que leurs yeux clairs qui n'expriment rien. Que la nécessité d'accomplir une tâche. D'exécuter un ordre sans états d'âme. Cette discipline… Il connaît ça si bien… Ce sur quoi Hitler s'est appuyé pour entraîner tout un peuple dans le chaos. Ce sur quoi le Reich a tenu pendant toutes ces années de guerre.

La baignoire se remplit. Il sait ce que cela signifie. Il n'avait jamais envisagé la torture. Il est terrifié. Se réveiller pour vivre ça…

– Pour qui travaillez-vous ?

Aussitôt, il regrette d'avoir posé la question. Connaître la réponse c'est ne pas avoir la moindre chance de s'en sortir vivant.

– Travailler ? Tu n'as pas compris, sale traître ?

La baignoire est sur le point de déborder. L'autre coupe le robinet.

– À genoux.

Comme il tarde à s'exécuter, il sent une poigne d'acier lui serrer la nuque et le pousser vers le sol.

– Qu'est-ce que…

Il n'a pas le temps de terminer sa phrase qu'on lui plonge la tête dans l'eau froide. Il voudrait la redresser mais on lui a agrippé les cheveux et un poing sur son crâne le maintient immergé. Il essaie de s'aider de ses bras appuyés sur le rebord mais c'est peine perdue. Ses pieds frappent le sol. Une douleur soudaine irradie depuis ses côtes. Un coup de poing. Surpris il ouvre la bouche et boit la tasse. Il suffoque. Il va étouffer. Il a l'impression que ses poumons vont éclater quand il se sent tiré hors de l'eau par les cheveux.

– Qu'est-ce que tu as dit aux Israéliens ?

Il tente de reprendre son souffle. Von Staden. Il n'aurait jamais dû l'appeler. Quelle erreur. Quelle naïveté. À distance il lui donne une leçon de survie, à laquelle lui-même ne va pas survivre : ne jamais laisser de trace derrière soi. Supprimer tous ceux qui pourraient permettre de remonter jusqu'à lui.

– Qu'est-ce que tu leur as dit ?

– Rrr… rien !

La tête à nouveau plongée dans l'eau froide. Pris de vitesse, il n'a pas eu le temps d'inspirer. Le rebord de la baignoire lui écrase le torse. Il va mourir. Et puis une nouvelle fois son tortionnaire lui ressort la tête de l'eau. Combien de temps est-ce que ça peut durer ?

– Parle, espèce de rat !

Soudain il est pris de vertige. Et si von Staden s'y était pris trop tard ? Pour le réduire au silence. La lettre ! Pour lui c'est fini, mais il y a cette foutue lettre !

– Qu'est-ce que t'as dit à ce putain de violoniste ? insiste son tortionnaire.

– Rien, je lui ai rien dit, répond-il précipitamment. Ils savaient déjà tout sur moi. Mon passé, mon argent… Je…

– Qu'est-ce qu'il cherche ?

– Schultz ! Il veut savoir pourquoi il a été exécuté !

– Et qu'est-ce que t'as répondu ?

– Rien, je ne sais rien. Schultz était mon ami… Je… Laissez-moi…

– Jacques Feldmann…, dit le colosse sur un ton méprisant. Sale Juif !

Cette fois c'est la fin. Hébété, à bout de forces, il retrouve le contact de l'eau qui lui entre par les oreilles, par les narines et par la bouche qu'il referme avec un temps de retard. Il sent des bulles remonter le long de son visage : ce qui lui restait d'air dans les poumons regagne la surface. Il pense à la lettre. Il espère qu'ils ne la trouveront pas. Et puis il est animé par un espoir fou : que Monica qui s'est montrée si maternelle avec lui l'ait emportée avec l'intention de la poster. Ça lui est déjà arrivé, tellement ordonnée… à la Suisse allemande… Et puis ses tortionnaires lui en auraient forcément parlé, s'ils l'avaient trouvée. À moins qu'ils ne ratissent sa maison une fois qu'ils l'auront liquidé… Il y a peut-être une chance, même infime. Car à quoi aurait servi son repentir, s'il était sans conséquences positives ? Bon Dieu ! il n'aurait jamais cru que ce serait si douloureux de mourir…

Et il faut que ce soit des mains de ceux de son propre camp… À moins qu'en ayant rédigé cette lettre-confession il ne soit passé de l'autre côté…

Il cherche son souffle, ne pense plus à rien qu'à respirer, redresser la tête prise dans cet étau. Il est impuissant. La douleur est atroce. Il tente d'ouvrir les yeux, sous l'eau il voit trouble, puis il ne voit plus rien, un trou noir, ses pensées se brouillent, quelques flashes de son passé lui apparaissent, aléatoires, des éclairs. Et puis plus rien.

24

Sur le coup, elle est parvenue à faire face et à garder bonne figure. Il était tellement dévasté. En vrac. Et la surprise était si énorme. Il fallait bien qu'elle tienne le coup. Ils n'allaient pas s'effondrer tous les deux. Il fallait qu'il y en ait un qui reste debout.

Il n'empêche : elle n'a cessé d'y penser depuis qu'elle l'a laissé endormi dans son lit. Il était redevenu un enfant. Elle ne l'avait jamais vu comme ça, le pauvre. Mais quelle révélation ! Comme si son monde s'était écroulé en quelques secondes. Un abîme apparu soudain sous ses pieds. Cette sensation de vertige…

Elle n'a pas cessé de repenser à lui, à eux, à différents moments qu'ils ont vécus ensemble, à la lueur de ce nouvel éclairage. Comme si elle était en devoir de tout réinterpréter, le moindre de ses actes, la moindre de ses paroles. Son Jacques… Elle avait tellement cru qu'il était juif – et ça n'avait d'ailleurs pas d'importance pour elle. Lui qui lisait la Thora, qui la citait parfois, l'air de rien, quand il devait juger que les circonstances s'y prêtaient. Plus juif que tous ceux qu'elle a connus. Il était donc allé jusqu'à apprendre l'hébreu pour mieux coller à son personnage… Quel perfectionnisme dans le camouflage. Quel instinct de survie, a-elle immédiatement rectifié. Ça lui en a donné le vertige.

Et puis elle a refusé d'y croire. C'était trop violent, trop à l'opposé de ce qu'il avait toujours été à ses yeux.

Il y a des conversions qu'on ne peut pas faire aussi vite. Un ancien officier allemand proche du haut commandement, lui qui n'aurait pas fait de mal à une mouche ? Allons donc ! Non, ce n'était pas possible. C'était elle surtout que ça remettait en cause, et il lui fallait un peu de temps pour s'y faire.

Elle n'était pas encore dans sa voiture après avoir refermé la porte de sa maison qu'elle a éclaté en sanglots. Elle était parvenue à se retenir jusque-là, mais une fois dehors ses résistances ont cédé. Elle a ressenti une telle trahison. Elle s'est même sentie salie, elle qui enfant avait traversé la guerre, dans sa Suisse à l'abri de la fureur du monde. Et voilà que quarante-cinq ans après elle était impliquée, malgré elle, alors qu'elle avait cru être séduite par un rescapé. Pas au départ bien sûr, puisqu'il était si discret sur ce passé, mais par la suite, après quelques semaines, ou quelques mois, elle ne sait plus, après qu'il s'était décidé à parler.

Pendant quelques heures, après l'avoir consolé, elle l'a haï pour ce mensonge. Elle était prête à ne plus jamais le revoir. Il avait si bien su lui mentir. Au début, il n'avait pas fait état de ce passé dans les camps – et pour cause –, c'était venu insidieusement, de façon beaucoup plus habile, par des silences qui avaient fini par l'intriguer.

Jusqu'au jour où il s'était décidé à lui répondre, à raconter. Alors elle avait eu du mal à l'arrêter. Ça avait duré des mois, cette façon de toujours y revenir. Sur la dénonciation par des voisins puis la rafle et la déportation en wagon à bestiaux, sur la vie à Auschwitz, sur les êtres chers qu'il y avait perdus, sur les sévices et les brimades, sur la faim, le froid et la vermine. Sur les nouveaux arrivants, hagards, très vite réduits à l'état de squelettes. On aurait dit parfois qu'il prenait un certain plaisir à revenir sur ces horreurs. Comme une plaie que l'on aime gratter. Les premières fois ça l'intéressait, et puis elle s'était dit que ce devait être bon pour lui d'en parler, que c'était une façon d'exorciser, une forme de thérapie par le verbe. Alors elle le laissait dire.

Jusqu'au jour où elle en a eu assez et l'a prié de ne plus aborder le sujet. Sur le coup il avait paru surpris, puis légèrement vexé, oui vexé. Il s'était emporté en disant qu'elle ne pouvait pas comprendre, elle qui n'avait pas vécu ça, elle dont aucun proche n'avait été emporté dans cette tragédie.

Vingt-quatre heures après avoir découvert le mensonge, cette petite comédie lui est revenue à l'esprit. Ça lui a arraché un sourire avant de la faire carrément rire. Quel culot !

C'est comme ça qu'elle a compris qu'elle était prête à lui pardonner.

Alors, elle a décroché son téléphone pour lui parler. En l'absence de réponse elle s'est dit qu'il devait dormir ou bien qu'il était sorti faire un tour dans le village. Après plusieurs tentatives, devant le silence persistant elle a décidé de lui rendre visite. Elle l'avait trouvé soudain si fragile.

Était-ce encore de la comédie ? Pour l'attendrir ? Son instinct maternel n'y a pas résisté.

Parvenue à Romanel, Monica gare sa Golf devant la maison de Jacques, ou plutôt de Franz, il faudra qu'elle s'y habitue, en descend, claque la portière et pousse le petit portail qui sépare le jardinet de la rue. Sultan n'est pas venu à sa rencontre : soit il est à l'intérieur, soit Franz l'a emmené en promenade. Dans ce cas elle attendra. Dommage qu'elle n'ait pas pris une clé la dernière fois. Elle aurait dû y penser, étant donné l'état dans lequel elle l'a laissé.

D'un pas alerte, elle gravit les trois marches qui la séparent de la porte d'entrée. Elle est tout de même inquiète à son sujet. Elle s'en veut de ne pas avoir réagi plus tôt. Qui sait s'il n'a pas été tenté de faire une bêtise ? Elle ne s'en remettrait pas. Pas une deuxième fois, pas après le suicide de son propre fils vingt ans plus tôt. Matthias dont elle n'avait pas été capable de voir la détresse. Oh, mon Dieu ! gémit-elle, soudain prise de panique.

Lorsqu'elle appuie sur la sonnette et que retentit le carillon, un autre son se fait entendre immédiatement après, une sorte de crépitement électrique à peine audible, suivi d'une énorme déflagration. Sans qu'elle ait le temps de voir quoi que ce soit, la porte qui lui faisait face est arrachée de ses gonds et l'emporte avec elle, volant au-dessus du jardinet jusqu'au trottoir pour terminer contre le flanc de la Golf.

Quelques minutes plus tard, le village de Romanel d'ordinaire si tranquille est traversé par une noria de camions de pompiers et d'ambulances. Mais il est trop tard pour la maison de Franz Becher entièrement rongée par les flammes, comme il est trop tard pour Monica Kromberg dont la tête arrachée repose sur le toit de sa voiture.

25

Lorsque Gal pénètre dans la pièce, il aperçoit Ron derrière son bureau et, assis en face de lui, qui se retournent pour le regarder entrer, Ève et l'agent aux cheveux longs qu'il a rencontré quelques semaines plus tôt au Palais-Royal. Celui-là même qui avait défendu sa cause alors qu'il pensait n'avoir pas été pris au sérieux.

Pas besoin d'être très perspicace en revanche pour comprendre que quelque chose ne va pas. Ce dont il se doutait déjà quand on l'a appelé pour le convoquer au Service, boulevard Malesherbes.

– Assieds-toi, lui dit Ron en lui indiquant d'un signe du menton un fauteuil que Gal tire jusqu'à le placer entre ceux des agents face au patron. Tu connais déjà David, et je ne te présente pas Ève.

Gal adresse un signe de tête au premier et un regard plus appuyé à Ève, sa « fiancée » au château nivernais. Aujourd'hui l'ambiance est plus tendue et cet épisode lui paraît loin.

– On a un problème, enchaîne Ron directement. Un sérieux problème.

– Je m'en doute, à voir vos mines.

– Ne fais pas d'esprit, s'il te plaît.

Gal tente de deviner d'où peut venir le problème. Ron lui épargne tout effort :

– Becher est mort.

Il a l'habitude de ne pas montrer ses émotions, mais cette fois il a du mal à ne pas accuser le coup. Il plisse les yeux, instantanément pense à la tombe de Schultz qu'ils ne retrouveront jamais. Son secret enterré avec lui. La piste Schultz-Rossi qui s'arrête avec la mort de Becher. Il repense au vieil homme démasqué, tremblant, implorant à l'arrière de la camionnette. Il suffisait de patienter, il était mûr comme un fruit. Ainsi, une fois qu'ils ont eu le dos tourné, il a appelé von Staden…

Et tous ces efforts et ces risques pris, pour rien. Échouer si près du but… Cette organisation dont le cardinal et lui menacent les intérêts et qui chaque fois se débrouille pour tarir la source des informations avant qu'ils y puisent. La source Becher aussi a été tarie avant qu'ils y puisent. Y aurait-il un lien ? Serait-ce la même organisation ? Capable d'avoir recours à l'assassinat ? Toutes ces questions qui se bousculent dans son esprit.

Gal a envie de hurler. Il se retient.

Les trois visages sont braqués sur lui, attendant sa réaction. Ève a l'air consterné, David inexpressif, et Ron contrarié. Non pas par un simple contretemps, aussi ennuyeux puisse-t-il être, mais parce que sa propre négligence est à l'origine de ce contretemps : s'il avait personnellement pris l'affaire en main, s'il avait décidé d'y allouer plus de moyens, cela se serait passé différemment. Dans son univers, un homme aussi proche du terrain avec de telles responsabilités sur les épaules n'est pas du genre à rejeter la faute sur les autres. Il a plutôt tendance au contraire à se l'attribuer à lui-même. Mais dans ce type de situation, pour son entourage l'effet est le même : responsables ou pas, ses collaborateurs finissent toujours par pâtir de sa mauvaise humeur. Et pour cause, parce qu'en l'occurrence, un homme aussi efficace et affûté que lui, Ron, a échoué.

En outre, songe le violoniste, même s'il ne le lui avouera pas – à quoi bon ? –, l'événement tend à prouver que lui, Gal, un étranger au Service, un musicien, un simple pékin, avait raison contre eux. Mais ça, il est inutile de le faire remarquer.

– Comment ? demande Gal d'une voix blanche.

– Les autorités suisses feignent de croire à une fuite de gaz accidentelle ayant abouti à une explosion déclenchée par un court-circuit. Sa maison a été soufflée lorsque sa… fiancée ? Monica Kromberg, a sonné à sa porte. Classique mais toujours efficace. D'autant qu'il semblerait que ça a été bien fait. La pauvre femme en a d'ailleurs fait les frais. Quant à lui, il était dans son lit. Assez carbonisé pour qu'on ne puisse pas déterminer s'il a été questionné ou pas… Quant à son chien, pour le cas où tu aurais des doutes sur l'aspect accidentel de l'affaire, il a disparu.

– Von Staden, se borne à commenter Gal.

– Comme tu dis, soupire-t-il. Au moins ça prouve qu'il est toujours en vie. On a déjà contacté le centre Simon-Wiesenthal pour le leur signaler et pour leur demander d'intensifier les recherches.

Les doigts de sa main gauche faisant pirouetter entre eux un stylo avec une dextérité étonnante, du pouce vers l'auriculaire et inversement, Ron ne quitte pas Gal des yeux, à l'affût de la moindre réaction.

Sans doute impressionnés par leur supérieur hiérarchique, Ève et David ne pipent mot. Ève qui l'avait assuré que Becher était surveillé. Apparemment pas d'assez près. Pas la peine de revenir là-dessus non plus.

Mais la faute est impardonnable : jamais il n'aurait fallu le laisser ainsi dans la nature sans avoir tiré ce qu'on attendait de lui. Ce qu'il aurait fallu faire, c'était soit l'enlever, soit le protéger vraiment. Ces mesures que l'on regrette après coup de ne pas avoir mises en œuvre.

Mais cette opération a été montée à contrecœur, par acquit de conscience, pour se débarrasser de ce violoniste et de ses obsessions, et peut-être aussi, de la part de Ron, pour satisfaire Ève. En somme, uniquement pour de mauvaises raisons. Ce qui nécessairement entraîne de mauvais résultats.

– Tu nous poses un problème inédit, reprend Ron.

Gal hausse les sourcils, attendant la suite.

– Cette affaire ne représente aucune menace pour Israël, donc a priori il n'y a aucune raison pour que l'on poursuive. Que les anciens nazis s'éliminent entre eux n'est pas notre problème, et à la limite tant mieux.

– Mais ?…. l'encourage Gal.

– Mais von Staden l'a réduit au silence. Ou plus exactement il l'a fait réduire au silence, étant donné son âge et les moyens employés. Ce qui sous-entend l'existence d'une organisation, ce qui sous-entend également qu'il s'est senti menacé, et que l'enjeu dépasse de loin sa propre personne. De très loin. Et là, ça peut nous intéresser.

– Tout est lié, Ron. Tout est lié depuis le début. Et Rossi, mon violoniste mort il y a si longtemps, comme tu as trop tendance à le penser, est au cœur de tout ça, qu'on le veuille ou non. Et je dois dire que je n'avais moi-même pas la moindre idée au départ de ce que cette histoire allait soulever. Mais il n'y a plus grand-chose à faire, maintenant que Becher ne parlera plus.

– Sauf si on met la main sur von Staden, rétorque Ron en prenant sur lui après les reproches à peine voilés du violoniste. Mais jusque-là tu as raison : il n'y a pas grand-chose à faire.

Les deux hommes se jaugent du regard, puis Gal cède le premier, ne jugeant pas nécessaire de se le mettre à dos en poursuivant plus longtemps ce petit jeu du défi.

– Alors il ne me reste plus qu'à vous laisser, dit-il en se levant, en profitant pour effleurer la main d'Ève sous les yeux de Ron qui doit prendre sur lui pour rester impassible.

Il a posé la main sur la poignée de la porte et s'apprête à l'ouvrir lorsque Ron le rappelle. Il se retourne alors, d'un regard embrasse cette pièce fonctionnelle, perçoit les trois agents, trois combattants de l'ombre, comprend leur désarroi, rien à voir avec le sien cependant, si grand qu'il est incapable de sourire à Ève.

– Si une prochaine fois se présente, on ne la ratera pas.

– Je sais, répond tranquillement Gal avant de sortir.

Sur le boulevard Malesherbes, il est parti à vive allure en direction de Saint-Augustin, traçant sur les larges trottoirs sans prêter attention à rien. Ni aux passants, ni à la circulation, ni à la lumière rasante dorant tout ce qu'elle effleurait. La marche comme seul moyen de se calmer après la découverte de cet immense gâchis. Un sentiment d'écœurement s'est insinué en lui sitôt dehors, à peine refoulé par l'exercice. Après Saint-Augustin, il a poursuivi jusqu'à la Madeleine avant de pousser jusqu'à la Concorde et à la Seine.

« Si une prochaine fois se présente »… Faiblesse de la part de Ron qu'une telle affirmation, plus à prendre comme une demande d'excuses que pour autre chose. Et Ève gênée par son geste. Déplacé ? Dans ce bureau ? Moins que d'avoir permis l'assassinat du vieil Allemand !

Avec Becher tout disparaît : Schultz, définitivement enterré sans réelle sépulture, Rossi dont il ne reste qu'une maigre liasse de partitions qu'après lui personne ne jouera plus jamais, Ève enfin, à nouveau happée par ses obligations, par cette guerre clandestine dont seuls quelques épisodes surgissent comme des comètes isolées dans l'actualité, cette guerre pourtant livrée chaque jour, qui régulièrement réclame son lot de victimes et de l'issue de laquelle dépend la survie d'un État.

Il aurait pourtant pu se passer quelque chose entre eux, en d'autres circonstances. À cet égard, l'escapade au château nivernais avait été tellement prometteuse. Mais c'était Rossi qui les unissait, le compositeur maudit qui aurait pu accomplir ce miracle. À présent il est trop tard, il ne l'aura vue que passer à sa portée ou presque et s'éloigner pour disparaître aussi vite. Dans son monde paranoïaque d'ombres et de suspicion.

Dans cette histoire qui va finir comme elle a commencé, sur un mystère irrésolu, songe-t-il amèrement, il est le dernier protagoniste, avec le cardinal qu'il va devoir prévenir. Triste tâche. Il pressent déjà sa déception. Et le mot est faible : s'il doit renoncer à tout espoir de comprendre ce qui s'est passé entre Hitler et Schultz, il n'en sortira pas indemne.

La première chose que fait Gal une fois parvenu chez lui, encore essoufflé par sa marche et l'ascension de l'escalier, son blouson de cuir tout juste accroché au portemanteau, c'est de composer le numéro du cardinal au Vatican. La dernière fois qu'il lui a parlé, c'était pour le mettre au courant de sa démarche auprès des châtelains dans la Nièvre. Des gens charmants qui les ont accueillis Ève et lui en toute confiance et, passé le premier moment de surprise, se sont montrés prêts à les recevoir avec Becher, prêts à l'exhumation du cadavre de Schultz.

Aujourd'hui tout cela lui paraît loin et les nouvelles sont nettement moins bonnes, soupire-t-il tandis qu'à l'autre bout de la ligne, dans l'enclave du Vatican, le téléphone posé sur le bureau du cardinal, ou peut-être sur celui de son secrétaire, sonne dans le vide.

Après une dizaine de sonneries, alors qu'il s'apprête à renoncer, une voix le surprend au bout du fil.

– Emilio ? ose-t-il, ayant cru reconnaître son intonation.

– Ah ! Gal ! Vous tombez bien. Je devais justement vous appeler.

Sa voix est fatiguée. En proie à un mauvais pressentiment, Gal craint le pire.

– Le cardinal est à l'hôpital. Il a eu un malaise cardiaque.

Incapable de dire quoi que ce soit, Gal soupire. Il essaie d'évaluer la situation, ne parvient pas à se convaincre qu'il n'existe aucun lien entre cet incident et la mort de Becher.

– Cela lui était déjà arrivé ?

– Vous vous doutez bien que non, répond-il précipitamment.

– J'avais une mauvaise nouvelle à lui annoncer.

– Alors je préférerais attendre qu'il ait récupéré, le coupe Emilio. Mieux vaut éviter les émotions fortes en ce moment. Et… comment dire ? Mieux vaut que vous ne vous manifestiez pas, que vous attendiez que le cardinal vous contacte. D'après le cardiologue qui s'occupe de lui, il devrait sortir de l'hôpital d'ici quelques jours.

– Mais comment…

– Il faut que je vous laisse, maintenant. Mais sachez que le cardinal m'a chargé de vous rassurer. Son état n'est pas si préoccupant que cela. Alors je vous dis à bientôt… Gal.

Il a raccroché, il avait l'air si pressé, si mal à l'aise aussi. Gal se retrouve avec le combiné dans la main, indécis pendant quelques secondes avant de songer à raccrocher lui aussi. De toute évidence, Emilio ne pouvait pas parler et il lui a coupé le sifflet pour ne pas lui laisser le temps de dire ce qu'il avait à dire. Sur écoute ? Nécessairement. Quoi qu'il en soit, assez impressionné par ce qui est arrivé à Alphonse pour filer doux. Ce qui aurait tendance à confirmer le lien entre von Staden et le cardinal Schmidt. Une organisation aux ramifications impressionnantes. Présente en tout cas au Vatican et en Allemagne. Comme au bon vieux temps.

Désemparé, Gal s'assied. Becher mort, le cardinal hors service dans une chambre d'hôpital après une alerte qui a dû être sérieuse, Ève happée par sa guerre de l'ombre, hors de portée… Il est vraiment seul désormais. Il ne s'est même jamais senti aussi seul. Seul et a priori dans l'impossibilité d'agir. Et dans une situation pire qu'avant que le cardinal vienne le trouver pour le mettre sur la piste de Schultz et de Rossi, puisqu'à présent il sait, mais se retrouve impuissant.

Alors tout ça pour quoi ? Pour rien ? Sur la table il aperçoit son Amati. Il se lève, traverse la pièce et s'en empare. La légèreté de l'instrument et le doux contact du bois l'apaisent déjà. De la main droite, il saisit l'archet et sans réfléchir entame les premières mesures d'une vieille mélodie juive, *Yidishe Mamma*. Ça fait des années qu'il n'a pas joué cet air qu'il entendait dans son enfance, en Palestine. Un air que l'on peut jouer rapidement, avec un certain entrain, mais qu'en cette fin de journée il joue lentement, pour en extraire toute la mélancolie. Un air joué pour le rétablissement d'Alphonse et pour l'éclosion de la vérité, après tant d'années, même si cela paraît plus improbable que jamais.

La dernière note s'éteint et Gal s'apprête à reposer son violon quand la sonnette de la porte d'entrée retentit. Il n'attend personne. Surpris, il pose son instrument et se dirige vers la porte.

– Qui est-ce ? demande-t-il sans prendre le temps d'attendre la réponse avant d'ouvrir.

– C'est moi.

Il reconnaît tout juste Ève qui le regarde droit dans les yeux, fait un pas vers lui, se jette dans ses bras et l'embrasse. Il l'enserre et lui rend son baiser empreint de l'urgence de leur désir, et dans le même temps se retourne et referme la porte du talon.

26

Fin mars. A quelques jours printaniers qui ont pu faire croire que l'été était déjà là – période chaque année délicieuse à Paris – a succédé une dégringolade des températures qui tempère les ardeurs et fige la nature dans son éclosion. Mais après que tout ce qui accaparait ses pensées a disparu, Gal perçoit à peine ces changements climatiques : amer et sonné, il s'emploie surtout à se relever.

Une dizaine de jours se sont écoulés depuis la mort de Becher. Doucement, il a repris le cours de son existence normale. Cette existence de violoniste au rythme moins trépidant que les dernières semaines qu'il a vécues ; un quotidien essentiellement ponctué par ses leçons à la Schola Cantorum et la préparation de ses prochains concerts.

Il a même accueilli avec un certain amusement – cela faisait si longtemps – un appel de son agent, Jean-Grégoire Lépidon, toujours aussi plaintif et lugubre, lui proposant une tournée aux antipodes pour dans un an, et le suppliant par avance de ne pas refuser. « Si vous déclinez cette offre, je ne pourrai plus rien pour vous, et je doute que pareille occasion se représente… » Comme s'il avait pour habitude de refuser les concerts…

Adélaïde, Melbourne, Sydney, Brisbane, et même Auckland, Wellington et Christchurch. Ainsi, les Australiens et les Néo-Zélandais manifestent un vif intérêt pour les psaumes du roi David. Douze mois, la perspective est lointaine, ce qui est la règle pour organiser ce type de tournée, mais sur le coup elle lui a permis de se changer les idées – même s'il aurait préféré partir le jour même.

Elle l'a également amusé, tant l'intérêt s'avère plus culturel, voire religieux, que musical : les gens sont avant tout séduits par une approche plus… ludique de la Bible. Lui-même et son violon n'en sont que le vecteur. Mais qu'importe : il n'a jamais été autant demandé, et charge à lui de conquérir son public, de lui faire sentir qu'il était venu écouter de la musique, et non pas une page d'histoire. Mais ça c'est son job, celui de sentir la salle, et de l'emmener où sa musique doit la conduire. « Une fois qu'ils sont face à toi, tu dois leur faire oublier tout le reste et les tenir en ton pouvoir. Comme un ensorceleur », lui disait le vieux Michka. Il aime bien cette image de l'ensorceleur véhiculée par son professeur. Lui c'était moins par son violon que par l'intensité de son regard qu'il tenait les gens. Combien de femmes avait-il hypnotisées, malgré sa petite taille et son air de rien, avec ce regard à la fois doux et inflexible ? Un sabra en son genre, le vieux Michka, qui avait eu sur le jeune Gal une influence bien plus importante que ce qu'il a longtemps cru.

Beaucoup moins drôle, il a eu une conversation téléphonique avec le cardinal. Après s'être accordés au cours d'un premier coup de fil, ils se sont retrouvés chacun sur une ligne à l'abri de toute écoute : lui au secrétariat de la Schola Cantorum et Alphonse dans un hôtel à Rome. La voix affaiblie, le débit ralenti, hésitant, il a eu l'impression d'avoir affaire à un homme brisé, ce qui l'a plus affecté encore que la mort de Becher. Jusqu'alors toujours énergique et optimiste, marchant d'un pas vif, n'ayant pas son pareil pour convaincre, ne reculant jamais devant les obstacles, avec cet incident cardiaque, Alphonse semblait avoir vieilli d'une bonne dizaine d'années.

Et alors que Gal appréhendait tant de le lui annoncer, il a accueilli l'assassinat de Becher avec un silence empreint de fatalisme. « À présent tout est terminé ? » a-t-il demandé comme s'il se reposait désormais sur Gal, comme si lui-même n'était plus capable et qu'il avait renoncé, lui qui pourtant à ce jour demeure à l'origine de cette quête.

Lorsque Gal a voulu savoir ce qui s'était passé, ce qui avait provoqué cet infarctus, Alphonse est resté évasif, évoquant seulement des pressions trop fortes pour son âge. « Schmidt ? » l'a-t-il pressé. Il s'est contenté d'un petit rire amer, répétant ensuite : « Schmidt, oui. »

Et puis, avant de raccrocher, il a conclu l'entretien en lui demandant de lui pardonner de l'avoir entraîné dans cette histoire. Manière de lui dire adieu, en quelque sorte, sans plus de cérémonie. C'était à pleurer. Il n'y avait rien à ajouter, et Gal désemparé n'ajouta rien.

Alors, après cette conversation téléphonique, pour la première fois dans sa vie, le violoniste a eu le sentiment de s'être attaqué à trop forte partie. Il s'est même surpris à en vouloir à Alphonse de l'avoir ainsi laissé seul au milieu du chemin, sans possibilité d'avancer plus loin, ni même de faire marche arrière, puisqu'il est à présent au courant de la triste existence de Rossi ainsi que de l'oubli dans lequel il est tombé, et contre lequel il ne peut rien. Depuis quelques jours il a donc la désagréable impression d'avoir failli à sa mission, cette mission aux racines plongeant au tout début du XVIIe siècle italien, à l'origine de la naissance de l'opéra, et dont les implications contemporaines sont encore insondables.

Vieux démons, aussi anciens que le monde et toujours aussi vivaces et nuisibles, s'adaptant à chaque époque, paraissant parfois éradiqués mais toujours tapis dans le cœur des hommes pour ressurgir plus puissants, plus habiles aussi, là où on ne les attend pas nécessairement. Qui par exemple aurait pu prédire qu'ils allaient se sentir menacés par un intérêt soudain pour quelques archives poussiéreuses n'intéressant a priori qu'une poignée de musicologues ? Vieux démons fondus dans la masse, dans les institutions religieuses et dans un insaisissable anonymat.

Face à cette réalité et à ce constat d'échec aussi terribles l'un que l'autre, Gal n'a pu trouver qu'une issue : se réfugier dans la musique. La sienne, celle des compositeurs qui l'ont marqué tout au long de sa vie, ainsi que celle qu'il enseigne à ses élèves. Mais pour la première fois également, l'amour du violon lui a paru dérisoire face à la nécessité d'oublier – oublier Rossi, oublier le cardinal, oublier ces adversaires sans visage ni nom, oublier Ève enfin, désespérément silencieuse depuis sa visite surprise –, alors qu'il est justement l'instrument de la mémoire.

Avec lassitude, son violon dans le dos, Gal parvient au quatrième étage de son immeuble et s'apprête à gravir la dernière volée de marches menant à son appartement, lorsqu'il ramasse le paquet de lettres que la concierge a posé à son intention sur la cinquième d'entre elles.

Une fois la porte claquée dans son dos, il accroche son étui et son blouson au portemanteau et entreprend d'ouvrir son courrier. Le lot habituel : EDF, France Telecom, une enveloppe émanant de son assureur – uniquement des gens qui lui veulent du bien, s'amuse-t-il – ainsi qu'une lettre émanant du curé de Saint-Thomas-d'Aquin lui rappelant que le concert qu'il s'est engagé à donner dans son église doit avoir lieu dans deux semaines.

Plus étonnant : une enveloppe portant le tampon de Polydor, la maison de disques qui a produit l'un de ses enregistrements quatre ans plus tôt et avec laquelle il n'a pas entretenu la moindre relation depuis deux bonnes années. En regardant de plus près, il constate que l'enveloppe a été envoyée à l'adresse de sa maison de disques qui la lui a réexpédiée, et qu'elle a été postée à Zurich. Un admirateur suisse ? À moins qu'il ne s'agisse d'une proposition d'engagement… Mais dans ce cas, pourquoi ne pas passer par son agent ? Surpris par la démarche peu courante, il déchire l'enveloppe et en sort la lettre proprement dite.

Et il sent soudain son rythme cardiaque accélérer à une vitesse folle.

L'écriture est appliquée, légèrement tremblée, peut-être l'effet de la fatigue ou de l'émotion. La lettre commence comme un texte normal, sans date ni destinataire – Gal n'est pas nommé – comme si elle pouvait être adressée à n'importe qui. Une confession posthume en somme, même si lorsqu'il l'a rédigée il ne s'attendait sans doute pas à disparaître si vite.

Avec une fébrilité intense, Gal commence à lire en priant le ciel pour que ces quelques lignes recèlent les explications que la mort de leur signataire leur a volées :

J'ai l'impression d'avoir vécu plus longtemps sous le nom de Jacques Feldmann que sous celui que j'ai reçu à la naissance. Mais cela ne vous a pas empêché de me retrouver. Et c'est tant mieux. Je m'appelle en effet Franz Becher, et j'étais bien l'aide de camp du feld-maréchal Keitel. Et c'est avec une très grande fierté que je retrouve ma véritable identité, cette identité que la défaite et cette vie de fugitif m'ont volée.

Mais récupérer mon identité suppose aussi me laver de ma honte. Pas celle d'avoir servi ce régime dont je n'ai découvert toute l'étendue de l'horreur qu'une fois la guerre perdue. Après tout, j'étais un soldat dans une armée régulière, dans une armée les premières années auréolée de la gloire de ses victoires. Alors sans doute aurais-je dû, aurions-nous dû, ouvrir les yeux sur ce qui se passait à côté qui n'avait rien à voir avec une quelconque expansion militaire, je veux évidemment parler de la Solution finale, mais là n'est pas la question. Et qui se soucierait des remords d'un ancien combattant proche de la tombe ?

Non, je veux parler de cette fameuse nuit de novembre 1940 dans ce château de la Nièvre en France. Cette nuit au cours de laquelle est née en moi la honte qui ne devait plus me quitter. Ma confession tient en très peu de mots :

J'ai tué Gustav Schultz.

Gal interrompt sa lecture en espérant que cette lettre ne se borne pas à une simple autoflagellation, mais qu'elle contient également les informations dont sa mort les a privés. Avec impatience, il jette un œil sur les différents feuillets. La découverte du plan esquissé par Becher lui redonne espoir. Un coup d'œil plus attentif lui permet de constater qu'il indique l'emplacement de la tombe de Schultz. Son cœur fait un nouveau bond. Il espère que ce plan est exploitable, assez précis pour s'y retrouver. Il reprend sa lecture.

C'est Hitler qui a ordonné son exécution mais c'est moi qui l'ai assassiné. C'est moi qui ai assassiné mon ami que j'avais rencontré une bonne dizaine d'années plus tôt à la Hochschule für Musik de Berlin. Il me suffit de penser à ce lieu si prestigieux où ont grandi mes ambitions pour mesurer l'étendue du naufrage de ma vie depuis. Mais je n'étais pas assez doué pour la musique, contrairement à lui. Est-ce pour cette raison que je l'ai tué ? Par envie ? La question m'a traversé l'esprit à plusieurs reprises, mais chaque fois je me suis dit que c'était absurde, que je n'ai jamais planifié sa mort. Je n'avais aucune idée des supplices que peut faire endurer la culpabilité…

Alors non, je n'ai jamais prévu de tuer Gustav, mais au bout du compte c'est bien moi qui l'ai tué. Et je l'ai tué pour les pires des raisons : par lâcheté, parce que j'avais peur de mourir, et par ambition, parce que le tuer c'était prouver ma loyauté au régime, et par conséquent préserver mon avenir au sein de la hiérarchie militaire. Ce qui a été le cas, je dois dire… Mais après la guerre, une fois la frénésie retombée, surtout celle des dernières années, lorsque nous étions comme les soutiers d'un navire victime d'une avarie écopant sans espoir d'éviter qu'il sombre – surtout après Stalingrad –, une fois que j'ai eu le temps de repenser à tout ça, ma honte n'en a été que plus grande.

Alors quand vous êtes venus me trouver, comme des jeunes fantômes sortis de mon passé, après la peur et la honte, j'ai compris que vous étiez ma chance. La honte parce que c'était vous qui vous souciiez de ce qui était arrivé à Gustav, vous qui vouliez savoir ce qui l'a tué, alors que c'est moi qui aurais dû tenter de répondre à toutes ces questions. Et que de jeunes Juifs entreprennent tout ce qui est possible, cinquante ans après, pour comprendre pourquoi le crime que j'ai commis a eu lieu a ravivé ma honte. Et j'ai encore plus honte de dire que je n'ai pas la moindre idée de ce qui a pu provoquer sa mort. Je sais juste qu'il semblait enthousiasmé par les recherches qu'il avait entreprises à la Schola Cantorum et qu'il est allé trouver Keitel avec une requête particulière. Un sujet que ma lâcheté m'a empêché d'aborder avec le feld-maréchal par la suite (par peur de déplaire et de paraître sentimental et faible, je ne voulais pas avoir l'air de me soucier de Schultz).

Les deux pistes qu'à mon sens il vous reste, c'est la sacoche de Gustav avec laquelle je l'ai enterré (vous trouverez en annexe le plan sur lequel j'indique l'emplacement exact, dans un bois à quelques centaines de mètres à peine du château), ainsi que Jürgen von Staden qui, contrairement à ce que j'ai affirmé, est bien vivant.

Le cœur de Gal bat à tout rompre. Même dans ses rêves les plus fous, jamais il n'aurait espéré une telle confession. Qui en dit long sur la profondeur de la culpabilité de Becher.

Jamais je n'aurais imaginé trahir de cette façon. Cela ne me correspond pas, ce n'est pas moi. Mais entre deux hontes j'ai choisi celle du traître, car contribuer à découvrir pourquoi Gustav a été assassiné, et donc ainsi poursuivre son œuvre, est la seule façon de racheter mon crime.

Von Staden vit en Allemagne. Il a évidemment changé d'identité. Il s'appelle désormais Moritz Eüsler.

Mais avant d'écrire cette lettre, je l'ai averti de votre visite, et ce n'est qu'après que j'ai décidé de tout vous dire. Vous avez donc affaire à un homme averti, et certainement assez puissant.

Voilà. Vous avez bien entendu la liberté de me recontacter, mais j'ai dit tout ce que j'avais à dire et je ne vois pas quelle autre information vous pourriez tirer de moi. À présent je vais surtout essayer de trouver la paix avec moi-même. J'espère que ces quelques lignes m'y aideront.

J'espère également que vous trouverez les réponses aux questions que vous vous posez.

Pensivement, Gal regarde les trois feuilles de papier qu'il tient dans sa main gauche. La lettre a dû traîner dans les bureaux de sa maison de disques. C'est pour cette raison qu'il ne l'a reçue qu'avec ce délai, alors qu'il avait renoncé à tout espoir. Et voilà que ces quelques lignes et ce plan remettent tout en cause, relancent tout.

Après la première réaction d'excitation, dépositaire de cette confession rédigée par l'ancien officier quelques jours avant sa mort, même s'il ne pouvait en avoir l'idée, Gal se surprend à ressentir une certaine émotion : ainsi, grâce à Becher, Rossi et Schultz ne sont pas encore tout à fait morts. Miraculeusement, le lien ténu qui le relie à eux n'est pas rompu, contrairement à ce qu'il déplorait. Il est encore possible de révéler au grand jour un secret si exceptionnel, se dit-il en consultant une fois de plus le plan dessiné par Becher.

Reprenant ses esprits, il regarde l'heure, décide qu'il n'est pas trop tard pour appeler le Service, décroche son téléphone et compose le numéro du Bureau des achats boulevard Malesherbes. Une minute plus tard, il est mis en relation avec Ron.

– Jürgen von Staden est en vie, attaque-t-il directement. Il s'appelle Moritz Eüsler et vit en Allemagne.

À l'autre bout de la ligne lui répond le silence auquel il s'attendait. Quelques secondes à peine, mais qui suffisent à révéler la stupéfaction de son interlocuteur.

– D'où tiens-tu cette information ? finit par demander un Ron vraiment étonné.

Et Gal de lui raconter la lettre posthume de Becher, sa confession et le plan qui devrait leur permettre de retrouver la tombe de Schultz, ou plus exactement l'endroit où il a été enterré.

– La dernière fois que nous nous somme vus, je t'ai dit que la prochaine occasion nous ne la gâcherons pas.

– Je n'ai pas oublié. C'est la raison pour laquelle je t'appelle aujourd'hui, lui rétorque Gal, trop content d'avoir à nouveau la main, comme disent les joueurs de poker.

Après avoir raccroché, il se dit que la prochaine personne à appeler sans attendre une minute, c'est Alphonse. Et il espère que cette nouvelle lui redonnera tout son mordant.

27

Le renseignement fourni par Becher était bon. Disposant de son nom d'emprunt, avec sa longue expérience de la traque, le centre de documentation Simon-Wiesenthal à Vienne n'a pas mis longtemps à remonter son passé et à faire le lien entre Moritz Eüsler et Jürgen von Staden. Deux vies a priori distinctes, la seconde apparaissant après que la première s'est éteinte, et qui en réalité n'en sont qu'une, mais ayant fait l'objet d'une déchirure, en mai 1945 très précisément.

Pour établir la preuve que ces deux hommes n'en sont qu'un, que le premier n'est pas mort ou n'a pas disparu au cours des dernières semaines de la guerre, et que les trente premières années du second relèvent de la pure fiction, les photos du premier entre vingt-cinq et trente ans comparées à celles du second aux alentours de soixante-dix ans représentent un bon début mais ne sont pas suffisantes. C'est surtout au savoir-faire des bénévoles du centre Simon-Wiesenthal, à leurs relations dans les différentes administrations, à leur capacité à recouper les multiples fichiers, que l'on doit l'établissement de la preuve. Ce qui ne pose jamais de trop gros problèmes, même avec un homme aussi intelligent et organisé que Jürgen von Staden.

Encore un de ces anciens nazis frappés par la maladie du repentir, a sobrement statué Joseph Rosenblum à propos de Becher lorsque Gal l'a appelé pour le féliciter.

Ainsi, par le jeu classique des dominos, identifier et faire tomber le premier a permis d'identifier le second.

Une fois en possession de l'information, les équipes dirigées par Ron n'ont pas non plus tardé à reconstituer ses habitudes et par conséquent à être capables de prévoir la plupart de ses mouvements. Quelques semaines de filature et d'observation par un groupe chevronné permettent de connaître l'essentiel de la vie de n'importe quel individu.

En cette journée du 10 avril ils passent à l'action, décision prise soixante-douze heures plus tôt : à trop tarder on risquerait de finir par éveiller sa méfiance. Beate Mynkes et Isaac Dayan, les deux agents du Mossad qui l'attendent sur son parcours, ont enfin repéré sa voiture. Une Mercedes classe C, grise, qu'il a louée à la petite station de Garmisch-Partenkirchen, près de la frontière autrichienne.

Eüsler roule maintenant sur la route 23 à destination de Schongau. Il ne semble pas avoir remarqué qu'une Volkswagen Passat beige le suit à distance : aucun coup d'œil dans le rétroviseur comme c'est souvent le cas dans ce genre de situation. Comme à son habitude, il s'arrête à la taverne de Rottenbuch pour prendre une bière, ce que les occupants de la Passat savaient déjà.

La Volkswagen se gare à côté de la Mercedes. L'homme en sort et discrètement se glisse sous le moteur de la classe C, tandis que la femme, restée au volant, surveille les alentours. D'un geste ferme et précis, l'agent desserre le boulon du tuyau de liquide de refroidissement. Juste assez pour laisser filer un goutte-à-goutte.

Trois quarts d'heure plus tard, Eüsler quitte l'aire de stationnement et reprend la direction par laquelle il était venu. Comme prévu, les vibrations du moteur exercent sur le tuyau une pression qui aggrave la fuite du liquide.

Peut-être a-t-il remarqué la légère fumée blanche qui monte de l'avant de son véhicule, ou peut-être a-t-il constaté la baisse de niveau du liquide moteur. Toujours est-il qu'il s'arrête à quelques kilomètres de Schongau, peu avant l'échangeur de Peissenberg, dans un petit terrain vague en bordure de route.

Il descend de sa voiture, ouvre le capot et plonge dans les entrailles de la Mercedes. À trois cents mètres de là, dans la Passat qui s'est à son tour immobilisée, muni de jumelles, Isaac Dayan observe la scène. Voyant la fumée blanche s'épaissir, il fait signe à Beate Mynkes d'avancer.

Occupé à localiser la fuite, la tête dans le moteur, Eüsler ne remarque pas la voiture qui arrive à hauteur de la sienne. Il se demande s'il doit contacter Hertz ou se dépanner seul, quand il perçoit enfin une présence à ses côtés.

– Vous avez un problème ? lui demande l'homme assis à la place du passager avant.

– Une fuite d'eau en bas du radiateur. Si je continue à rouler, je vais griller le moteur.

– On peut peut-être réparer sur place, suggère l'inconnu. Vous voulez que je jette un œil ? J'ai quelques connaissances en mécanique.

– Ce n'est pas la peine. C'est une voiture de location. Un coup de téléphone chez Hertz et ils viennent me la remplacer. Seulement, cela va prendre du temps. Et ça m'ennuie parce que j'ai un rendez-vous important.

Vitres baissées, la Passat ne bouge pas. Ses deux occupants demeurent immobiles sur leurs sièges.

– Schongau n'est plus très loin, finit par dire l'homme. Si vous voulez, ma femme et moi nous vous y conduisons. Cela vous évitera de poireauter ici.

Eüsler/von Staden se redresse et leur accorde un regard plus appuyé que les précédents. Une femme coiffée d'un foulard et conduisant avec des gants, un homme à la moustache et aux cheveux grisonnants vêtu d'une veste autrichienne. Un chapeau en loden est posé devant lui sous le pare-brise. Des Bavarois… Il semble hésiter quelques instants, sans doute contrarié par ce contretemps, avant de se décider :

– Ce n'est pas bête, j'accepte votre proposition. Je ne trouverai peut-être pas d'agence Hertz à Schongau, mais au moins, je pourrai les appeler.

Il baisse le capot, ferme la Mercedes à clé et monte à l'arrière de la Passat.

Tandis que Beate Mynkes quitte le bas-côté et engage la Volkswagen sur la chaussée, elle se félicite qu'aucune voiture ne soit passée sur la route pendant les deux minutes qui ont été nécessaires à convaincre leur « client » de monter avec eux. Pas de témoin. Une des raisons pour lesquelles ils ont choisi d'agir sur cette route. La difficulté était qu'il fallait que la voiture d'Eüsler puisse démarrer sans pour autant rouler jusqu'à Schongau où il aurait été plus difficile d'intervenir.

– C'est très aimable à vous, parce que j'ai rendez-vous à l'hôpital pour un examen important. Une fragilité cardiaque. Ah, ce que c'est de vieillir !

– En tout cas, vous avez raison de vous soigner, fait l'homme sans se retourner.

– C'est toujours vous qui conduisez, madame ? demande Eüsler au bout d'un certain temps pour meubler le silence.

Isaac Dayan se tourne vers lui :

– Depuis le jour où j'ai compris qu'elle conduit mieux que moi. Et puis ça me permet de boire plus de bière.

Les deux hommes éclatent de rire tandis que la femme reste concentrée sur la route.

Aux abords de Schongau, la voiture vire à droite et prend un petit chemin de terre.

– Où allez-vous par là ? demande Eüsler avec une légère tension dans la voix.

– Nous devons récupérer du matériel à l'étang de Perlach Berg, fait l'homme avec bonhomie. C'est un vivier à poissons. Cela ne prendra que quelques minutes. Ma femme et moi sommes restaurateurs.

– Ah ! Il y a des brochets par ici, dit-il. Excellents poissons. Il y a aussi des carpes, mais c'est nettement moins bon.

– Nous n'en proposons pas dans notre restaurant.

– Vous me rassurez, fait l'Allemand en souriant. Une connaissance à moi m'a un jour servi de la carpe farcie, quelle horreur !

Devant, ni l'homme ni la femme ne relèvent et il est bon pour étouffer son rire.

Une fois au bord de l'étang, la conductrice coupe le moteur et l'homme et la femme sortent du véhicule. L'endroit est désert.

Intéressé par les viviers, Eüsler s'apprête à sortir aussi lorsqu'il voit le couple se diriger vers l'arrière de la voiture. Brusquement la femme ouvre la portière de l'Allemand, brandit une bombe d'un puissant gaz anesthésiant, et lui en vaporise le visage. Avant qu'il ait le temps de réagir, la portière se referme.

Dans la Passat aux vitres remontées Eüsler est pris au piège. Il tente d'ouvrir une porte, puis la seconde, mais elles sont bloquées. Affolé il se débat, cogne des poings contre les vitres, s'agite comme un rat soumis à une expérience dans sa cage de verre sous le regard attentif de ses ravisseurs. Enfin sa vue se brouille, les deux agents ne sont plus que des formes indistinctes, ses forces faiblissent, puis ses yeux se ferment et il finit par s'affaisser sur la banquette.

Quand ils estiment qu'il a eu sa dose, les deux agents aèrent l'habitacle afin d'éliminer le surplus de gaz. Ils tirent Eüsler vers l'extérieur, par mesure de sécurité

Isaac Dayan prend son pouls et vérifie sa respiration, puis ils le ligotent, le bâillonnent et l'allongent sur la banquette en prenant soin de le dissimuler sous une couverture.

Avec le téléphone portable qu'elle tire de la poche intérieure de son blouson, Beate Mynkes appelle un numéro et annonce : « Phase 1 OK. Passons à la phase 2. »

La seconde étape de leur mission consiste à transporter Eüsler sur le petit terrain d'aviation de l'aéroclub d'Oberpfaffenhafen. Ils prennent la 472 pour Peissenberg d'où ils continueront une vingtaine de kilomètres vers le nord. La Passat roule à vive allure. Ils doivent arriver au point de rendez-vous avant que l'anesthésiant ne perde de son effet, et surtout avant que la Mercedes abandonnée soit découverte.

À trois kilomètres de la ville d'Oberpfaffenhafen, une ferme louée par le Mossad au nom de la Société Rippert, spécialisée dans l'aménagement de terrains de tennis, sert de relais pour les activités de l'organisation autour de Munich. Ainsi implantés dans un lieu retiré, les agents peuvent agir sans être constamment épiés par l'administration bavaroise. Le terrain d'aviation présente de nombreux avantages mais exige aussi une prudence accrue, car les vols, malgré tout, restent sous le contrôle de Munich et de la CIA.

Enfin arrivée, la Passat se gare dans le bâtiment où tracteurs et machines agricoles étaient autrefois parqués. Isaac Dayan extrait l'Allemand de la voiture et, en travers de ses épaules comme un sac, le monte sans peine au premier étage de la ferme. Il le dépose encore endormi sur le lit en bois qui meuble à lui seul une pièce aux fenêtres occultées par d'épais rideaux.

Au rez-de-chaussée, toute l'équipe est rassemblée autour de son chef en une sorte de réunion de crise improvisée. Deux femmes, dont Beate Mynkes, et cinq hommes, presque tous nés en Allemagne, parfaitement intégrés et fondus dans la masse. À tel point qu'un von Staden s'y est laissé prendre…

Au milieu des filets, des presses, des fûts de poudre blanche et des sacs de terre rouge qui imbibée d'eau devient la terre battue des courts de tennis, le petit homme frêle à la tête d'intellectuel et au verbe précis dresse le plan d'action. Première des priorités : agir vite, avant que la police ou le loueur de voiture ne constatent la disparition de l'Allemand. Rien ne garantit que personne n'ira donner l'alerte en ne le voyant pas revenir. Ils marchent sur des œufs : en tentant d'exfiltrer ainsi un Allemand qu'ils ont kidnappé, ils sont dans l'illégalité la plus totale et risquent gros.

– Il doit être évacué de la région sans tarder, dit-il. On a deux solutions : ou bien on l'emmène à Francfort dans un de nos petits coucous, et de là on le met dans un avion militaire pour Israël, ou bien on passe par Reims, en France, et on le cache en lieu sûr. Le problème est le suivant : si une fois en Israël, il collabore, il sera difficile de le faire revenir. Et si on le garde ici sans réussir à le faire parler, on aura des problèmes pour s'en débarrasser.

– Tout dépend de sa bonne ou de sa mauvaise volonté, enchaîne un autre. En plus, on ne peut pas miser sur sa droiture, et la moindre entourloupe de sa part peut nous coûter cher.

– Il reprend conscience ! crie soudain quelqu'un depuis le premier étage.

Suivi de l'un de ses agents, le responsable de l'équipe gravit les marches et se précipite dans la chambre où Eüsler/von Staden, allongé sur le dos, gémit les yeux ouverts.

– Enlevez-lui son bâillon.

L'un des agents s'exécute et aide le prisonnier à se redresser, calant un coussin dans son dos pour le maintenir assis. Encore dans les vapes, ce dernier regarde autour de lui, essayant manifestement de comprendre ce qui lui est arrivé.

– Où suis-je ? finit-il par demander aux trois individus qui le contemplent.

– Entre de bonnes mains, lui répond le chef.

– Qui… mais qui êtes-vous ? Qu'est-ce que ça signifie ? Que me voulez-vous ? demande Eüsler, la voix rauque, tentant de reprendre son souffle.

– Vous avez vite repris vos esprits. Ça devrait faciliter les choses…

– Je vous ai demandé qui vous êtes ! répète l'Allemand cette fois plus agressif.

– Qui sommes-nous ? reprend le responsable avec une certaine ironie. Des rescapés. Et vous, qui êtes-vous réellement, monsieur Eüsler ?

– Je m'appelle Moritz Eüsler. Je suis représentant en chaussures.

Assis au chevet de son prisonnier, les coudes en appui sur les genoux, l'Israélien hoche la tête avec un sourire entendu.

– Ne vous a-t-on pas appris à l'école qu'il est très vilain de mentir ? poursuit-il sur le même ton. Surtout pour un criminel de guerre.

– Mais de quoi parlez-vous ? Je ne comprends pas. Je me rendais à l'hôpital de Schongau pour des examens.

– Il n'y a pas d'urgence, maintenant que la guerre est finie.

– La guerre ? Quelle guerre ?

– Celle de 14, voyons !

Pendant ce court entretien, derrière ses lunettes cerclées de fer, le responsable ne quitte pas des yeux son interlocuteur, épiant la moindre de ses réactions, assez impressionné par son aplomb, même si d'expérience il sait que ça ne durera pas. Déjà il a moins fière allure, l'aristocrate, sur ce lit, les cheveux en bataille et entouré d'inconnus. Il sait qu'il s'en veut d'avoir fait confiance au couple et d'être monté dans sa voiture de lui-même. Une erreur ? En réalité il n'a fait que leur faciliter les choses. Il n'aurait pas résisté dix secondes face à un Isaac Dayan surentraîné et de quarante ans son cadet.

– Vraiment, je ne sais pas de quoi vous parlez.

– Alors assez joué. Je parle de Ribbentrop et de Jürgen von Staden, tranche-t-il soudain avec beaucoup plus de fermeté. C'est plus clair comme ça ?

La première attaque a l'air d'avoir porté. Von Staden se tait, comme s'il accusait le coup, ou comme s'il réfléchissait. La plupart de ces anciens nazis ont eu beau se préparer à ce type d'interrogatoire, une fois au pied du mur il est toujours difficile de persister dans le mensonge, surtout face à l'évidence et aux tentatives de déstabilisation répétées.

– Je parle aussi du cardinal Schmidt, tu sais, au Vatican, avec qui tu es souvent en contact téléphonique. On a épluché toutes tes communications.

– Connais pas, fait l'Allemand qui semble avoir déjà repris du poil de la bête. Il n'achète pas mes chaussures.

Coriace, l'animal. L'Israélien ne peut réprimer un sourire.

– Vous vous trompez de personne, répond von Staden, imperturbable.

– Et la tache de vin que tu as dans le cou ? J'ai tout ce qu'il faut pour prouver que tu es von Staden, même le dossier de la Stasi où est inscrit ton changement d'identité.

Le second coup fait plus mal. Silence de l'accusé.

Une fille de l'équipe apparaît dans l'encadrement de la porte et annonce que le Dornier s'est posé à l'aéro-club. Le responsable de l'équipe acquiesce.

– On l'envoie en Israël, décide-t-il. Il retrouvera la mémoire au bord de la mer Morte. C'est bien connu, le soufre est excellent pour les neurones. Il y a même des gens qui se souviennent de leur vie avant la naissance.

Au nom d'Israël, von Staden est pris de tremblements. L'Israélien ricane :

– Ah, c'est un bon sujet. J'ai à peine parlé de la mer Morte que déjà il donne des signes de vie…

– Pas en Israël, supplie l'Allemand.

– Mais pourquoi ? Il y a des millions de touristes qui s'y rendent chaque année. La mer, le soleil, les Lieux saints, persifle-t-il… Et toi, tu ne voudrais pas y aller ?

– Pas en Israël.

– Pourtant, il va falloir. Là-bas, il y a des Juifs, mais des bons, pas les mauvais Juifs d'Europe que vous avez massacrés. Tu verras ! De bons Juifs, jeunes, qui savent que tu as été un bon nazi. Entre gens zélés, on peut s'entendre. La preuve, Eichmann qui était muet en Argentine n'a plus cessé de parler une fois en Israël. Alors ce sera pareil pour toi. Et ton ami Krüger, lui aussi a retrouvé sa langue là-bas. Il a tout raconté.

– Krüger en Israël ? demande-t-il, soudain blême à l'évocation de l'ingénieur allemand disparu dans les années soixante.

– Ja ja, mon général. Krüger en Israël. Il a conçu des armes chimiques pour les Arabes, alors les Israéliens lui en ont fait respirer un peu tous les jours, pour lui faire tester ses propres inventions. Il est devenu intarissable. Il aimait tellement le Nil, les pyramides, qu'ils l'ont parachuté au-dessus de l'Égypte. Dommage pour lui, les Égyptiens l'ont pris pour un Israélien et lui ont tiré dessus. Quand le responsable de l'armée égyptienne a appris sa mort, il a fait exécuter toute une compagnie… Alors, von Staden, l'Égypte, ça te dit ?

– Demandez-moi ce que vous voulez, mais ne m'emmenez pas en Israël. Je suis malade, je dois suivre des soins réguliers.

– Nous avons d'excellents médecins en Israël. Des rescapés des camps. Ils connaissent toutes les maladies. Même les Arabes viennent se faire soigner par eux. Le roi de Jordanie, celui d'Arabie Saoudite, l'émir du Qatar…

Von Staden se met subitement à pleurer. Des larmes sans sanglots qui coulent sur son visage immobile. Les vannes ont lâché. Il voudrait encore résister, y croire, mais son organisme le trahit. Classique.

– Eh bien ! fait le chef, si Ribbentrop te voyait, il t'expédierait en Sibérie illico. La race aryenne qui flanche… Du jamais vu. Vite, une photo.

Il attrape l'appareil qu'on lui tend et prend plusieurs clichés du prisonnier qui voudrait se masquer le visage, ou au moins détourner la tête, mais ses entraves l'en empêchent.

– Sacré scoop, le *Spiegel* va apprécier. Jürgen von Staden, le secrétaire de Ribbentrop, en larmes parce qu'il est dans des souliers trop petits.

– Que cherchez-vous encore ?

– Nous, on croit ce qui est écrit dans la Bible. Le temps n'est qu'un : passé, présent et avenir. Chacun doit être rétribué pour ses fautes. Si ce n'est pas aujourd'hui, ce sera demain, il n'y a jamais prescription. Le Vatican a laissé mourir les victimes et sauvé les bourreaux. Tu trouves ça normal, peut-être ?

– Je ne suis pas responsable, j'ai fait ce qu'on m'a ordonné de faire.

– L'avion attend, intervient la jeune femme. Cela devient dangereux.

Le chef s'éloigne de von Staden pour chuchoter quelques mots à l'oreille de la fille qui disparaît aussitôt. Revenue au bout de quelques secondes, elle se penche au-dessus de l'Allemand, une seringue à la main.

– On va t'endormir. Quand tu te réveilleras, tu seras un autre homme. L'Allemagne ne te réussit pas…

D'abord Hitler, ensuite les Russes, et maintenant nous. Il est temps de changer d'air, tu ne crois pas ? Allez, dors bien, poursuit l'Israélien avec la même ironie.

À l'approche de la seringue, von Staden tente de se débattre. Mais à près de soixante-quinze ans, entravé sur un lit et maintenu par deux jeunes agents, le combat est perdu d'avance. Et lorsque l'aiguille s'enfonce sous son épiderme et que la fille commence à lui injecter l'anesthésiant, ce simple geste qu'il subit la mort dans l'âme a pour lui valeur de capitulation.

28

À 10 heures, Gal s'installe au volant de sa Jaguar garée dans le parking souterrain du boulevard Saint-Germain, démarre puis s'engage sur la rampe jusqu'à sortir à l'air libre. Il remonte ensuite le boulevard jusqu'à l'Institut du Monde arabe, passe sur la rive droite, longe la Seine devant le ministère des Finances, puis s'engage sur le périphérique jusqu'à la porte de Bagnolet où il file vers Roissy-Charles-de-Gaulle. En allumant la radio réglée sur Fip, il a une pensée pour Glenn Gould. Ce pianiste aimait parcourir des kilomètres en voiture au son de la musique. Lui-même n'est jamais aussi tranquille que seul dans le cocon que représente l'habitacle de sa voiture, l'esprit à peine occupé par l'attention que requiert la conduite.

Quarante minutes plus tard, il arrive à l'aéroport et se gare près de la file des taxis. Il n'attend guère longtemps avant de voir les premiers passagers du vol sortir de l'aérogare.

À peine s'est-il demandé s'il doit guetter un homme en soutane ou en civil qu'il aperçoit Alphonse dans un costume sombre. Seul le col romain évoque sa qualité de religieux. Aussitôt il s'éjecte de sa voiture pour l'accueillir et, dans un geste qui le surprend lui-même, le serrer dans ses bras. C'est la première fois qu'il le voit depuis son infarctus. Il a les traits tirés et semble physiquement diminué, mais il a retrouvé toute l'intelligence et la vivacité de son regard. Un renouveau dû à la lettre de Becher et à la capture de von Staden.

Deux nouvelles qui ont inversé le cours des événements et changé le rapport de force en leur faveur. Deux nouvelles qui ont également décidé de sa participation à l'expédition au château de la Nièvre. Un pèlerinage en ce qui le concerne, qui comporte une charge émotionnelle énorme, puisqu'il s'agit du cadre où le cours de son existence a été infléchi.

De cela Gal a conscience, mais il ne lui en dit pas un mot, de même qu'il ne lui dit pas un mot de son état de santé. Ils se comprennent sans se parler. D'ailleurs, malgré la méfiance qu'à l'origine il éprouvait à son égard, Gal a fini par comprendre qu'Alphonse est l'une des personnes qui auront le plus compté dans son existence.

Tandis que le prélat s'assied et boucle sa ceinture, Gal pose sa petite valise à l'arrière puis démarre.

« À la guerre comme à la guerre ! » lance Alphonse quand, après avoir déboité, Gal appuie sur l'accélérateur et propulse sa voiture vers la voie rapide.

– Voilà le programme : on rejoint le périphérique à la porte d'Orléans, et de là, direction Lyon. On pourra s'arrêter vers Nevers pour manger quelque chose.

– Le tout est d'être devant le château à l'heure convenue. Avez-vous des nouvelles de von Staden ?

Gal réfléchit. Doit-il lui dire la vérité, au risque de briser son élan de courage ?

– D'après ce que je sais, il est malade. Crise cardiaque. Certainement la trop forte émotion et la peur liées à l'enlèvement. Pour le moment, il est hors circuit. On ne m'a rien dit de plus.

– Mais sa vie n'est pas en danger ?

– Tout dépend de la façon dont il est soigné. J'ai tendance à faire confiance à ses ravisseurs, mais nous n'avions pas besoin de ça.

Il sait qu'il est arrivé en Israël et qu'une fois sur place il a été transféré directement de l'aéroport à l'hôpital. Ève l'a appelé pour le tenir au courant des événements et lui faire part de son dernier bulletin de santé. Ironie de la situation où l'on en vient à prier pour la survie d'un homme aussi abject à cause des informations qu'il est censé détenir et délivrer. Le fumier devrait en jouer. À moins qu'il ne soit terrorisé, isolé en territoire ennemi. Difficile de faire parler quelqu'un que l'on ne peut pas soumettre à la question sous peine de le tuer et sur qui on ne dispose pas de moyen de pression. Son bon vouloir repose sur d'autres ressorts, pas toujours faciles à actionner.

La Jaguar roule sur l'autoroute du Sud. Après plus d'une heure à écouter la radio et regarder défiler le paysage, Alphonse brise le silence.

– Schmidt prétend que je divulgue les secrets du Vatican aux Israéliens. Avec votre passé, il joue sur du velours. J'ai dû démontrer que Rubens et les Gonzague n'intéressaient pas du tout Israël et que les richesses du Temple de Jérusalem étaient imprenables. Toujours la même rengaine…

– Vous ne m'avez jamais parlé de lui…, demande Gal sans quitter la route des yeux. Schmidt…, précise-t-il face au silence du cardinal.

– Il a un passé qui va vous plaire, répond celui-ci ironiquement. Il est né à Munich en 1928. Avant d'entrer au séminaire et d'être ordonné prêtre il a appartenu aux Jeunesses hitlériennes. On aurait pu croire que ce qu'il a vécu, par réaction aurait déterminé sa vocation. Pensez-vous… Après la guerre, il a procuré de nouvelles identités à des nazis haut gradés et les a dirigés vers des destinations sûres. En 1953, alors qu'il était secrétaire d'un cardinal de nationalité allemande, il a effectué de nombreux voyages en Amérique du Sud. Lui-même a plus tard été nommé cardinal.

– Belle carrière, commente Gal sans quitter des yeux la route.

– Aujourd'hui, la tâche de Schmidt consiste à récupérer les archives allemandes, autrement dit, les documents volés par ses compatriotes pendant la guerre et dont la plupart sont sous bonne garde au KGB. Il dispose de moyens pour ça. Ce dont je vous parlais à la villa Médicis. Les archives en question détaillent tous les rouages de la collaboration entre l'Église et l'Allemagne. Elles sont essentielles pour expliquer le comportement du Vatican pendant la guerre. Pour écrire l'Histoire, en somme. Certains documents ont été soustraits aux Russes et même aux Alliés. Mais un grand nombre ont été cachés dans les bibliothèques ou les centres culturels, et codés de façon à n'être pas repérables… Alors vous pensez bien que le cardinal Schmidt a été intrigué par nos recherches dans les archives. Mais il était nécessaire de courir ce risque.

À présent que les choses semblent plutôt bien tourner, Gal n'ira pas le contredire, mais il n'en a pas toujours été convaincu. Et puis il préfère ne pas interrompre Alphonse qui semble intarissable. Est-ce pour conjurer son angoisse, ou pour maîtriser l'émotion qui l'étreint à revenir sur les pas du jeune garçon qu'il était en 1940 ? La thérapie par le verbe, unanimement reconnue ou presque depuis l'apport d'un certain Freud. Lui-même dispose de son violon pour ça, moins intelligible, et donc plus discret, plus pudique, mais au moins aussi efficace.

Lorsqu'ils atteignent la ville de Pouilly-sur-Loire, vers 13 h 45, les deux hommes font une halte au *Relais de Pouilly*.

– Vous arrivez juste à temps, dit l'aubergiste. Un peu plus, je ne vous servais pas.

– Je vous présente le cardinal de Morillon, annonce Gal. Il vient spécialement de Rome pour casser la croûte chez vous et vous lui refuseriez votre table ?

Les yeux ronds, l'homme a l'air sincèrement impressionné.

– Vous auriez dû appeler ! s'exclame-t-il. J'aurais su que Dieu me réservait une surprise.

– Justement, ça n'aurait plus été une surprise. Et puis nous venons de décider à l'instant de nous arrêter pour déjeuner.

– Qu'est-ce qui vous ferait plaisir ? demande l'hôtelier en les installant à une table.

– Des œufs en meurette et un plat aux champignons, des morilles, si vous avez, dit le prélat.

– Pour moi, enchaîne Gal, six escargots et du bœuf bourguignon.

Le violoniste laisse Alphonse consulter la carte des vins, puis reprend la conversation :

– Avez-vous remarqué que votre nom et celui des plats que vous avez choisis ont des consonances proches ? Meurette… morilles… on entend la musique de Morillon.

– Je n'ai pas fait attention. J'ai passé une partie de ma jeunesse dans ce coin et j'ai gardé le goût de ces mets.

– Vos racines guident vos papilles. Moi, au restaurant, j'ai toujours du mal à me décider, parce que rien ne me rappelle mon enfance. J'ai vécu au milieu d'un éventail de traditions et de saveurs. Par la suite, j'ai changé plusieurs fois de pays. Alors, sur une carte, je choisis souvent les plats qui me sont le moins étrangers.

– Comme les escargots ! ironise Alphonse.

– C'est la région qui m'a fait penser aux escargots. Mais ils viennent peut-être de Pologne, et à pied !

Au moment du café, Gal regarde sa montre.

– Il est 3 heures, nous sommes dans les temps, observe-t-il. Dommage que nous partions en laissant une bouteille de Pouilly à moitié pleine.

– À moitié vide, corrige Alphonse. Nous devons être raisonnables, ce n'est pas un jour pour nous enivrer. Votre Talmud dit : quand le vin entre, le secret sort.

Après une nouvelle heure de route, la Jaguar se gare en face du château, sur le petit chemin qui descend au port fluvial. Alphonse ouvre la portière et s'avance à pas lents sur l'accotement. Immobile, les traits figés par la tension qui l'envahit, il contemple la demeure, le portail, puis le mur d'enceinte. Les yeux brillants de larmes que ses paupières retiennent pudiquement, il murmure :

– Ça fait si longtemps… pourtant, j'ai l'impression que c'était hier.

– Vous trouverez peut-être plus de changements à l'intérieur, dit Gal. Une fois que nous aurons trouvé ce que nous sommes venus chercher. Enfin j'espère…

– Je vois encore les Allemands entrer dans le parc, j'entends le bruit des moteurs et les cris des soldats. Je revois même la tête d'Hitler. Et Schultz… Je vois le violoniste effaré devant la violence du Führer… L'homme brisé qui sait que la mort va frapper… Je le vois partir de dos, passer le seuil du château pour ne jamais revenir.

Le soleil qui illumine cette fin d'après-midi joue dans la masse verte des arbres en bordure de route. Deux Mirage de la base militaire de Dijon traversent le ciel à basse altitude, faisant taire dans leur vacarme infernal les nuées d'oiseaux.

– À l'époque ce genre d'avion n'existait pas, observe Alphonse. Quand je pense que son réacteur est une technologie allemande que toute l'aviation utilise.

Seize heures trente. Quelques rares véhicules sillonnent la route qui relie Nevers à Autun. Mais pas trace pour l'instant de l'équipe que lui a déléguée Ron. Devant l'impossibilité de savoir ce que Becher a dit à von Staden ou à ses tortionnaires, mieux vaut prendre certaines précautions. S'il a parlé du porte-documents de Schultz enterré avec sa dépouille, comment être sûr que d'autres n'auront pas eu la même idée ? Ou que l'emplacement n'est pas surveillé pour en finir avec lui, Gal Knobel, ni vu ni connu au fond d'un bois désert ? Il n'y aurait qu'à creuser un trou déjà fait cinquante ans plus tôt et à l'y enterrer, l'envoyant ainsi rejoindre Schultz… Gal n'y aurait pas pensé, mais Ron a insisté pour lui fournir une protection : von Staden a pu prendre certaines dispositions avant son kidnapping. Gal a fini par se ranger à cette opinion.

Et puis, ça fera toujours des bras supplémentaires pour creuser…

– Ne vous impatientez pas, lui conseille Alphonse en le voyant faire les cent pas. Vos amis ne sont pas du genre à laisser grand-chose au hasard, d'après ce que j'ai cru comprendre. Ils ne devraient pas tarder…

À ce moment, Gal aperçoit une berline gris clair en bas de la côte. Une Opel Omega, constate-t-il tandis qu'elle se rapproche. Elle stoppe à hauteur de la Jaguar et aussitôt trois personnes en sortent : deux hommes au physique plutôt athlétique que Gal n'a jamais vus et… Ève. Il s'attendait à tout sauf à ça.

Après avoir serré les mains des deux hommes, Gil Cohen et Avner Gour, il la détaille. Ses cheveux sont attachés, elle porte un pantalon de treillis, un blouson de cuir et des chaussures de marche. Et certainement un pistolet. La parfaite tenue de combat. Il voudrait l'embrasser mais juge préférable de s'abstenir.

– J'ai tenu à être de la partie, lui dit-elle en guise d'explication après lui avoir serré la main. Même si Ron était réticent.

– Je suis content que tu sois là. Vous ne vous connaissez pas…, dit Gal en s'adressant à Alphonse. Je vous présente Ève, et le cardinal de Morillon. C'est à Ève que nous devons l'appui des services israéliens.

– Un appui essentiel dans cette affaire, admet Alphonse. Ravi de vous rencontrer enfin. Après tout ce que Gal a pu me dire sur vous, ajoute-t-il en la faisant rougir.

– Il ne faut pas traîner, mettons-nous en route, lance l'un des agents du Mossad.

– Je monte avec vous, dit Ève en ouvrant l'une des portières de la Jaguar tandis que Gal confie au cardinal le plan dessiné par Becher et le soin de le guider.

D'après les indications de l'Allemand, l'endroit se trouve à cinq minutes, dans un petit bois dépendant du château, d'où la nécessité d'avoir demandé l'autorisation de cette « fouille » aux Myris qui les attendent une fois qu'ils auront terminé. Il a tellement étudié l'itinéraire qu'il ne devrait pas avoir besoin qu'Alphonse joue les copilotes. C'est surtout une fois sur place que le plan devrait être indispensable.

Cinq cents mètres après avoir passé un petit pont de pierre, le fameux bois apparaît devant eux. Une masse sombre en cette fin d'après-midi surmontant un champ en friche que la voiture longe sur sa droite. Instinctivement Gal ralentit, aussitôt imité par l'Opel qui les suit à quelques dizaines de mètres. Son cœur se serre. Dans la voiture, le silence à peine perturbé par le feulement du moteur est palpable. Il n'y a aucune raison que Becher les ait envoyés sur une fausse piste, mais cela lui semble encore trop beau. Et il parierait qu'Alphonse se dit la même chose.

– Sur notre droite il devrait y avoir un petit chemin, fait le cardinal.

– Je sais, répond Gal à voix basse en mettant son clignotant à l'intention de leurs « anges gardiens ».

Les deux voitures se rangent sur l'accotement et sans un mot tous les occupants en descendent et se regroupent en cercle.

– Eh bien nous voici à pied d'œuvre, annonce Gal la voix légèrement nouée.

– L'instant est solennel, dit Alphonse en souriant. Ne tardons pas.

– Vous avez pensé aux pelles ? demande Ève.

– Évidemment.

Gal ouvre le coffre de sa voiture et en sort deux pelles et deux torches qu'il distribue. Les pelles aux agents, une torche à Ève, l'autre étant pour lui.

– Au cas très probable où nous n'ayons pas terminé avant la tombée de la nuit, précise-t-il.

Puis le petit groupe s'enfonce sur l'étroit sentier de terre jonché de feuilles mortes et par endroits légèrement boueux. Le plan à la main, Gal en tête, suivi par l'un des agents dont il a aperçu l'Uzi sous la veste, puis le cardinal, Ève, et fermant la marche, certainement en possession du même pistolet-mitrailleur que son collègue, l'autre agent du Mossad. Leur présence a le don de rassurer Gal mais aussi d'augmenter la tension, comme s'ils personnifiaient le danger dont on aurait pu faire abstraction en leur absence.

Le cardinal suit d'un pas hésitant, le souffle court, méconnaissable sous le masque d'émotion qui lui donne l'air d'être tombé d'une autre planète. Après environ 300 mètres d'une progression silencieuse et attentive, Gal s'arrête, regarde autour de lui, avance de quelques mètres en se référant au plan, change de direction, se baisse comme s'il cherchait quelque chose puis revient vers le groupe qui n'a cessé de l'observer.

– Que cherches-tu ? lui demande Ève.

– Ce ne doit pas être là, dit-il, les yeux fixés sur le plan. D'après les indications de Becher il devrait y avoir un muret en pierres.

– Il a peut-être été abattu ou il s'est effondré, depuis toutes ces années, suggère l'agent qui a ouvert la marche avec lui.

Mais Gal secoue la tête :

– Il en subsisterait des traces. Et puis Becher est revenu ici il y a une dizaine d'années pour se recueillir sur la tombe de son ami. Non, je pense qu'il faut faire demi-tour.

– Becher nous aurait envoyés sur une fausse piste ? s'inquiète Alphonse.

Gal lui renvoie son regard, lui non plus pas très rassuré.

– Si c'est le cas, cette fois c'est mort, admet-il sombrement. Mais ça ne colle pas avec le ton de sa lettre. Il a pu se tromper, sous le coup de l'émotion… Retournons plutôt sur la route et essayons de trouver un autre chemin. Il y en a peut-être un autre à quelques centaines de mètres.

Dans le même ordre de marche qu'à l'aller, la petite troupe rebrousse chemin. Chacun se retient, mais la déception et la nervosité sont perceptibles. Ils n'ont ni le temps ni les moyens de fouiller toute la région. Et plus aucune carte à jouer que le plan posthume de Becher.

Une fois à nouveau sur la petite route, Gal aperçoit un paysan marchant sur le bas-côté dans leur direction, une casquette sur la tête et une faux sur l'épaule. Son âge et sa façon tranquille d'avancer permettent de supposer qu'il est ici chez lui et qu'il connaît le coin comme sa poche.

– Bonjour ! lance Gal une fois l'homme à leur hauteur.

– Messieurs-dame, répond l'homme en les détaillant, une main faisant mine de soulever sa casquette.

– Excusez-nous, commence Gal le plan toujours à la main, il y aurait dans les parages un petit muret de pierres… Est-ce que par hasard vous auriez une idée d'où il se trouve ?

– Ça fait longtemps qu'il existe plus, répond l'homme en les regardant d'un air suspicieux. À force les pierres ont été volées, vous savez comment c'est…

– Mais pourriez-vous nous dire où il était ?

– Oh là ! Vous le trouverez jamais tout seuls, et moi faut que je rentre à cette heure.

– Vous nous y conduisez et on vous paie à boire, propose l'un des deux agents.

Surpris, l'homme le regarde un instant puis finit par jeter le mégot de sa Gitane maïs qui était fiché entre ses lèvres.

– Si c'est comme ça, finit-il par dire. Mais alors pressons. C'est que le soleil va pas tarder à se coucher.

La luminosité en effet décroît. La journée n'est pas encore terminée, mais déjà les sous-bois baignent dans une semi-obscurité. Le paysan conduit le petit groupe sur le sentier d'où il est sorti quelques instants auparavant. À environ trois cents mètres de celui qu'ils ont emprunté plus tôt.

– C'est un bois qu'appartient au château, ça, commente-t-il en marchant. Et qu'est-ce que vous y cherchez ?

– Des souvenirs du temps passé, répond Gal qui marche à son côté toujours suivi d'aussi près par l'un des agents.

– Ah, si vous parlez de la guerre, les Allemands étaient installés là. Je sais pas comment ils ont fait pour dénicher un endroit pareil.

– Les Allemands ici, vous dites.

– Vous êtes trop jeune. Vous étiez pas né en 1940… On y est presque.

Il s'engage alors dans une sente dissimulée sous de hautes herbes, puis à hauteur d'un énorme tronc d'arbre scié à une cinquantaine de centimètres du sol, prend à gauche et s'arrête une dizaine de mètres plus loin.

– Voilà, autrefois y avait un muret ici. On voit encore des pierres sortir du sol.

– Eh bien, dites-moi, sans vous on n'aurait jamais trouvé ! s'exclame Gal.

– C'est un trésor que vous êtes venus chercher ? demande le paysan avec un air malin.

– Une réponse, lui répond Gal, conscient que leur équipée a de quoi éveiller la curiosité.

Comme l'homme ne semble finalement pas décidé à partir, l'un des agents lui tend un billet qu'il met aussitôt dans sa poche. Avant de repartir vers l'orée du bois en se retournant plusieurs fois. Presque à regret.

– C'est donc ici que le malheureux Schultz a été exécuté, constate Gal à voix basse. Dommage que Becher ne soit pas parmi nous.

Avec une certaine émotion, le violoniste embrasse du regard cette espèce de clairière déclive où le drame s'est joué. Les deux SS avec leurs pistolets-mitrailleurs pointés sur Becher, et Schultz, grelottant de peur et de froid, ayant peut-être cherché l'illusoire protection d'un arbre contre lequel il se serait appuyé.

Gil Cohen et Avner Gour, les deux agents qui s'étaient éloignés pour s'assurer qu'ils sont bien seuls et qu'on ne leur réserve pas de mauvaise surprise, sont de retour. Rien à signaler.

Gal regarde alors le plan de Becher.

– Si l'allée est derrière nous et les restes de pierres là, normalement, à gauche, on devrait trouver la tombe. D'après le plan, je compte vingt pas à gauche… Un… deux… trois…, fait-il en joignant le geste à la parole.

À vingt, il plante ses deux pieds en terre.

– Sur quelle profondeur faut-il creuser ? interroge l'un des agents.

– Environ un mètre, répond Gal, toujours se référant au plan.

– Ne bougez pas ! lance l'autre, plus petit et plus mince. J'ai apporté un scanner de poche qui détecte les ossements.

Observé par l'ensemble du groupe, il sort de sa parka l'appareil qu'il actionne et, le tenant devant lui, commence à avancer à pas comptés. Sonde à droite, à gauche, devant et derrière Gal. Aucun signal.

– Vous êtes sûr de ne pas vous tromper ? C'était peut-être de l'autre côté du mur.

– Essayons à droite, acquiesce Gal.

Un… deux… trois… La lumière décline, la fraîcheur tombe. Gal se démoralise. À gauche, à droite… A quoi bon ! Becher s'est peut-être trompé, depuis le temps.

– Il y a quelque chose par ici, crie l'agent qui manipule le détecteur. Du métal… et un autre matériau.

Épuise, Alphonse s'assied sur un rondin de bois. Cette équipée est le résultat d'années de recherche, le bout d'un très long chemin. En cas d'échec, c'est pour lui que le coup serait le plus rude.

– Espérons que les autres ne sont pas déjà passés, lâche-t-il dans un soupir.

Gal se retourne :

– Ils n'auront pas pu exhumer la sacoche sans laisser de traces sur le sol.

Pelles en main, les deux agents attaquent énergiquement le terrain. La terre est dure, et les pelletées qu'ils soulèvent ne sont qu'à moitié pleines. Le crépuscule chasse maintenant le jour, on distingue à peine les feuilles qui jonchent le sol. Gal braque sa torche sur le trou que ses deux compagnons continuent de creuser en soufflant de plus belle.

Tout à coup, l'un d'eux cesse tout mouvement. Il vient de heurter quelque chose de dur. Le second pose son instrument, s'accroupit et déblaie à la main la terre qui enserre l'objet.

– C’est une ceinture avec une boucle métallique, dit-il.

– C’est sûrement ce qui a déclenché la sonnerie du détecteur, ajoute l’autre. Fouillons encore, il y a peut-être autre chose.

Pour ne pas risquer d’abîmer la dépouille de Schultz, ils ont abandonné les pelles : accroupis dans le trou, ils évacuent la terre à la main. Lorsque au bout de plusieurs minutes, Gal voit l’un des agents rester immobile, il le croit épuisé, mais lui aussi a senti quelque chose sous ses doigts. Alors il se baisse, dégage un large espace et de ses deux mains, prenant garde à ne pas toucher le cadavre dont affleure la veste de l’uniforme, extrait le cartable de Schultz des entrailles de la forêt.

– Elle est là ! crie-t-il avec force. Je l’ai ! La sacoche ! Elle est là.

Maîtrisant son excitation, Gal se penche au-dessus de la tombe et saisit la relique couverte de terre.

– Les fermoirs sont en métal, constate-t-il, l’objet entre les mains, après l’avoir grossièrement nettoyé. Le détecteur ne s’est pas trompé. Pourvu que tout ne soit pas détruit à l’intérieur.

– Attention ! crie à son tour Alphonse. Ne touchez pas aux papiers. Ils vont tomber en miettes. Ils sont certainement pourris. Le cuir n’est pas trop étanche, et l’humidité a dû pénétrer pendant toutes ces années.

– Alors on va au château et on l’ouvre là-bas, propose Gal. Au moins on y verra clair, et ce sera plus confortable… Mais avant, je voudrais m’acquitter d’une dernière tâche. Pendant que vous rebouchez le trou, je fais un saut jusqu’à ma voiture et je reviens. Vous n’aurez pas fini que je serai déjà de retour.

– Mais qu’est-ce que tu vas faire ? lui demande Ève posant la question qui est dans tous les esprits.

– Vous verrez bien ! lance-t-il sans se retourner.

Seul Alphonse, qui croit avoir compris, le regarde s'éloigner en souriant d'un air entendu.

Sur le chemin déjà plongé dans l'obscurité, levant haut sa torche pour que le faisceau de lumière éclaire loin devant lui, Gal se baisse pour éviter les branches. Enfin, sur la route en contrebas il aperçoit la Jaguar. Ouvrant le coffre, il empoigne son étui puis s'engage à nouveau dans le chemin.

Lorsqu'il rejoint les autres, le trou est déjà bouché et la terre forme un petit tumulus au-dessus du corps. Tous les regards se tournent vers lui.

– Schultz a été jeté dans cette fosse sans une prière, explique-t-il, encore essoufflé. Je veux jouer un morceau sur cette tombe, histoire de réparer ce qui a été si mal fait.

L'hommage d'un violoniste juif à un violoniste allemand d'une autre époque, d'une autre confession, mais de la même veine. Tandis que tous les cinq se resserrent dans une attitude de recueillement, la sacoche de Schultz à terre, Gal place son violon sur son épaule et, dans la nuit déjà froide, entame le kaddich de Ravel, ce morceau que le compositeur a écrit pour apporter une illustration musicale à la prière.

D'une mélancolie déchirante, la mélodie s'élève dans l'obscurité où se détachent, plus sombres encore, les silhouettes des arbres aux branches tortues et décharnées. Sonorité incongrue que celle du violon dans ces bois noirs, et qui atteint d'autant plus le cœur des personnes présentes à cette cérémonie si tardive.

Concentré sur son jeu, Gal pense à Schultz, et il espère que la musique l'atteint lui aussi, où qu'il puisse être. Personne ne prononce un mot, personne ne remue ne serait-ce qu'un doigt : Ève, le cardinal et les deux agents sont statufiés par l'émotion. Seules les vapeurs des respirations s'élèvent blanchâtres dans le noir, comme autant de feux follets. Fascinée, les yeux rivés sur le musicien, sur sa façon si poignante d'étreindre son violon et de le caresser, Ève pleure. Jamais la musique ne l'avait tant bouleversée. En outre, c'est la première fois qu'elle voit jouer Gal, qu'il lui apparaît en tant que violoniste. Et il faut que ce soit dans ces circonstances dramatiques.

Lorsque la dernière note s'éteint et que le silence des bois reprend ses droits, un silence humide et froid, rompu par des craquements et des cris d'animaux, elle essuie ses larmes du revers de la main.

– Qu'avez-vous joué ? demande enfin Alphonse à voix basse.

– Le kaddich de Ravel, lui répond Gal encore absent. La prière des morts chez les Juifs. Je ne connaissais pas Schultz, mais une prière, qu'elle soit juive ou non, est une prière.

– Vous m'étonnerez toujours, murmure le cardinal. Ou plutôt non, je ne suis pas surpris. Je ne me suis pas trompé sur votre compte…

C'est alors que dans le silence prolongé, tandis que personne n'a encore esquissé un geste, la voix du cardinal s'élève, profonde et grave. Il s'agit d'une oraison en latin que personne à ses côtés ne comprend, mais qui après le violon est une autre musique, monocorde, monotone, mais tout aussi émouvante. Un long silence de recueillement prolonge ses derniers mots.

Jugeant qu'il est temps de gagner le château, Gal cherche l'attention d'Alphonse. Il pleure, le regard noyé de souvenirs. Comment en serait-il autrement ? Il vient de vivre la scène à laquelle, enfant, il n'avait pas assisté, mais dont il avait pressenti la gravité.

Gal soulève une grosse pierre qu'il dépose sur la terre fraîchement retournée au-dessus de l'endroit où doit se trouver la tête de Schultz. Chacun alors l'imite. Ensemble ils constituent ainsi un petit amoncellement pyramidal. Pierre tombale symbolique, sans aucune inscription, mais peu importe.

Enfin, dans un mouvement initié par Ève, tous s'engagent dans le chemin pour rejoindre la route et les véhicules. Resté seul derrière, Gal regarde une dernière fois la tombe, se disant qu'il serait bienvenu de se renseigner un jour sur la famille de Schultz afin d'éventuellement faire rapatrier sa dépouille.

Mais à peine a-t-il formulé cette idée, qu'il sait qu'il s'agit d'un de ces vœux que l'on ne réalise jamais.

Une fois seul dans la voiture avec Gal, Ève étant, par discrétion montée avec les deux agents, Alphonse laisse sa pensée s'exprimer.

– Cette fois, Becher n'a pas reculé, il est allé jusqu'au bout en rédigeant cette lettre. Il ne l'a pas fait pour nous, mais pour son ami d'enfance, pour l'Allemand qui a échoué dans sa mission, comme tous ceux qui ont suivi Hitler.

– Ils ont pourtant été tout près de réussir, fait remarquer Gal. Hitler ne croyait pas que l'Amérique entrerait en guerre, car en attaquant la Russie, il voulait non seulement s'approprier le pétrole, mais aussi montrer à Roosevelt qu'il combattait le communisme. Sans Pearl Harbor, ça aurait pu marcher. Et puis Roosevelt a compris que si Hitler conquérait l'Europe de l'Est, alors les forces d'extrême droite étaient susceptibles de prendre le pouvoir dans son propre pays. Quant à la bombe atomique, les Allemands étaient à deux doigts de maîtriser la fusion nucléaire. S'ils y étaient parvenus à temps, cela aurait complètement changé la face du monde. Vous croyez que cette serviette va nous livrer une partie de la réponse que nous cherchons ? demande-t-il en revenant au sujet qui le préoccupe.

Alphonse semble hésiter, avant de déplorer :

– Hélas je crains que le contenu de la sacoche n'ait pas survécu au temps.

Enfin le château est en vue. Un virage à angle droit, et les deux voitures s'alignent devant le portail. Les dernières lueurs du soleil couchant jouent à cache-cache avec les branches des arbres. Un silence pesant engloutit le paysage dans une atmosphère glaçante. Gal sort de sa voiture et va sonner à la grille. « Les Allemands ont dû faire le même geste en 1940, mais avec une armée derrière » se dit-il.

Une voix s'échappe de l'interphone :

– Qui est là ?

– C'est Gal. Nous sommes cinq.

Le violoniste n'entend plus que le crachotement du haut-parleur. Il n'a vu les Myris qu'une fois, avec Ève. Mais ils les ont accueillis de façon si chaleureuse qu'il a tout de suite éprouvé une vive sympathie pour eux. Et pourtant au départ Chantal était mal à l'aise en pensant qu'Hitler avait pu séjourner chez eux… René, son mari, bon vivant lorsqu'il n'est pas plongé dans ses affaires, lui a paru moins sensible. C'est lui qui voulait absolument savoir et les a invités à les rejoindre au château une fois qu'ils auraient trouvé ce qu'ils cherchaient.

– Je vous ouvre, entrez.

Pendant que les grilles s'écartent, Gal fait signe au second conducteur de le suivre. Tous les deux empruntent l'allée principale, puis contournent le flanc gauche du bâtiment. Le cardinal examine la magnifique demeure et chuchote, ému :

– Rien n'a changé en cinquante ans.

Chantal Myris apparaît sur le seuil au moment où les moteurs se taisent. Gal sort le premier, ouvre la portière du prélat qui prend appui sur son bras pour descendre de voiture.

– Voici le cardinal Alphonse de Morillon. Un revenant après de longues années d'absence.

– Enchantée, dit-elle. Comme ce doit être émouvant pour vous de revenir ici après tant d'années !

L'homme d'Église lui renvoie un sourire qui se passe de commentaire.

– Je suppose que le reste de l'expédition est dans l'autre voiture, enchaîne-t-elle.

Gal se tourne vers l'Opel d'où surgit alors le conducteur. Les deux agents se présentent à leur hôte : Gil Cohen et Avner Gour.

– Et Ève est avec nous aussi.

Les deux femmes s'embrassent.

– Avez-vous rapporté quelque chose ?

– La serviette en cuir. Elle est très abîmée et nous avons peur que son contenu soit putréfié, mais nous avons hâte de l'ouvrir.

– Allons retrouver René au salon.

Précédé par la maîtresse des lieux, le petit groupe franchit le seuil de la porte menant au sous-sol du château, descend les quelques marches, passe devant la cuisine et après une vingtaine de mètres parvient devant l'escalier à vis aux marches de pierre usées en leur centre.

– Par là, nous montons au salon, dit Alphonse plus pour lui-même que pour qui que ce soit. Avec sa grande cheminée. Si mes souvenirs sont bons, à côté il doit y avoir une pièce avec une fenêtre qui donne sur le pigeonnier.

Au premier étage, ils entrent dans le salon qui leur fait face.

– Rien n'a changé, laisse échapper sur le même ton Alphonse, dont le regard brillant indique qu'il tente de revoir les choses telles qu'elles se présentaient cinquante ans plus tôt.

– Mais aujourd'hui, nous avons un autre violoniste, rétorque la maîtresse de maison. Voici mon mari, René.

– Je vous attendais avec impatience ! s'exclame-t-il d'une voix forte et enjouée. Je brûle de voir ce que vous avez découvert.

Souriant, la cinquantaine énergique, l'embonpoint du bon vivant et la chevelure d'un blanc éclatant, René Myris traverse la pièce à grands pas et vient serrer la main de chacun.

– Monseigneur, dit-il au cardinal, vous connaissez déjà la maison.

– Je passais mes vacances ici, et j'y ai vécu les années de guerre. Quand les Allemands ont occupé la place, nous avons tous été transférés dans le bâtiment qui abritait les écuries. Le parc était rempli de véhicules militaires. Il y en avait jusqu'à la forêt derrière.

– Quelle époque…, murmure René Myris pensivement.

La serviette de Schultz à la main, Gal intervient :

– Excusez-moi d'interrompre ces souvenirs, mais je ne peux plus attendre. Où peut-on s'installer pour ouvrir ce porte-documents ?

– Vous avez raison. S'il vous faut des outils, c'est à l'atelier. Mais l'état de votre serviette me fait redouter le pire. Je crains qu'elle ne tombe en poussière à la moindre manipulation.

– Que la serviette se désagrège, peu importe. C'est son contenu qui compte.

– Alors suivez-moi.

Conduit par René Myris, le groupe redescend l'escalier, repasse devant la cuisine, puis une fois dehors, chemine jusqu'à l'atelier qui jouxte les anciennes écuries. Deux rangées de néons clignotent avant de baigner la pièce d'une lumière blanche. Un local bien tenu aux murs couverts d'outils et où trône un établi autour duquel Ève et les cinq hommes se massent. Gal pose entre eux la serviette aux ferrures rongées par la rouille.

– Il va falloir sacrifier les fermoirs, commente René Myris. On peut soit les casser, soit détacher le mécanisme de la serviette. Dans tous les cas, ça va être un massacre.

Les deux serrures cèdent rapidement. Gal soulève le rabat qui se détache et lui reste entre les mains. « Si tout le reste est dans cet état, nous nous sommes déplacés pour rien », chuchote l'un des assistants. Mais en entrebâillant la serviette, une chemise en mica jaunâtre apparaît, provoquant chez Alphonse une réaction incontrôlée. Aussi excité qu'un enfant découvrant un trésor, il s'écrie : « La pochette a tenu le coup ! Je me souviens, le violoniste en a sorti les documents pour Hitler. »

Gal la retire du cartable avec une extrême précaution. À travers le mica devenu opaque avec le temps, il observe longuement les éléments brunâtres qui autrefois étaient des feuilles de papier.

– C'est bien du papier, confirme-t-il. Je ne suis pas sûr qu'il résiste au toucher.

– Y a-t-il autre chose dans la serviette ? demande René Myris.

– Oui, mais dans un tel état… on ne peut rien en tirer.

– Occupons-nous déjà de la pochette, suggère Alphonse. Pouvez-vous lire le document sans le sortir ?

– Impossible. Le mica ne laisse plus rien voir, le papier a complètement bruni et l'encre est délavée.

Tous les yeux se braquent sur l'établi. Tandis que René maintient la pochette à plat en appuyant sur un des pans, Gal soulève l'autre avec une infinie délicatesse. Petit à petit, le haut de la page se sépare de la pellicule protectrice. Au centre, en lettres capitales, partiellement effacé, le mot *Orfeo.* Gal n'en revient pas. Écartant davantage la feuille, le violoniste découvre une page remplie de notes de musique.

– Ça ressemble à l'écriture de Vincent d'Indy, constate Alphonse en se penchant sur le document. De toute façon, les originaux de Monteverdi sont en Italie. D'ailleurs, ce ne sont pas exactement les originaux qui ont brûlé dans l'incendie de Mantoue, mais l'opéra a été remanié plusieurs fois pour différentes représentations, à Florence, Padoue et Ferrare.

– Quelque chose est écrit sur la partition, dit avec émotion Gal, tout en forçant un peu pour désolidariser le reste de chemise en mica.

– Ne tirez pas sur le papier, il va se déchirer, s'écrie René Myris, enthousiasmé par la découverte.

– Quelqu'un a-t-il une loupe ? demande Gal.

Alphonse plonge la main dans la poche intérieure de sa veste et tend l'objet au violoniste.

– Pour déchiffrer les manuscrits anciens, se justifie-t-il.

– Justement, je crois que c'est pour vous, dit Gal, les yeux fixés sur l'écriture manuscrite.

Le cardinal saisit la loupe et, lentement, lit le texte :

Vi ricordi ô boschi ombrosi
De miei lunghi aspri tormenti
Quando isassi ai miei lamenti
Respondean fati pietosi

– Effectivement, c'est de l'italien. Je n'en comprends pas la signification, mais je peux vous le traduire :

Vous souvenez-vous, ô bosquets ombrageux
De mes longs et amers tourments
Lorsque les rochers pleins de compassion
Répondaient à mes lamentations

– Ce texte est extrait de l'opéra *Orfeo*, poursuit le prélat. Il n'y a aucun doute.

– Mais pourquoi Vincent d'Indy aurait-il inscrit cette strophe sur la partition ? demande Ève.

– Peut-être voulait-il signaler quelque chose…, suggère Alphonse. Je crois que nous n'avons là qu'une parcelle d'une énigme bien plus vaste. N'oublions pas que la sacoche ne nous était pas destinée, et que les feuillets importants qu'elle renfermait ont été détruits. Schultz savait à quoi d'Indy faisait allusion. Je serais tenté de croire que les autres papiers portaient le même genre de prose. C'est pour ça qu'il les a montrés à Hitler, parce qu'ils représentaient la meilleure justification au voyage de recherche qu'il venait solliciter. Or nous savons désormais – Gal a enquêté sur le sujet – qu'*Orfeo* est initialement l'œuvre de Rossi. Ces mots cachent peut-être un début d'explication.

– Dans ce cas, une question se pose, intervient Gal à son tour : pourquoi d'Indy aurait-il voulu rendre justice à Rossi alors qu'il était entièrement dévoué à la cause de Monteverdi ?

– Pour être certain que celui qui le lirait serait assez intrigué pour chercher plus loin, propose Ève. Et c'est exactement ainsi que Schultz a réagi.

– Je suis de votre avis, et voilà longtemps que j'essaie de faire admettre ce point de vue sans y parvenir, car le Vatican agit de la même façon qu'Hitler avec Schultz, il étouffe la vérité.

Intrigué, Gal se demande quel message voulait transmettre d'Indy par cette phrase, et surtout, quelle était la pensée de Schultz en incluant cette feuille dans son dossier ? Pourquoi avoir choisi un passage de l'opéra qui commence par « Vous souvenez-vous, ô bosquets ombrageux » et qui se termine par « Répondaient à mes lamentations » ? Quels bosquets et quelles lamentations ?

– Je fouille encore dans la sacoche, demande-t-il, ou je la confie aux spécialistes ?

– Donne-la aux spécialistes, dit Avner Gour. En essayant d'en savoir plus, on va tout bousiller.

– Il faut soumettre la phrase d'*Orfeo* à notre ordinateur, celui qui manipule le code de la Bible. Il en sortira peut-être quelque chose de plausible.

– Ce serait surprenant, fait remarquer Ève. Ce code est valable uniquement pour les citations de la Bible.

– Pas seulement, reprend Gal. Le code de la Bible fait aussi allusion à des événements extérieurs, comme par exemple l'assassinat de Kennedy ou la guerre du Kippour.

– Ne mélangeons pas tout, insiste Ève. Nous parlons ici d'un extrait d'opéra qui a été choisi pour une raison bien déterminée. Alors ce n'est pas la Bible qui va nous éclairer. J'avoue que nous disposons de peu d'éléments. Pourquoi tous ici, supposez-vous que ce texte contient un message crypté ? C'est une phrase d'*Orfeo*, voilà tout, ce qui explique que Schultz n'a pas montré ce papier à Hitler. Ce document n'a pas été brûlé parce qu'il est sans valeur.

– Schultz n'a peut-être pas eu le temps de tout présenter au Führer, intervient Alphonse. Après le premier feuillet, c'était trop tard, il était déjà condamné.

– Et si nous allions au bar pour patienter jusqu'au dîner ? suggère René Myris. Ensuite vous pourrez rentrer à Paris. À moins que vous ne décidiez finalement de rester. Ce ne sont pas les chambres qui manquent et mon invitation tient toujours…

À l'évocation des chambres, Gal regarde Ève. Leurs regards se croisent. Elle lui sourit. Absorbé par sa quête, par l'excitation de la découverte et l'émotion, il ne lui a pas accordé beaucoup d'attention. Sa présence a pourtant été une telle surprise pour lui. Il était heureux qu'elle ait été présente avec lui à ce moment crucial qu'a été la découverte de la tombe de Schultz. Sans compter qu'elle a dû imposer sa volonté contre celle de Ron. Elle détourne les yeux.

– Nous allons rentrer à Paris, décrète Alphonse. Avec ce fou de violoniste, on y sera plus vite qu'en avion.

– Alors allons-y, lance René Myris. Mais il sera toujours temps de changer d'avis pendant le repas.

Le petit groupe quitte l'atelier et s'engouffre dans le bar, une pièce aménagée dans les anciennes écuries. L'énorme billard posé au centre de la pièce et les dizaines de bouteilles alignées sur les étagères de verre derrière le comptoir estompent d'un seul coup leurs préoccupations.

Mais Gal, qui a toujours aimé jouer avec les mots, ne peut s'empêcher de retourner dans sa tête la mystérieuse phrase, « Mes longs et amers tourments », en quête d'une explication satisfaisante.

29

Assis dans sa chambre d'hôtel, Matthias Ruff regarde pensivement le téléphone qu'il vient de raccrocher après avoir tenté sans succès de passer un coup de fil. Six fois qu'il essaie de le joindre après le rendez-vous auquel il ne s'est pas présenté. Inutile de procéder à une nouvelle tentative. Ce genre de manquement ne lui ressemble pas. Un homme aussi méthodique que lui. Au bout du compte, il finit par en déduire qu'il lui est arrivé quelque chose. Et qu'il n'aura sans doute plus de ses nouvelles. Directes en tout cas. Le genre de chose qui peut arriver lorsqu'on a un passé aussi… riche, décrète-t-il.

Il promène son regard autour de lui. Dans cette chambre impersonnelle au possible. Moquette grise, murs, fauteuils et dessus-de-lit beiges, meubles fonctionnels. Une chambre comme il en existe des dizaines de milliers dans ces chaînes d'hôtels pour cadres, représentants et autres hommes d'affaires.

Il ignore ce qui a pu lui arriver, quel rouage a pu gripper dans l'organisation bien huilée que semblait être son existence, et il s'en moque. Il ne se sent pas menacé par contagion, ne se dit pas que ça pourrait lui arriver à lui aussi. Ils n'ont ni le même âge ni la même histoire ni le même réseau. Il n'éprouvait d'ailleurs rien de particulier pour lui. Un homme dominé par une idéologie. Il s'est toujours méfié de ce genre d'individu. Souvent leur idéologie les pousse à faire des bêtises ou à commettre des erreurs.

La situation ne s'est jamais présentée, mais après tout, le fait que Moritz Eüsler ne soit plus joignable, et qu'il soit probablement mort si l'on doit regarder la réalité en face, ne change rien. Comme toujours, il a été payé à l'avance – une exigence de sa part à prendre ou à laisser, mais que sa réputation lui autorise –, et à la limite il se doit d'autant plus d'honorer ce contrat qu'il peut être considéré comme les dernières volontés de Moritz Eüsler. Son testament en quelque sorte.

En quoi en effet ses intérêts après sa mort différeraient-ils de ceux de son vivant ? Surtout qu'il n'est pas seul, il appartient à une organisation. On a toujours des comptes à rendre à quelqu'un. Et même si pour cette affaire il n'en avait à rendre à personne et s'il pouvait conserver l'argent empoché sans aucune contrepartie, il en aurait à rendre à lui-même, ce qui est une motivation amplement suffisante.

Sa décision est prise : la mort plus que probable de Herr Eüsler ne change rien.

Ce qui change, c'est que d'habitude on lui fournit un dossier très complet concernant ses futurs « clients ». Un dossier comprenant des informations telles que : photos, adresses privée et professionnelle, celle de la maîtresse s'il y a lieu, race du chien éventuel, situation familiale, nombre d'enfants, leurs prénoms et âges, modèle et immatriculation de la ou des voiture(s), habitudes, loisirs, clubs de sport, restaurants régulièrement fréquentés… Rien de tel en l'occurrence et il va devoir se débrouiller tout seul pour obtenir ces informations, ce qui nécessairement prendra plus de temps. Mais cette lacune est contrebalancée par le fait qu'il a affaire à un personnage public, ce qui facilite les choses.

Aussi souple qu'un serpent, il se lève, fait face au mur, pose les mains à plat sur le sol et entreprend un poirier, bras, corps et jambes tendus, les talons en appui contre le mur, et il entame une série de pompes, le corps ainsi à la verticale reposant tout entier sur ses mains. Après cinquante flexions à la seule force des bras, il enroule son corps sur lui-même, ramène ses genoux et ses pieds sur le sol et se redresse. Pas même essoufflé par l'effort, il inspecte son torse nu dans le miroir mural et, satisfait du spectacle, retourne à la table qui sert de bureau et jette un œil à son billet d'avion, à son passeport d'emprunt et au petit bloc-notes où il a griffonné deux lignes qu'il va falloir faire disparaître.

Dès demain, il part donc pour Paris où il sera à pied d'œuvre et ne devrait pas avoir de mal à localiser son client. Le fait que par sa mère il parle couramment français a joué dans le choix d'Eüsler. Amusant comme les choses finissent par se savoir à partir du moment où l'on a atteint un certain niveau de compétences. Il devra juste faire attention à ses frais, parce que son commanditaire ne sera pas là pour régler la note.

Gal Knobel, violoniste en activité, né en Israël, ayant un temps collaboré avec les services de renseignements de son pays, et vivant à Paris. C'est peu mais largement suffisant, se dit-il en détachant la feuille de papier et en la jetant dans les toilettes avant de tirer la chasse.

30

L'avion touche enfin le sol de Lod-Ben Gourion. Les roues rebondissent une fois sur le tarmac avant de coller à la piste sur une trajectoire rectiligne jusqu'à ce que l'appareil se retrouve presque à l'arrêt avant de manœuvrer. Comme un ressort, Ève se lève, soulagée de pouvoir se dégourdir les jambes, et sort parmi les premiers passagers. Un homme l'attend à la sortie de l'aéroport dans une Subaru blanche. Elle s'y engouffre et file à l'hôpital Ichilov de Tel-Aviv.

Préoccupée comme elle l'est, elle est incapable de profiter du spectacle de la rue qui chaque fois qu'elle revient en Israël l'émeut profondément. Le soleil, l'animation, l'omniprésence de soldats en armes rappelant l'état de siège perpétuel, et la formidable impression d'énergie qui se dégage de ce paysage.

Elle sait que le temps presse. Von Staden vit ses derniers instants. Le docteur Mimouni fait son possible pour le garder conscient, et d'autres agents sollicitent ses dernières forces pour tenter de recueillir quelques indices sur la filière financière des anciens du Reich, sur le rôle du Vatican et sur les nazis ayant changé d'identité. Une mine de renseignements dont au mieux il ne livrera qu'une infime partie.

À l'hôpital Ichilov, l'arrivée d'Ève dans le service des soins intensifs bouleverse l'ordre des choses. L'équipe médicale qui suit l'Allemand veut comprendre les motivations de cette jeune femme si déterminée à questionner le malade. Elle doit déployer des trésors de diplomatie pour les convaincre de la laisser approcher von Staden. Son récit inattendu surprend les médecins qui se demandent d'où elle tient ces détails qu'eux ignorent. Au terme d'une âpre négociation, fataliste, le docteur Mimouni convient finalement que s'il n'achève pas l'Allemand, l'interrogatoire d'Ève lui redonnera peut-être un peu de vigueur. Elle n'a quand même pas traversé la Méditerranée pour rien !

En approchant du lit où von Staden est étendu les yeux fermés, elle découvre un vieillard d'une pâleur cadavérique, amaigri et souffrant. Un moribond qui n'a plus rien du fier secrétaire du ministre hitlérien. Ève ne voit qu'une partie de son visage caché sous un masque à oxygène, mais avec sa peau parcheminée et ses cheveux blancs clairsemés, elle lui trouverait plutôt l'allure d'un mendiant de Calcutta. Plusieurs sondes servant à l'alimenter ou à lui administrer des médicaments témoignent de la précarité de son état.

– Est-il capable de parler ?

– Il a parfois des plages de lucidité, mais je crois qu'il ne sait pas où il est, parce que s'il savait, il serait déjà mort. Il ne supporterait pas de se faire soigner par des Juifs en Israël.

– Si je comprends bien, je dois me résoudre à attendre une petite éclaircie pour poser mes questions en espérant qu'il m'entende et veuille bien me répondre.

– C'est à peu près ça. Nous l'avons déjà beaucoup interrogé et il nous a donné quelques indications, peut-être pas en toute conscience, mais ce n'était pas le black-out total. Par contre, quand il délire, il parle de radiateur qui fuit, d'un rendez-vous à l'hôpital et d'une facture de téléphone. C'est étrange, il semble n'avoir gardé que le souvenir d'événements récents. D'habitude, c'est plutôt le contraire, surtout à son âge.

– Moi, c'est l'année 1940 qui m'intéresse. J'espère qu'il en a gardé quelques bribes en mémoire… Pouvez-vous lui retirer le masque à oxygène ?

– C'est risqué, affirme le docteur Mimouni. Parlez-lui, il entend probablement. Dès que je le verrai réagir, j'ôterai le masque, et vous noterez ce qu'il dira.

– Ce n'est pas gagné. Je dois lui arracher un secret qu'il est le seul à détenir.

Assise sur une chaise à côté du lit, Ève se tait quelques secondes, comme si elle cherchait par où commencer puis, se penchant vers von Staden, déclare :

– En 1940, dans un château en France, un violoniste, Gustav Schultz, a donné un concert pour Hitler. À la fin, il a présenté des papiers au Führer. Vous étiez le secrétaire de Ribbentrop. Vous avez pris ces papiers et vous avez contacté Berlin par téléphone. Quand vous êtes revenu vers Hitler avec les informations, il a fait exécuter le violoniste par Franz Becher. Que disaient les papiers de Schultz ? Et pourquoi Hitler a-t-il ordonné sa mort ?

– Croyez-vous réellement qu'il va lâcher un si gros morceau avant de rendre l'âme ?

Elle se retourne vers le docteur Mimouni resté debout derrière elle.

– Si ce n'est pas maintenant, alors quand ?

Le médecin soupire.

– Voilà ce que je vous propose : vous restez près de lui un moment et vous répétez sans arrêt la même chose. Je suis persuadé que son cerveau capte vos paroles. Ensuite vous quitterez l'hôpital. S'il donne une réponse, nous vous téléphonerons. Maintenant que je connais moi aussi le problème, je vais en informer mes collègues qui lui poseront à leur tour votre question. C'est la meilleure solution. Vous ne pouvez pas demeurer ici, c'est un dérangement pour nous et une perte de temps pour vous. Faisons comme cela, nous verrons bien. Inch Allah.

Une fois seule, à nouveau penchée sur le grabataire inconscient, Ève reprend son récit : « Au château de Châtillon en 1940… »

Au bout d'une heure, elle n'a plus de salive. Le mourant n'a manifesté aucun signe, n'a pas même émis un râle. Sa respiration lourde et saccadée rythme son silence et, sous ses paupières immobiles, son esprit semble déjà errer dans un autre monde. A-t-il seulement perçu la voix d'Ève et compris le sens de ses mots ?

Exténuée, elle sort fumer une cigarette dans le couloir. Appuyée contre la fenêtre, déçue et fatiguée, elle pense à Gal. Ses sentiments à son égard ont changé depuis le jour où ils ont découvert l'endroit où a été enterré Schultz. Depuis qu'elle l'a vu jouer sur sa tombe, en réalité. Jamais elle n'avait ressenti une telle émotion en présence d'un homme. Jusqu'alors, elle n'était jamais parvenue à le cerner tout à fait. Il lui était apparu comme une sorte de dilettante et de séducteur, à cheval entre son passé au service du Mossad et sa vie de musicien qui n'avait pas encore eu de réalité pour elle. Et puis il y a eu cette incroyable ténacité dans ce combat pour un musicien disparu au XVIIe siècle, ce que cela suppose de sensibilité et d'abnégation, et enfin cette prière interprétée dans les bois. Lorsqu'il a posé son archet sur les cordes et que les premières notes se sont élevées dans le soir, qu'elle l'a vu concentré sur son instrument, pour la première fois elle s'est sentie basculer. Elle a compris la profondeur des sentiments de Gal, comme elle a compris qu'entre elle et lui il pouvait y avoir autre chose qu'une simple aventure. Quand elle était venue le trouver chez lui après l'annonce de la mort de Becher, c'était par compassion plus qu'autre chose, parce qu'elle se sentait en partie responsable de cet effroyable ratage. Mais au-dessus de la tombe de Schultz, sa musique si poignante, si vivante l'a profondément émue et lui a révélé toute sa force en dépit de son apparente fragilité.

Et pour la première fois, elle s'est dit qu'elle était capable de vivre avec cet homme, que c'était même ce qu'elle désirait le plus au monde. Avec tout ce que cela supposerait pour elle : abandon du Service et changement de vie. Rien que ça. Le combat peut se poursuivre sous d'autres formes. Il est encore trop tôt pour lui en parler, mais sa décision est prise. Elle se sent prête. Heureuse, grave et prête.

La sonnerie de son téléphone la surprend. Elle décroche et reconnaît la voix d'Avi Ronner, son commandant au Mossad :

– Où es-tu ?

– À l'hôpital Ichilov.

– Tu t'en sors ?

– Le malade est vraiment au plus bas, je ne vais rien en tirer.

– On a besoin de toi ici, dit-il. La CIA nous soupçonne d'avoir séquestré ton mourant, on va avoir des ennuis avec l'Allemagne… Ce n'est pas tout, on a repéré à Oslo un Marocain qui porte le nom d'un des tueurs de Munich.

– J'arrive, lance-t-elle.

Encore une fois happée par une réalité qui parfois a tendance à s'accélérer. Trop souvent à son goût. Signe qu'elle est mûre pour passer la main. Sans tarder, elle sort de l'hôpital, saute dans la Subaru et demande au chauffeur de foncer à la Kiria. Le trajet est court, mais la circulation très dense les oblige à rouler au pas.

– Mets la sirène, dit-elle à l'homme.

– Je ne suis pas sûr qu'on y gagne, réplique-t-il. Si une patrouille a décidé de nous embêter, on va se faire arrêter et perdre encore plus de temps à attendre qu'elle vérifie nos papiers.

À force de vivre à Paris, elle a oublié Tel-Aviv. Résignée, elle prend son mal en patience.

Arrivée dans les locaux de la Kiria, Ève traverse à grands pas une salle où travaillent plusieurs de ses collègues, et lance à la dérobée : « Quelqu'un peut m'apporter un sandwich, je suis épuisée. C'est tuant de faire parler un mourant. » Puis elle pousse la porte du bureau de son commandant en demandant aussitôt :

– Que puis-je faire pour l'Allemagne ?

Avi Ronner lève les yeux du dossier qu'il était en train de consulter et la regarde approcher avec une certaine bienveillance. Ils se connaissent depuis une dizaine d'années. Il a participé à sa formation et a eu depuis à plusieurs reprises l'occasion de l'apprécier. Pour son côté extrêmement consciencieux et appliqué qui l'a toujours étonné chez une femme aussi belle.

– Les types de la CIA ont découvert le manège du Dornier, annonce-t-il tandis qu'elle s'assied en face de lui. Ils cherchent Eüsler partout. Ils ont compris qu'il s'agissait de von Staden, mais je ne sais pas pourquoi ils ne mettent pas les Allemands au courant. Ils veulent sûrement agir en solo pour le récupérer. Ils ne se doutent pas qu'il est sur le point de mourir.

– Que dois-je faire ?

– Il faut faire diversion. Mais je vais confier cette mission aux agents sur place. Je préfère t'envoyer à Oslo.

– Oui ?

– Il faut s'approcher du gars et s'assurer que c'est bien lui qu'on cherche. C'est une mission dangereuse pour un homme, parce qu'il sera immédiatement suspecté. Pour une femme, c'est plus normal d'essayer d'attirer un mec.

– Tu me demandes donc de servir d'appât. Mais avant de partir d'ici, je veux obtenir les aveux de von Staden.

– Que t'a dit le médecin ?

– D'attendre. J'ai passé des heures à lui seriner les mêmes salades au lieu de lui injecter une bonne dose de penthotal pour le décoincer…

– Tu l'aurais tué sur le coup. Mimouni a raison, il faut patienter. De toute façon, on ne peut rien faire d'autre… Et ton violoniste, comment va-t-il ?

– Mon violoniste ? relève-t-elle.

– Ne fais pas l'innocente, dit-il, son visage épais et lourd tout à coup éclairé par un sourire.

– Il passe entre les gouttes.

– Il nous a posé pas mal de problèmes, ici, avec son histoire. Maintenant, c'est à ton tour. Bonne chance. Il est musicien, s'il échoue, il aura toujours son violon. Mais toi ?

– Je n'y ai pas réfléchi, ment-elle.

– Tu l'aimes ?

Elle le regarde, surprise par le côté direct de la question.

– Je ne sais pas, ment-elle pour la deuxième fois, malgré tout consciente de ce que cette réponse signifie. Mais son supérieur n'a pas besoin d'être au courant de ses sentiments.

– Et lui ? insiste-t-il.

Elle sourit.

– C'est un interrogatoire ?

– Prends-le comme tu veux. Mais disons que je me préoccupe de ton sort. Tu sais très bien la pollution que ce type d'histoire peut représenter dans notre travail. Et je voudrais te l'éviter.

La curiosité d'Avi n'a rien à voir avec celle de Ron. Elle est strictement professionnelle. C'est pourquoi elle consent à lui répondre, même s'il n'est pas question de lui faire part de sa décision.

– Alors tu n'as pas à t'inquiéter. Mais pour répondre à ta question, les hommes aiment toujours, jusqu'à ce qu'ils se lassent, n'est-ce pas ? J'ai l'impression qu'il n'a besoin de personne. En face d'une femme, il se comporte comme devant le public d'une salle de concerts. Il tâte la réaction, et il adapte le programme.

– Et tu veux me faire croire que tu n'es pas amoureuse ! Si tu n'étais pas éprise, tu ne remarquerais pas ces détails.

– C'est un grand violoniste, il ne laisse pas indifférent, admet-elle en se levant. Mais rassure-toi, j'ai compris la consigne. Ni baiser ni écart, ajoute-t-elle, la main sur la poignée de la porte.

– Ève ?

Déjà à moitié hors du bureau, elle se retourne. Avi Ronner, surnommé l'iceberg, la contemple avec une certaine sollicitude.

– Oui ?

– Fais attention à toi.

31

Rentré à Paris après sa seconde escapade au château de Châtillon et la découverte de la tombe de Schultz, Gal s'est retrouvé avec une énigme supplémentaire et personne pour l'éclairer dans cet autre labyrinthe, nouveau morceau du puzzle sur lequel il est penché depuis de nombreuses semaines. Ni archives à consulter, ni spécialiste à interroger cette fois. Le cardinal lui-même, à l'esprit d'ordinaire affûté pour ce genre de problèmes, est resté sec.

Alphonse qu'il a déposé à l'aéroport. Sans qu'il sache pourquoi, une intuition sans doute qu'il espère infondée, leur au revoir lui est apparu comme un adieu, à tel point qu'il a senti son cœur s'étreindre en le serrant dans ses bras avant de lui remettre sa petite valise et de regarder sa silhouette légèrement voûtée s'éloigner dans l'immense hall du terminal.

Vi ricordi ô boschi ombrosi
De miei lunghi aspri tormenti
Quando isassi ai miei lamenti
Respondean fati pietosi

Quel dessein Vincent d'Indy avait-il en recopiant ces quelques vers du livret d'*Orfeo* en grande partie composé par Rossi, ce que ses recherches lui avaient nécessairement appris ? Ces vers mettant en exergue ses longs et amers tourments et ses lamentations… Y avait-il un lien ? Bien entendu qu'il y avait un lien… Et ces tourments et ces lamentations ne pouvaient être que les siens au soir de sa vie. Il n'y a qu'à comparer la pauvreté du contenu de l'ouvrage qu'il a consacré à Rossi et l'existence de ce dernier.

Du commencement à la fin, sa vie a été marquée du sceau de la contrainte. Tout d'abord celle imposée par le judaïsme qui a enfermé le compositeur qu'il était dans un style de musique très particulier. Un musicien se sentant destiné à écrire des œuvres universelles ne peut en effet s'épanouir au sein de la synagogue où les voix de femmes sont interdites et les prières très orientées. Puis a suivi l'époque où Rossi dépendait du bon vouloir des Gonzague qui le payaient ou ne le payaient pas, selon que son travail plaisait ou non. L'arrivée à la Cour de Monteverdi, homme du peuple, chrétien, issu d'une famille de luthiers, l'astreignit ensuite à se faire une place à ses côtés, en affichant ses différences sans toutefois le concurrencer. À cela s'ajoutait l'asservissement qui a conditionné toute sa vie : les restrictions antijuives décrétées par le pape, reprises par le doge et adoptées par les Vénitiens.

Monteverdi a exploité cette situation et en a usé comme d'une arme absolue qui obligeait Rossi à composer dans l'ombre, à vivre dans la crainte permanente, et à se laisser manipuler sans se rebiffer. De son côté, Monteverdi tirait un immense profit de tout cela. Sa notoriété à la cour des Gonzague est devenue telle qu'un seul mot de sa part aurait suffi à congédier Rossi. Mais il s'est bien gardé de se séparer de son Juif. Au contraire, il l'a emmené avec lui à Venise où les mesures antisémites et le ghetto constituaient de sévères entraves dont lui seul détenait le pouvoir de le libérer en partie. Il l'a fait travailler pour l'Église, le contraignant à mettre son art au service d'une religion qui reniait sa culture, l'exposant par la même occasion au désaveu de ses coreligionnaires. Enfin, il s'est approprié Madama et a répandu la souffrance dans le cœur du frère et de la sœur, étroitement liés. Salomone a essayé malgré tout de s'accrocher au côté positif des choses en se disant que cette expérience enrichissait sa musique et sa culture. Mais sous la houlette de Monteverdi, il ne pouvait que chaque jour se sentir davantage opprimé.

Rien de tout cela n'est mentionné dans cet ouvrage pourtant commandité par Rothschild qui a payé pour voir reconnus les mérites de son ancêtre. Et d'Indy au crépuscule de sa vie a été rongé par le remords parce qu'il avait perpétué la trahison de Monteverdi, lui aussi trois siècles plus tôt miné par la culpabilité.

Et pour apaiser son remords sans pour autant trahir Monteverdi et se trahir lui-même, il a légué son secret en filigrane, se déchargeant sur la Providence du soin d'élire celui qui comprendrait le message délivré par Orphée. D'Indy a libéré sa conscience par la bouche d'Orphée, puis il est mort en paix à l'âge de quatre-vingts ans, sans se soucier du difficile et contraignant devoir qui incomberait à l'héritier de son obscur testament.

Et le plus incroyable, c'est qu'après avoir surmonté toutes les embûches et être arrivé au terme du voyage sans atteindre son but, Gal a l'intime conviction d'avoir été désigné. Par le cardinal bien sûr, mais au-delà, par cette Providence aux desseins impénétrables.

La phrase de d'Indy n'est pour lui qu'un arcane dont il est encore loin d'avoir percé le secret. Schultz qui en possédait la clé est mort, et l'homme qui l'a condamné parce qu'il savait lui aussi la vérité est entre la vie et la mort dans un hôpital israélien.

Comment d'Indy a-t-il soulagé sa conscience ? À force de tourner et retourner les quatre vers dans tous les sens, Gal en est venu à se dire que d'Indy les a choisis pour les indications topographiques qu'ils peuvent receler. Et que ces indications ne peuvent se rapporter qu'au jardin de la Schola Cantorum qu'il avait fondée et où ces papiers, ce testament, attendaient d'être découverts.

Alors il s'est de nouveau tourné vers Suzanne Leroux, la directrice de l'établissement. Avec son éternelle complaisance à son égard, à peine étonnée par sa requête et se contentant de ses réponses évasives dans lesquelles il était quand même question d'une énigme et d'une cachette aménagée dans le jardin, elle lui a sorti les documents en sa possession : quelques gravures anciennes ainsi qu'une série de photos prises à des époques diverses depuis le début du siècle. Des images en noir et blanc, la plupart cadrées sur des groupes de personnes, musiciens, élèves, choristes, mais certaines permettant de constater que cet espace que l'on nomme pompeusement jardin s'est dégradé au fil des ans et qu'un certain nombre de bosquets y étaient bien plantés autrefois.

– Je sais, comparé à ce qu'on voit sur ces vieilles images, le jardin n'est plus que l'ombre de lui-même, dit Suzanne Leroux en les regardant par-dessus son épaule. Mais d'ici une dizaine de jours, il devrait avoir retrouvé sa splendeur d'antan, et même mieux encore ! Regardez !

Et la directrice de la Schola Cantorum de lui montrer avec une fierté presque enfantine des photos de sculptures en bronze. Et d'attendre sa réaction en le dévorant des yeux. Passage obligé pour obtenir son autorisation pour entreprendre des fouilles dans le jardin, se dit-il en lui renvoyant son sourire.

– Il s'agit d'œuvres du sculpteur Greg Wyatt dédiées à l'amitié franco-américaine, précisa-t-elle devant son air étonné. Elles nous sont offertes par le gouvernement américain dans le cadre d'un vaste projet de rapprochement culturel entre nos deux pays. Et elles doivent donc être installées d'ici une dizaine de jours. Ce qui devrait permettre de rendre au jardin un peu de son charme d'antan. On organise une grande réception pour fêter l'événement !

– Quand ça ?

– Mais dans deux semaines, pardi ! Où avez-vous la tête, Gal ? On ne parle que de ça depuis près d'un mois !

– Ailleurs, Suzanne, j'ai la tête ailleurs. Dans les écrits de Vincent d'Indy…

– D'Indy… Et vous ne m'avez pas dit… Vous les trouvez comment, ces sculptures ?

– Je les trouve magnifiques, se crut-il obligé de répondre. Mais je dois dire que pour le moment je me préoccupe surtout de la façon dont je vais pouvoir trouver l'endroit où Vincent d'Indy a pu cacher son secret.

– Encore d'Indy ! Mais c'est une obsession ! Enfin, faites comme vous voulez…, répliqua-t-elle sur le ton qu'elle aurait employé pour céder au caprice d'un enfant.

Un assentiment dont il s'était satisfait.

La nuit suivante, Gal l'a occupée à passer toute la superficie du terrain vague au détecteur de métal en compagnie de Sigismond, l'homme à tout faire de la Schola qu'il était parvenu à convaincre de lui prêter main-forte. En poste depuis près de trente ans dans l'établissement, fils du précédent concierge, Sigismond en connaissait tous les recoins. Étant donné son âge et le fait qu'il y avait passé son enfance, il est même probable qu'il avait aperçu Schultz, mais il n'en a conservé aucun souvenir. Et à quoi bon : il devait avoir cinq ans…

Un détecteur de métal entre les mains, une cigarette en permanence fichée au coin de la bouche, accompagné par Gal à chacun de ses pas, Sigismond a couvert tout le terrain, s'arrêtant parfois le cœur battant pour chaque fois ne déterrer qu'une pièce de monnaie, un morceau de ferraille ou une petite cuillère.

Une activité qui les aurait fait passer pour deux fous aux yeux de quiconque les aurait surpris : quatre heures dans l'obscurité et le froid à quadriller le jardin, penchés sur le sol. À la fin, Gal se sentait de plus en plus ridicule sous les sarcasmes de Sigismond. Et au bout du compte, pas le moindre résultat, et un mystère toujours entier.

À Tel-Aviv, Ève prend pour la dernière fois le chemin de l'hôpital Ichilov. Sans grand espoir. Aucune des tentatives entreprises jusqu'à présent pour arracher à von Staden son secret n'a abouti, le grabataire n'est jamais sorti de son coma. Et après trois jours passés en Israël, le devoir l'appelle à Paris. À Oslo, plus exactement, où l'un des responsables de la prise d'otages de Munich a été localisé. Après tant d'années. Et on lui demande d'user de ses charmes pour l'approcher. Ce qui lui a toujours déplu, mais elle savait à quoi s'en tenir en s'engageant. En matière de lutte antiterroriste, seul compte le résultat. Et peu importent ses états d'âme.

Même s'il s'agit d'une de ses dernières missions.

Le médecin qui l'accueille – le docteur Golan, peut-elle lire sur sa blouse –, la soixantaine, le front dégarni mais velu comme un singe, l'accompagne auprès du malade dont l'état est stationnaire. D'après l'équipe de nuit affectée à sa surveillance, il a grogné une partie de la nuit et prononcé quelques syllabes, mais il n'a fait aucune allusion à Schultz, lui rapporte le docteur Golan. Quoi qu'il en soit, ses paroles ont été enregistrées afin que les spécialistes les dissèquent. « Je vous les ferai écouter, si ça vous intéresse », a-t-il ajouté avant de la laisser seule.

Tandis qu'Ève observe von Staden inconscient sur son lit, von Staden qu'elle voudrait secouer mais qui est en train de leur échapper, dont le coma lui apparaît comme un dernier pied de nez obscène, une infirmière entre dans la chambre, libère le patient de son masque à oxygène et vérifie qu'il n'a pas arraché ses cathéters.

– Je l'ai veillé toute la nuit, je crois qu'en fait de grognements, c'est une série de chiffres qu'il a marmonnée.

– On a une idée de ce à quoi ça peut correspondre ? demande Ève.

– Difficile. Peut-être une immatriculation de voiture, ou un code postal.

À cet instant, le docteur Mimouni et deux hommes, l'un en tenue civile, l'autre en blouse blanche, entrent dans la pièce.

– Vous êtes encore là ? Je pensais que vous nous quittiez aujourd'hui…

– Mon avion est dans trois heures. Je suis venue au cas où.

– Vous avez bien fait. Je vous présente le docteur Heimann, dit Mimouni. D'origine allemande, il nous a aidés à comprendre ce que von Staden a raconté. Et le résultat est « Romex 18 516 ».

– Une combinaison de coffre ? demande Ève.

– Il s'agit en tout cas de la date de naissance de von Staden, et non de celle d'Eüsler, intervient l'homme en civil. Cet homme est avec certitude von Staden. Quant à savoir s'il s'agit d'un code…

– Je ne comprends pas… dit Ève en s'adressant au docteur Mimouni.

– Qu'est-ce que vous ne comprenez pas ?

– En admettant que ces chiffres revêtent pour lui une importance capitale, ce à quoi il pense avant de mourir, pourquoi les révélerait-il comme ça ?

– C'est assez mystérieux en effet, admet le docteur Mimouni. Comme tout ce qui touche à l'activité cérébrale en cas de coma. La médecine a encore beaucoup de progrès à faire dans ce domaine. Pour l'instant, on en est réduit aux suppositions.

– Comme quoi ?

– Eh bien, en admettant qu'il n'a aucune idée de l'endroit où il se trouve, dans son coma il peut avoir cru transmettre ce code à quelqu'un de confiance, comme on confie ses dernières volontés. Ou bien, si au contraire il se rappelle avoir été enlevé, comme il se sait perdu, peut-être cherche-t-il à nous livrer son organisation. Je vous accorde que ce serait étonnant, mais ce type de réaction se rencontre plus souvent qu'on ne le croit : la victime ne veut pas être la seule à tomber.

– On peut en tout cas supposer que ces chiffres revêtent une sacrée importance à ses yeux, conclut Ève, pour que ce soit la seule chose qui lui revienne à l'esprit dans des circonstances pareilles.

Une heure plus tard, Ève se présente au contrôle des papiers à l'aéroport Lod-Ben Gourion. Le préposé qui l'a reconnue lui dit sur un ton ironique :

– Je voudrais bien savoir ce que vous faites pour voyager aussi souvent. Vous prenez l'avion comme moi l'autobus.

– Justement, je ne fais rien, c'est pourquoi j'ai tellement de temps pour voyager.

– Vous en avez de la chance !

Le portable d'Ève sonne. Un appel du bureau.

– Où es-tu ? lui demande Avi Ronner.

– Au contrôle de Ben Gourion.

– Il est mort. Il ne nous a laissé que les chiffres.

Elle encaisse sans un mot, surprise que ce soit allé si vite. Elle tente de se raccrocher à l'espoir ténu que les maigres informations que de son coma il a bien voulu lâcher pourront leur être utiles.

– La famille vous souhaite bon voyage ? demande l'employé de l'aéroport.

– Oui, c'est ça, dit-elle. Bon voyage.

32

Il est 7 heures du matin lorsque Hermann Gratz s'installe à bord de l'Audi A6 noire louée à l'agence Hertz de Cologne, à deux pas de la gare centrale. Cinq cents mètres après avoir démarré, il s'arrête le temps que deux hommes montent à bord. Il se dirige alors vers l'A3, direction Wiesbaden. Après deux heures de route, il contourne l'aéroport de Francfort et s'engage sur la E4 avant de prendre la Theodor Heuss Allee pour rejoindre la place de la République.

Il roule maintenant sur la Mainzer Landstrasse. Puis il emprunte la Taunus Anlage et tourne à droite dans la Junghofstrasse.

Il est 10 h 30.

La Romex se trouve au coin de la Hauchstrasse.

Tout a déjà été repéré. Ils n'ont plus qu'à intervenir.

Le coffre se trouve au fond du bureau, dans une pièce qui sert au repos. Des reproductions de toiles de maîtres faites par des machines imitant la peinture à l'huile décorent les murs : un tableau de Bernard Buffet représentant le canal Saint-Martin et un portrait de Van Gogh sont suspendus au-dessus du sofa. Le coffre est dissimulé derrière cette toile.

Une fois la voiture garée du côté de la zone arborée, le passager avant enlève son imperméable, prend sa sacoche, observe le passage sur la chaussée, sort rapidement de la voiture et, dans son uniforme de postier, marche jusqu'à la Hauchstrasse. Sur l'immeuble, une petite plaque en métal doré indique : Romex – Import Export. Il sonne à l'interphone et, une fois que la secrétaire lui a ouvert, s'engouffre dans l'ascenseur. La secrétaire l'attend sur le seuil. Une femme qui a allégrement dépassé la cinquantaine, les yeux grossis par des loupes qui lui donnent un air de chouette curieuse. Il retire une épaisse enveloppe de sa sacoche.

– Moritz Eüsler, c'est bien ici ? demande-t-il.

– Oui, c'est ici.

– Il doit signer. C'est marqué « confidentiel » en gros.

– Il est absent en ce moment, mais j'ai l'autorisation de signer pour lui. C'est toujours moi qui prends son courrier.

– Pouvez-vous me montrer votre autorisation ?

– Elle est dans le bureau. Entrez.

« Je suis dedans, ça y est », se dit-il tandis que la secrétaire fouille dans un tiroir.

– De toute façon, vous devez informer la Poste. Ils ne vous remettront pas les lettres de Herr Eüsler s'ils ne sont pas au courant.

– Je sais, répond-elle. C'est bizarre, d'habitude ce n'est pas vous qui m'apportez le courrier…

– Peut-être, mais c'est un recommandé spécial du ministère. C'est un réseau différent, c'est pourquoi j'ai besoin de la signature du destinataire.

– La voilà, dit-elle en lui tendant une autorisation datant de deux ans.

– C'est vieux, observe-t-il. Il me faut un certificat récent. Admettons que Herr Eüsler soit mort, vous allez signer pour lui et moi, après, je serai accusé de faux. Je crois qu'il devra se déplacer lui-même s'il veut son recommandé.

– Écoutez, dit-elle en soupirant, je prends tout sur moi. Herr Eüsler est en voyage. Si je ne garde pas son courrier, je vais avoir des ennuis.

– Alors il faut que j'appelle mon supérieur. Vous permettez que j'utilise votre téléphone ?

– Je vous en prie.

Il compose un numéro et entame une conversation virtuelle. Après quelques secondes, l'interphone sonne de nouveau.

– Qu'est-ce que c'est ? demande-t-elle dans le combiné.

– Un paquet ! Quel étage ?

– Troisième.

Tandis qu'elle va ouvrir la porte, l'homme pose le téléphone et sort un masque au chloroforme de sa sacoche. Sur le palier, le livreur lui demande d'apposer le cachet de la société sur le reçu. Lorsqu'elle revient vers son bureau, le faux postier la plaque contre lui et appuie le masque sur son visage. Elle se débat un court instant avant de s'affaisser dans ses bras. Son coéquipier entre à son tour et referme la porte derrière lui.

– Jusque-là, tout va bien, dit-il. On couche la nana sur le canapé à côté, je lui injecte un somnifère et on s'occupe tranquillement du coffre.

Van Gogh a le regard à la fois triste et ironique. Le tableau décroché, le coffre est à découvert. Le faux postier s'affole un peu devant la série de lettres qui figure près des chiffres. Il tape 18 516 et ce qu'il redoute survient : le sésame n'est pas le bon, la porte reste close.

– Merde ! On a pensé à tout, sauf à un mauvais code. La date de naissance de von Staden, c'est pourtant logique. Ces idiots n'ont pas dû comprendre tout ce qu'il a dit, la combinaison comporte sûrement des lettres.

– Réfléchissons. Si von Staden a utilisé sa date de naissance, c'est pour être certain de ne pas oublier le numéro. Dans ce cas, s'il a ajouté des lettres à son code, il les a aussi choisies de façon à les retenir facilement. Parions pour ses initiales. Jürgen Hans von Staden… JHVS… JHVS18516... ça fait huit touches.

C'est ça. Il a sans doute parlé avec son accent bavarois, et les autres n'ont rien pigé. Vas-y, essaie.

L'homme s'exécute. Gagné. La porte du coffre-fort s'ouvre sur une quantité d'enveloppes empilées en plusieurs rangées parfaitement rectilignes.

– Heureusement que j'ai prévu une grande sacoche. La moisson est bonne. Il doit y avoir assez de dossiers là-dedans pour emmerder toute l'Allemagne.

Sur chaque enveloppe, un nom est inscrit, mais ils n'ont pas le temps de s'attarder sur les détails. Un beau paquet de billets posé contre la paroi du fond attire leur attention.

– On ne touche pas au fric. On boucle tout et on s'en va.

Les deux agents referment le coffre et remettent le Van Gogh sur son clou, s'assurent que le téléphone est resté décroché, jettent un rapide coup d'œil à la secrétaire profondément endormie et déguerpissent. Ils sortent de l'immeuble séparément, en observant un intervalle de trois minutes.

La voiture démarre en douceur, puis sans traîner traverse le pont sur le Main avant de prendre l'A5, direction Mannheim. A 14 heures, ils déjeunent à Kaiserslautern, sur la St Martins Platz, au restaurant *Le Coq*. Après avoir réglé l'addition, ils filent sur Sarrebruck. Là, le conducteur dépose ses deux compagnons dans un café et se rend à l'agence Hertz de la gare. Ils reprennent la route à bord d'une Passat Volkswagen grise immatriculée en France, dans la Marne. Une demi-heure plus tard, ils atteignent le Luxembourg et filent à Namur, en Belgique. Le chef prévient Bruxelles de leur arrivée dans une heure et quart au point de rendez-vous où une voiture du consulat doit les embarquer.

À Namur, ils ramènent ensemble la Passat à l'agence de location. Derrière son guichet, l'employé tapote sur le clavier de son ordinateur, et s'étonne :

– Vous avez pris la voiture à Sarrebruck après avoir

rendu une Audi louée à Cologne. Vous auriez pu venir directement ici.

– Oui, mais on voulait profiter du clair de lune à Maubeuge, rétorque le conducteur.

Tandis que le guichetier hausse les épaules, il paie en espèces et s'aperçoit que l'imperméable de son collègue, légèrement ouvert, laisse entrevoir son uniforme de postier.

– Tu crois qu'il l'a remarqué ? demande ce dernier une fois dehors.

– Il nous a pris pour des cons… l'uniforme fait partie du rôle, répond le chef.

La Safrane envoyée par le consulat les attend à trois cents mètres de l'agence.

– Nous serons à Bruxelles au plus tard dans une heure, dit le chauffeur. Comment ça s'est passé ?

– On rapporte un tombereau d'enveloppes. Mais dès que la secrétaire va se réveiller, les ennuis vont commencer.

– Avant qu'ils songent à regarder dans le coffre, on a de la marge, assure le chef. Rien n'a été volé dans le bureau, pas même l'argent. La fille ne connaît sûrement pas la combinaison, et nous, on tient les lettres ! J'ai hâte de lire ça. On va peut-être déclencher toute une série d'enquêtes en Allemagne et ailleurs. Ce soir, la valise diplomatique part en Israël.

Une fois à l'ambassade, bâtiment qui tient plus de la forteresse que de l'immeuble de bureaux, au milieu d'un groupe d'agents, le responsable des actions spéciales vide le contenu de la sacoche postale sur la table de conférences. En dépit de sa mission à Oslo, Ève s'est arrangée pour être présente.

– Tout ça ! s'exclame-t-elle. Je n'en espérais pas tant.

– Pas de précipitation, tempère le responsable. Ce ne sont peut-être que des cartes de vœux pour le prochain Noël.

– Moi, il n'y a qu'un seul destinataire qui m'intéresse, réplique-t-elle. Schultz. Et le timbre doit dater de 1940.

Assis autour de la table, comme après une élection, ils décachettent les enveloppes une à une, déchiffrent rapidement les écrits qu'elles contiennent et les disposent ensuite sur le côté. À mesure qu'ils progressent, l'excitation grandit : en définitive, ce qu'ils sont en train de découvrir, c'est un vaste réseau aux ramifications encore floues, mais qui semble relier des industriels de l'armement, de l'aéronautique, de la chimie, ainsi qu'un certain nombre d'établissements financiers, en Suisse et en Allemagne, à diverses organisations, ou ressortissants du Proche-Orient. Une manne autant inespérée qu'inestimable pour le Mossad.

Ainsi l'honorable Moritz Eüsler, soixante-quatorze ans, officiellement responsable d'une société fabriquant des chaussures, était au cœur d'un réseau où convergent les intérêts des héritiers du nazisme, personnages de l'ombre très actifs un demi-siècle après la chute du IIIe Reich, et ceux d'États déclarés ennemis d'Israël.

La découverte est vertigineuse. Aux cris d'exclamation des agents réunis autour de la table a succédé un silence médusé par la somme des informations réunies sous leurs yeux.

C'est seulement à la fin du tas qu'Ève découvre enfin sur une enveloppe au papier chiffonné et jauni ce qu'elle est venue chercher. Une enveloppe dont l'énoncé ne signifie rien pour la plupart des agents présents autour de cette table mais qui rappelle le rôle qu'a joué Gal dans cette affaire : Gustav Schultz.

33

À peine Gal a-t-il passé la porte à tambour du Lutétia qu'il aperçoit Ève assise au fond du grand salon, une cigarette à la main. Elle était assez énigmatique au téléphone, et il est fébrile, impatient de la retrouver et inquiet de ce qu'elle lui réserve.

Dès qu'elle le voit s'avancer, elle écrase son mégot et se lève, radieuse. D'instinct, ils tombent dans les bras l'un de l'autre et s'étreignent plus longuement que nécessaire. Comme si chacun ressentait la fragilité de la situation. Comme des combattants en temps de guerre, conscients que la mort peut les saisir à chaque instant. Dans leur cas les rôles sont inversés : la guerre, c'est elle qui la fait, même si le front reste invisible. Ce qui est pire : sans visage ni uniforme, rarement identifiable, l'ennemi peut frapper n'importe où, n'importe quand.

Le contact de son corps lui fait du bien. Il lui rappelle l'unique fois où elle est venue le retrouver chez lui, après que son monde s'était écroulé. L'unique fois où ils se sont aimés. Dans une urgence presque douloureuse. Comme s'ils savaient qu'ils n'avaient pas le temps, que l'occasion ne se représenterait pas. Il sourit, s'enivre de son parfum. Il la tient encore.

C'est elle qui lui a donné rendez-vous. Il espère qu'elle apporte de meilleures nouvelles que les siennes. La lettre de Becher lui est parvenue comme une sorte de miracle, mais il se retrouve dans une nouvelle impasse.

– Von Staden est mort, dit-elle en s'écartant.

Sans un mot, il s'assied dans un des fauteuils rouges. Immédiatement dans son esprit se déroule le scénario catastrophe : dernière impasse, la faillite de tous leurs efforts, la victoire de leurs adversaires, l'oubli définitif de Rossi, la mort inutile de Schultz, le vide…

– Il n'a pratiquement rien avoué avant de mourir, poursuit-elle une fois assise. Mais ce qu'il a lâché, c'est une bombe atomique. Mieux que ça. De quoi occuper le Mossad pendant des années. Et faire tomber pas mal de nos ennemis.

– Raconte, la presse-t-il.

– Juste avant que je quitte Tel-Aviv, il a prononcé « Romex 18 516 ». Sa date de naissance, 18 mai 1916, et Romex c'est le nom d'une société dont Eüsler était le gérant. Après en avoir parlé avec Ron, on a penché pour la combinaison d'un coffre. Et on a monté une opération au siège de la Romex à Francfort. Et là, bingo. Le jackpot. Il fallait faire vite parce que la police allemande recherche Eüsler et la CIA, qui a également découvert sa véritable identité, pensait que nous le détenions. C'est pour ça que je n'ai pas eu le temps de te prévenir.

– Mais qu'avez-vous trouvé ?

– Des noms, des organigrammes, la description de certains réseaux et flux financiers, une liste d'industriels de l'armement fournissant en sous-main certains États terroristes. Une mine d'or quoi…

– C'est fabuleux, ne peut qu'admettre Gal. Mais c'est curieux qu'il nous ait fait ce cadeau avant de mourir.

– Il ne devait pas en avoir conscience. Le responsable des soins intensifs a évoqué les mystères qui entourent encore l'activité cérébrale pendant le coma. Il a aussi parlé des réactions parfois surprenantes qu'ont certains au seuil de la mort, comme le fait de livrer à ses pires ennemis ce pour quoi on s'est battu toute sa vie. Pour ne pas plonger seul…

– Tu ne m'as pas dit ce que vous alliez faire de sa dépouille.

– Il a été inciné, comme s'il n'avait pas existé. D'ailleurs, officiellement von Staden n'existait plus. Mais tu ne me demandes rien sur Schultz… C'est à lui que nous devons tout ça. À lui et à Rossi. Leur testament, en quelque sorte. À toi aussi par la même occasion.

– Tu oublies le cardinal.

Soudain, l'œil de Gal s'allume : Ève vient d'attraper une chemise en carton posée sur la table basse qui les sépare. Elle en sort deux feuilles de papier, des photocopies apparemment.

– Tiens, dit-elle en les lui tendant. Le message envoyé par Berlin au château de Chatillon. C'est concis mais particulièrement parlant. Ce qui a entraîné la condamnation de Gustav Schultz. L'original est en allemand, voici la traduction.

Gal s'en empare et lit avidement :

Salomone Rossi né à Mantoue en 1570, mystérieusement disparu en 1630. Il appartenait à la branche italienne des Rothschild. Compositeur, assistant de Claudio Monteverdi, le Wagner italien.

Gustav Schultz né à Berlin de Herbert Schultz, avocat, protestant, et de Anna Rossi, d'une famille italienne émigrée de Padoue. Le talent musical vient sans doute de là. Gustav Schultz chercherait-il une filiation avec ce Salomone Rossi, et par là avec la famille Rothschild ?

Le texte du deuxième papier est tronqué. C'est peut-être une partie de ce qu'Hitler a déchiré. Encore abasourdi par ce qu'il vient de découvrir, Gal devine l'écriture de d'Indy :

Mes recherches pour le livre que m'a commandé Naumbourg mettent en évidence une troublante ressemblance entre Monteverdi et Rossi. À tel point que l'on peut se demander qui : aurait influencé l'autre ? Étant donné que Rossi a commencé ses compositions bien avant Monteverdi, il serait prudent d'en rester là. Des révélations fracassantes risqueraient en effet de bouleverser le monde musical aussi bien que le monde chrétien.

L'aveu de Vincent d'Indy. Et l'explication de ce qui a entraîné la mort de Schultz. Schultz dont la mère était née Rossi. Ce qui explique d'autant plus l'intérêt qu'il a porté à l'histoire d'un certain Salomone Rossi.

Ce nouvel éclairage permet aussi de mieux comprendre sa détermination, malgré la présence d'Hitler.

Voici la justification et l'aboutissement de cette quête initiée par le cardinal.

Sonné et vidé, comme à l'issue d'une longue épreuve, Gal est bouleversé par le courage de Schultz. Un violoniste certes, mais sous l'uniforme de la Wehrmacht. Un uniforme qui était sa fierté… Quelle épouvantable déveine, aussi, d'être tombé sur le Führer. Un autre qu'Hitler n'aurait sans doute pas fait procéder à ces vérifications à Berlin, et ne serait pas entré dans une telle rage…

Son ami Becher lui a vraiment fait le pire des cadeaux. À ceci près qu'il devait ignorer ses origines juives…

– Il s'agit sûrement d'une correspondance avec le pape, conclut Gal en redressant la tête pour regarder Ève.

Évoquer le texte de Vincent d'Indy est moins douloureux que de s'appesantir sur le cas de Schultz. Elle lui sourit, pour l'encourager à se libérer de ce qu'il a sur le cœur.

– Tu crois qu'il aurait soupçonné quelque chose, concernant son nom ?

– J'imagine le choc qu'il a reçu en découvrant l'existence de Rossi, apprenant du même coup que ce nom était celui du nègre de Monteverdi. D'où le véritable enjeu que représentait pour lui le voyage de recherche à Venise qu'il est venu demander à Keitel. Malheureusement, il est mal tombé. Et von Staden a remédié à l'ignorance du Führer en obtenant de Berlin les précisions qui l'ont condamné. Il ne te reste plus qu'à élucider la mort de Rossi. Mais là, je ne peux rien pour toi.

Gal s'attarde sur le visage d'Ève et, les yeux brillants de désir et d'émotion, lui dit :

– À présent je vois surtout deux possibilités, ou nous montons dans la suite d'Arman, ou nous allons au restaurant en copains.

– Ce ne sera ni l'une ni l'autre, soupire-t-elle. Je prends l'avion pour Oslo. Nous avons repéré un type qui a participé à la prise d'otages de Munich.

– Tu sais, je suis content d'avoir joué le kaddich sur la tombe de Schultz. J'ai senti que je devais le faire. J'ignorais à quel point…

– C'est la première fois que je t'entendais jouer. Dans ces bois humides et sombres. C'était poignant et merveilleux. Ça m'a bouleversée. Je tenais à te le dire.

– J'espère que la prochaine fois ce sera dans des circonstances meilleures. Je joue au Châtelet jeudi prochain à midi. Je peux compter sur toi ?

– J'essaierai. Gal ?

– Oui ? fait-il surpris par l'hésitation qu'il a perçue chez elle.

– J'ai beaucoup réfléchi. J'en ai assez. Je ne peux pas continuer éternellement comme ça. Ça fait dix ans déjà. Il faut que je passe à autre chose. J'ai décidé de quitter cete vie.

– Ça alors ! fait-il, abasourdi.

– C'est en partie à cause de toi…

Il reste sans voix. Puis il aperçoit son sourire.

– À cause de mon violon ?

– Peut-être, dit-elle sans le lâcher des yeux.

Il a peur de ne pas comprendre, il est sur le point de faillir. Ce serait trop beau pour être vrai.

Brusquement, il se lève, la serre dans ses bras et l'embrasse, passionnément, oubliant les regards qui convergent vers eux dans la salle.

– Mais je te préviens, dit-il en relâchant son étreinte, c'est la dernière fois que je te laisse t'échapper.

– On verra ! rit-elle. En attendant, laisse-moi m'acquitter de ma dernière mission. Mais si par hasard je ne reviens pas, n'oublie pas de jouer à ma mémoire.

Elle a à peine terminé sa phrase qu'elle a déjà disparu.

34

D'une poussée du talon, Gal referme la porte blindée. Il est rentré en vitesse pour tenter de joindre Alphonse. Mais au-delà de l'aspect extraordinaire de ces nouvelles qui signifient presque l'aboutissement de leurs recherches, il est sur un nuage. Ève pour qui il a eu un coup de foudre alors que tout les opposait. Ève avec qui il n'aurait rien dû se passer. Au départ elle était agacée par ce qu'il représentait, ce côté détaché, dilettante tandis qu'elle risquait sa vie pour le pays. Agacée par ses tentatives pour la séduire, aussi. Finalement, une nouvelle fois elle l'a surpris. Pour lui elle a décidé de changer de vie, de renoncer à cette existence de l'ombre. Par amour. Comme lui a renoncé quinze ans plus tôt pour le violon.

Et tout cela parce qu'il a accepté la proposition du cardinal…

Dans le salon, il promène son regard sur cet endroit où il a toujours vécu seul. Plus pour longtemps. Il est transporté par l'idée qu'elle entre dans sa vie et se laisse bercer par ce sentiment quand le clignotement du répondeur attire son attention.

« Monsieur Knobel, bonjour. On a retrouvé la boîte. Celle que nous avons cherchée ensemble… vous savez… le bosquet… le rocher. Alors si j'étais vous je rappliquerais vite fait, si ça vous intéresse toujours, parce que je vais pas pouvoir la garder éternellement. »

Sigismond ! L'homme à tout faire de la Schola Cantorum lui a laissé ce message vers midi. Avec tous ces événements il avait oublié l'histoire de la cache de Vincent d'Indy... Sans perdre un instant, il décroche son téléphone et compose son numéro. Quelques secondes, plus tard il entend la voix nasillarde de Sigismond.

– La boîte ! Vous l'avez toujours ? hurle-t-il presque dans le combiné sans prendre la peine de se présenter ni de le saluer.

Un ricanement lui répond.

– Elle vous attend bien au chaud, répond son interlocuteur de sa voix grasse. Mais faites vite. Je vais pas pouvoir retenir très longtemps la directrice, si vous voyez ce que je veux dire...

Un quart d'heure plus tard, Gal sort d'un taxi qui le dépose rue Saint-Jacques. Gitane au bec, Sigismond l'attend devant le grand porche, un sourire en coin.

– Que s'est-il passé ? demande-t-il en se précipitant vers l'homme à tout faire qui se gorge de son importance.

– Une boîte en laiton. Toute petite, à moitié pourrie. On l'a trouvée en faisant les travaux de terrassement pour installer les sculptures. Je vous ai tout de suite appelé avant qu'ils la donnent à la patronne. C'est normal que vous l'ayez en premier, avec tout le mal que vous vous êtes donné.

– Où est-elle ? le presse-t-il.

– Dans ma piaule, près de la soufflerie de l'orgue.

Le violoniste suit Sigismond jusqu'à sa petite chambre, effectivement contiguë à la soufflerie de l'orgue sur lequel en ce moment même quelqu'un est en train de jouer. César Franck, reconnaît-il. Sans même remarquer le capharnaüm qui y règne, Gal découvre la boîte posée sur une table encombrée d'un invraisemblable amas d'objets.

– Elle n'a pas été ouverte ? s'étonne-t-il.

– Elle est fermée à clé. Mais en la remuant je n'entends aucun bruit à l'intérieur. Si ça se trouve y a rien.

Tremblant d'émotion, Gal saisit l'objet entre ses mains.

– Il faut faire sauter le couvercle, dit-il. Même si nous avions la clé, la serrure est tellement rouillée que ça ne nous aiderait pas… Je ne comprends pas pourquoi on ne l'a pas trouvée l'autre nuit.

– Elle était coincée sous un bloc de pierre qui affleurait.

– Le rocher ! À l'endroit du bosquet. Les indications étaient justes.

– Je veux bien essayer, mais on va tout bousiller avec ça, fait Sigismond en apportant un tournevis et une pince anglaise.

– Fais bien attention. C'est peut-être ce que je recherche pour remonter le temps.

– Remonter le temps ?

– Jusqu'au XVIIe siècle.

Gal lui arrache presque le tournevis des mains, l'introduit dans la serrure et après quelques efforts parvient à faire céder le mécanisme et à libérer le couvercle. Le cœur battant, il en découvre le contenu. Un petit rouleau d'une vingtaine de centimètres de large est posé à l'intérieur. Brunâtre et parsemé de taches d'humidité, il ressemble à un papier chiffon au grain grossier.

Avec des gestes mesurés, tremblant de le voir se désagréger entre ses mains il déroule le morceau de papier. Les premières lignes apparaissent, d'une écriture ancienne, certainement à la plume d'oie, presque indéchiffrable tant l'encre a pâli. C'est de l'italien, constate-t-il. Monteverdi… ne peut-il s'empêcher de penser, l'échine parcourue par un long frisson, conscient d'être enfin parvenu au bout de la route, et brûlant de découvrir ce que d'Indy, gardien de la mémoire Monteverdi, a pris soin d'enfouir ainsi sous terre. Le… Peu à peu, Gal s'extrait de l'univers qui l'entoure, de la présence de Sigismond, du capharnaüm de sa chambre, de l'orgue dont leur parvient le son étouffé, pour entrer dans le texte, dans l'esprit du célèbre compositeur au moment où il a écrit ces lignes. Les yeux rivés sur les pleins et les déliés, il tente de déchiffrer et à mesure traduit mentalement ce qu'il lit.

… une vie auréolée de gloire qui s'achève dans l'humilité de cette retraite, sous la soutane que j'ai finalement préférée aux habits de cour. Mais au crépuscule de cette existence plus riche que je ne l'ai souhaitée, je songe aux regrets que je m'apprête à emporter avec moi dans l'au-delà. Et parmi ceux-ci il en est un qui domine, qui ne me laisse que rarement en paix et contre lequel la prière hélas est impuissante. Même la musique, qui m'a tant donné et qui me traverse encore l'esprit ou que j'entends parfois jouée dans l'église, est sans pouvoir. Elle ravive au contraire ce regret et m'oblige à m'en détourner, à fermer les portes ou me boucher les oreilles, ce qui est plus difficile quand elle se joue en moi et semble vouloir s'acharner. Comme si animée d'une volonté propre elle avait décidé de me faire payer ce que j'en ai reçu.

Et chaque fois dans ces occasions je pense à lui à qui je dois tant et que je n'ai pas su protéger jusqu'au bout de sa vie. Mais c'est de lui-même qu'il eût fallu le protéger. Quelle idée d'avoir soudain des exigences, et de vouloir réécrire l'Histoire. Si au moins il avait accepté de se convertir et de recevoir le baptême… Mais en haut lieu on n'a pas voulu de cette Histoire, et pour écarter tout risque on a décidé de le faire disparaître. Et moi qui savais et qui pouvais, je n'ai rien fait pour le sauver, lui qui avait de l'or au bout de son archet et dont la collaboration m'a été si précieuse.

Ce qui fait que depuis cette époque, et mes habits de prêtre n'y peuvent rien, j'ai l'impression de l'avoir tué deux fois. Et je crains qu'aucune prière ne me délivre de cet amer tourment. J'entre en religion pour m'emmurer aux Frari d'où je ne sortirai plus. Tandis que toi, l'Hebreo mon complice, mon protégé, mon bon juif, tu disparais au plus profond de la lagune. Ton silence sera le point d'orgue final du Requiem *de Claudio Monteverdi.*

Le texte s'interrompt ici, comme amputé de sa fin. Aucune signature n'est visible, constate Gal. Peut-être se trouvait-elle plus loin, sur une autre feuille aujourd'hui disparue, ou peut-être son auteur n'a-t-il pas jugé nécessaire de signer cette confession. Mais les choses paraissent limpides. De quoi aurait-il besoin de plus ? D'un texte authentifié comme étant de la main de Monteverdi pour comparer l'écriture ?

« *En haut lieu... la conversion au catholicisme... la collaboration... les habits de prêtre que Monteverdi a endossés après la mort de Rossi...* » Tout désigne Salomone Rossi, dans cette confession à peine voilée qu'un lecteur averti comme lui peut décrypter sans mal et qui indique, sans la moindre ambiguïté, qu'il a été assassiné. Pourquoi ? Pour protéger Monteverdi, pour protéger l'Église, réputée principale inspiratrice en matière de création artistique, des prétentions d'un musicien d'une autre confession ?

Pour effacer la trace d'une collaboration contre les deux religions monothéistes, une sorte de « jugement de Salomon » entre Juifs et Chrétiens ?

Ainsi, Salomone Rossi a été assassiné et son corps jeté dans la lagune. Gal est pris de frissons. Il aurait préféré s'être trompé.

Mais qu'est-ce que ce « en haut lieu » signifie ? Le pape ?

Et Vincent d'Indy qui dans le cadre de ses recherches sur Monteverdi est tombé sur ce document et n'en a fait état dans aucun de ses écrits. C'eût été établir une vérité trop dérangeante, c'eût été remettre en question le génie du maître et la volonté de l'Église. Alors, au soir de sa vie, comme Monteverdi et peut-être par égard pour lui également, il n'aura pas voulu détruire cet écrit, et l'aura enfoui comme la confession de son mensonge. Une confession qu'il espérait sans doute à jamais enterrée comme Schultz le fut dans la Nièvre. Comme Rossi le fut dans la lagune de Venise, Comme Monteverdi le fut dans les murs de la basilique des Frari.

C'était compter sans Schultz, sans le cardinal et sans lui-même enfin, Gal Knobel.

En ce sens, Gustav Schultz est allé au-delà de la mission qui lui était confiée, pense-t-il soudain. Au lieu de servir les intérêts du Reich, sa découverte les desservait, en rétablissant la mémoire d'un compositeur anonyme au détriment d'une des plus grandes gloires de la musique. Voilà l'explication de la folie meurtrière d'Hitler.

Perdu dans ses réflexions, Gal n'a pas remarqué que l'orgue s'est tu. La gorge irritée par la poussière de la soufflerie qui flotte dans la pièce, il est soudain pris d'une violente quinte de toux. Son souffle balaie le morceau de papier entre ses mains qui se désagrège entièrement et tombe en une fine pluie de paillettes.

– Merde ! hurle Sigismond. Ce truc valait de l'or.

– Plus que ça, reprend le violoniste, anéanti par ce qui vient de se produire. C'était la réponse à une question posée depuis 1630. Tu es poussière et tu retourneras en poussière, c'est la prière des morts, conclut-il en refermant le couvercle de la boîte.

35

Le petit colis portait sur son enveloppe le sceau du Vatican. Pour une raison inexpliquée, en l'ouvrant Gal a eu un mauvais pressentiment, et avant qu'il ne le découvre, l'objet enveloppé de papier de soie lui a fait penser à ces cercueils miniatures que certaines organisations mafieuses envoient à leurs futures victimes.

Il s'agissait en fait du chevillier d'un violon, cette partie supérieure du manche qui comporte les quatre chevilles sur lesquelles sont tendues les cordes, ainsi qu'à son extrémité la volute.

Le violon de Schultz, a-t-il immédiatement deviné.

Le mot qui l'accompagnait confirma son intuition. Il était signé d'Emilio. Ce qui n'augurait rien de bon.

Cher Gal,

Je vous prie de pardonner la brusquerie de cette lettre, mais à quoi bon emprunter des détours inutiles ? Alphonse est mort. Il est mort d'une crise cardiaque qui cette fois ne lui aura laissé aucune chance. Je serais tenté de dire qu'on ne lui aura laissé aucune chance. Je n'en ai aucune preuve mais vous m'avez compris : les obstacles qu'il n'a cessé de rencontrer dans sa quête ont eu raison de lui.

Mais pour vous consoler, il tenait à ce que vous sachiez (il me l'a dit quelques jours avant de mourir) que sa rencontre avec vous a été pour lui une illumina-

tion, et que le travail que vous avez accompli et les découvertes que vous avez faites, en répondant aux questions qu'il se posait depuis son enfance, lui ont procuré l'un des plus grands bonheurs de son existence.

Il tenait également à ce que ce chevillier vous revienne, en souvenir, le jour où il aurait disparu. Peut-être ne pensait-il pas que ce jour viendrait si vite. Mais grâce à vous il est parti dans la sérénité.

Il s'agit du chevillier de Gustav Schultz qu'enfant Alphonse avait récupéré dans la cheminée où Hitler avait jeté le violon et que depuis ce jour il a conservé, la plupart du temps dans sa poche. C'était pour lui l'objet du souvenir qu'il polissait chaque jour entre ses doigts comme d'autres égrènent un chapelet.

Il était sûr que vous seriez sensible à sa valeur.

Que Dieu vous garde.

Emilio

Gal a parlé une dernière fois à Alphonse. C'était au téléphone, deux heures après avoir lu le mot aussitôt tombé en poussière, que d'Indy avait enfoui comme on enterre un secret honteux.

Polissant sans même y prêter attention le chevillier du violon de Schultz dans sa main droite, comme devait le faire le cardinal, il se souvient de cette ultime conversation au cours de laquelle ils ne se sont pas dit adieu.

Alphonse était transporté par la découverte, et en même temps animé d'une joie triste à l'idée qu'il n'en subsistait aucune preuve ; et que malgré leurs efforts et les risques pris, il leur était impossible de rétablir cette vérité. De rétablir Salomone Rossi. De ramener son œuvre à sa juste place : au premier plan.

« Alors ce sera notre vérité, lui avait-il dit avec sa vivacité d'esprit habituelle. Dites-vous qu'au moins nous savons, et qu'avec un peu de chance tout sera rétabli dans l'au-delà. »

Triste consolation que d'avoir découvert cette vérité si bien cachée depuis des siècles, sans pouvoir rétablir Salomone au rang qui aurait dû l'arracher à l'oubli où il est tombé. Malgré leurs confessions voilées, voire enterrées, c'est Monteverdi et d'Indy qui ont gagné. Et avec eux tous ceux qui ne voulaient rien voir changer… Et lui se retrouve seul, avec Emilio, à savoir, et cette connaissance s'éteindra avec eux.

Mais sur le coup, c'est la mort d'Alphonse qui l'a laissé avec une tristesse insondable. Alphonse dont il ne conserve que ce petit morceau de bois. Alphonse manifestement achevé par le cardinal Schmidt, Emilio en a à peine fait mystère dans sa lettre pourtant laconique. Un crime perpétré pour sceller définitivement un autre secret. Et le pire, c'est qu'il n'existe aucune possibilité de punir les coupables.

En se penchant sur le sort de Schultz, Alphonse a réveillé des fantômes maléfiques et beaucoup trop puissants pour lui. Mais jamais ils ne seront parvenus à entamer sa détermination ni même à l'empêcher d'atteindre son objectif : comprendre, et ne pas oublier.

Ce soir a lieu la cérémonie d'inauguration des sculptures à la Schola Cantorum, mais le cœur n'y est pas. Les souvenirs sont trop puissants.

Et puis Ève lui manque. Il n'a pas eu de ses nouvelles depuis son départ pour Oslo. Il sait qu'il n'en aura pas, qu'il n'est pas question pour elle dans ces circonstances de se manifester.

Rentrant chez lui, il allume la télévision et découvre les images d'une voiture carbonisée.

« Un attentat anti-israélien a eu lieu aujourd'hui dans l'après-midi à Séville, en Espagne, fait la voix du journaliste. Deux touristes, un homme et une femme, sont morts dans l'explosion de leur voiture. »

L'estomac noué il éteint, soudain en proie à un pressentiment atroce. Il éprouve rarement un sentiment non fondé, et cet attentat lui rappelle tant de choses…

Une heure passe. Enfin, il décroche son téléphone et compose le numéro du Service. La voix anonyme lui répond que Ron Pérez est occupé. On lui fait barrage, et cela lui paraît insupportable.

– Qu'as-tu à lui dire ? lui demande-t-on de façon lointaine.

– Je viens d'entendre les nouvelles à la radio… Je crains…

– Tu es le violoniste ? Celui qui flirte avec le Vatican ?

– Plus tout à fait.

Le silence au bout du fil fait battre son cœur plus fort. Quelque chose ne va pas. Enfin, il entend la voix de Ron, grave et froide, comme venue d'ailleurs :

– Un problème ?

– L'attentat en Espagne, quelque chose me dit…

– Tu as vu juste. On est tous consternés.

– C'est Ève ?

– Affirmatif. Avec Gil Cohen.

La douleur est muette. Sans un mot, sans une larme, le violoniste descend sur les quais de Seine. Dans le soir couchant, tandis que peu à peu les lumières de la ville s'allument, il marche droit devant lui sans entendre ni les voix des passants, ni les moteurs des bateaux, ni les cris des oiseaux. Ombre de lui-même, il erre le long du fleuve, poussant jusqu'à Notre-Dame avant de revenir sur ses pas par la rive droite.

Puis il rentre chez lui. Au téléphone il n'en a pas appris davantage. Il ne sait pas ce qu'Ève faisait à Séville alors qu'il la croyait à Oslo. Sans doute les impératifs de sa mission l'ont-ils conduite à traverser l'Europe du nord au sud. Des choses qui arrivent. Il faudrait qu'il passe au bureau pour obtenir des détails. Mais à quoi bon ?

Plus seul que jamais, il se demande vers qui se tourner pour conjurer cette solitude atroce, et décide d'appeler le château.

Chantal pousse un cri de joie en le reconnaissant. D'une voix enjouée elle lui demande si les documents contenus dans la sacoche de Schultz lui ont permis de progresser dans ses recherches. Le contraste entre l'exubérance de son interlocutrice et sa tristesse est vertigineux.

– Quand les êtres meurent, leur tombe parle pour eux, répond-il d'une voix faible.

– Toi, tu ne m'as pas l'air bien. Tu devrais venir nous voir. Nous avons du monde ce week-end, tu pourrais jouer à la lueur des bougies. Ce serait un moment inoubliable. Viens avec Ève, et si tu veux, amène aussi le cardinal.

Le silence prolongé de Gal finit par l'alerter.

– Tu es toujours là ?

– Ève a rendez-vous avec le cardinal. Et ni l'un ni l'autre ne pourront répondre à ton invitation.

Cette fois, c'est elle qui demeure muette. Avant de se ressaisir, inquiète :

– Que veux-tu dire ? Ils partent ensemble en voyage ?

– Pour un aller sans retour, et ils me laissent tous les deux orphelin. J'ai découvert les assassins de Schultz et de Rossi, j'ai gagné ma bataille. Mais j'ai perdu mes amis.

Chantal se tait à nouveau.

– Tu vis dangereusement, dit-elle enfin. Prends soin de toi et de ton violon, vous êtes irremplaçables…

Épilogue

Cela faisait plusieurs années que Matthias Ruff n'était pas venu à Paris. Il a redécouvert avec un vif plaisir l'architecture classique et majestueuse que l'on trouve sur les bords de Seine entre le Louvre et le Trocadéro, avec l'esplanade des Invalides, le pont Alexandre-III et le Grand Palais surmonté par sa verrière. La tâche qui lui occupait l'esprit le laissait assez libre pour apprécier.

Il a eu de la chance dans ses recherches. Il n'a pas eu à faire jouer ses réseaux pour trouver l'adresse du violoniste. Ce qui aurait supposé de s'en remettre à des mains inconnues, et donc de laisser derrière lui des gens au courant, ce à quoi il s'est toujours refusé.

Il a bien appelé sa maison de disques, mais on lui a répondu qu'il n'avait qu'à écrire et qu'on transmettrait sa lettre. Ensuite il a décidé de continuer à creuser l'unique piste dont il disposait, celle de la musique. « Un violoniste en activité », lui avait précisé Moritz Eüsler. Ce qui sous-entendait un violoniste donnant des concerts. Dès lors, il a guetté son apparition. Et il n'a eu qu'à acheter une place comme tout le monde, trop heureux que l'occasion se présente si vite.

Seul dans sa loge face au miroir mural, Gal tente de faire le vide et de se concentrer. De réprimer ses tremblements. Plus que quelques minutes avant de monter sur scène. Les récents événements l'ont détourné de son violon.

Les conseils respiratoires du vieux Michka lui reviennent à l'esprit. À plusieurs reprises, il inspire en gonflant le ventre puis expire lentement. L'exercice finit par porter ses fruits. Peu à peu il se sent plus calme, apaisé, même si la douleur est toujours présente. Une douleur atroce qui devrait nourrir son jeu.

Mentalement il tente de jouer certains passages de la sonate de Reger, lorsqu'on frappe à sa porte.

– Entrez !

Dans l'entrebâillement il voit apparaître la tête de Jean-Grégoire Lépidon. Cela fait des années que cet oiseau de mauvais augure a pris en main sa carrière. Au début, sa mine tantôt sinistre, tantôt morose l'agaçait, mais depuis le temps il s'y est fait.

– C'est à vous, lui dit-il comme il lui annonçait que c'était son tour de monter sur l'échafaud.

– J'arrive. Mais, ajoute-t-il tandis que son agent s'éponge le front avec un foulard, ne faites pas cette tête. Vous ne m'envoyez pas à la mort que je sache…

Sans faire attention à ses protestations, Gal passe devant lui et emprunte le couloir conduisant à la scène. Il n'a pas encore pris le temps d'accorder son instrument et de se dégourdir les doigts. Il paraît devant les spectateurs avec son étui et accorde son violon sous leurs yeux, comme les musiciens indiens qui incluent toujours cette phase préparatoire dans leurs spectacles.

Les premiers rangs l'applaudissent, aussitôt rejoints par le reste de la salle. Après un bref salut, d'un geste de la main droite, il avise une chaise sur laquelle il pose son étui, en sort son violon et s'avance pour l'accorder. Sur scène il est chez lui et l'assistance est son meilleur soutien.

Assis dans le fond de la salle à l'extrémité d'une rangée de sièges, c'est la première fois que Matthias Ruff aperçoit sa « cible ». Jusqu'alors il n'avait eu droit qu'à une photo datant d'un certain nombre d'années sur une pochette de CD.

Dans son habit de scène il lui paraît grand et carré pour un musicien. Sa stature, ses cheveux bouclés et sa façon un rien nonchalante de tenir son instrument, de se mouvoir, lui donnent une certaine tenue. Mais peut-être cette impression est-elle due au fait qu'il a été averti de son passé si différent des autres.

Tandis que Gal Knobel se prépare, il l'observe comme un pugiliste jaugerait un futur adversaire, et insidieusement laisse se développer dans son esprit l'idée qu'il pourrait s'acquitter de son contrat à l'issue du concert, à la sortie du Châtelet, ou carrément dans sa loge.

Avant la fin de la journée il devrait avoir tué le violoniste.

Après quelques gammes pendant lesquelles les derniers spectateurs gagnent leurs places, Gal retend deux cordes en serrant leurs chevilles et, face à son public, salue en inclinant la tête.

Il a fait le malin la dernière fois qu'il a vu Ève, juste avant son départ pour Oslo. Hélas, elle n'est pas revenue de sa mission, sa dernière mission. Et son violon n'y pourra rien changer.

Alors, comme il a joué pour Rossi, pour Schultz et pour Alphonse, il va jouer pour elle qui occupe toutes ses pensées. Pourtant, il est fatigué de jouer pour les morts. Son violon n'a jamais été aussi triste, et il aimerait tant pouvoir enfin jouer une autre musique.

Le concert va commencer.

Le violon de Gal Knobel déchire le silence…

RÉALISATION : NORD COMPO À VILLENEUVE-D'ASCQ
IMPRESSION : CPI BRODARD ET TAUPIN À LA FLÈCHE
DÉPÔT LÉGAL : JUIN 2009. N° 99710 (52815)
IMPRIMÉ EN FRANCE

Collection Points Thriller

P617. Les Quatre Fils du Dr March, *Brigitte Aubert*
P1110. Funérarium, *Brigitte Aubert*
P1477. Le Dernier Testament, *Philip Le Roy*
P1478. Justice imminente, *Jilliane Hoffman*
P1479. Ce cher Dexter, *Jeff Lindsay*
P1480. Le Corps noir, *Dominique Manotti*
P1481. Improbable, *Adam Fawer*
P1562. La Morsure du dragon, *Jean-François Susbielle*
P1563. Rituels sanglants, *Craig Russell*
P1564. Les Écorchés, *Peter Moore Smith*
P1603. Pour adultes seulement, *Philip Le Roy*
P1604. Offre publique d'assassinat, *Stephen W. Frey*
P1605. L'Heure du châtiment, *Eileen Dreyer*
P1681. Ultime Témoin, *Jilliane Hoffman*
P1682. Los Angeles, *Peter Moore Smith*
P1694. L'Ultime Sacrilège, *Jérôme Bellay*
P1695. Engrenages, *Christopher Wakling*
P1704. Dexter revient !, *Jeff Lindsay*
P1725. Le Tableau de l'apothicaire, *Adrian Mathews*
P1726. Out, *Natsuo Kirino*
P1793. La Couleur bleue, *Jörg Kastner*
P1794. Le Secret de l'imam bleu, *Bernard Besson*
P1827. La Mort dans le sang, *Joshua Spanogle*
P1828. Une âme de trop, *Brigitte Aubert*
P1839. La Dernière Arme, *Philip Le Roy*
P1840. Désaxé, *Marcus Sakey*
P1841. Opération vautour, *Stephen W. Frey*
P1899. La Nuit de l'abîme, *Juris Jurjevics*
P1943. Contes barbares, *Craig Russell*
P1944. La Mort à nu, *Simon Beckett*
P1945. La Nuit de l'infamie, *Michael Cox*
P1972. Le Chant des sables, *Brigitte Aubert*
P2003. Noir corbeau, *Joel Rose*
P2004. Coupable, *Davis Hosp*
P2038. Dynamite road, *Andrew Klavan*
P2062. Un sur deux, *Steve Mosby*
P2063. Monstrueux, *Natsuo Kirino*
P2064. Reflets de sang, *Brigitte Aubert*
P2095. Le Temps des cendres, *Jorge Volpi*
P2162. Les Démons de Dexter, *Jeff Lindsay*

P2167. Le Chien de Dieu, *Patrick Bard*
P2173. Abysses, *Frank Schätzing*
P2179. Le Prince des braqueurs, *Chuck Hogan*
P2186. Le Violon d'Hitler, *Igal Shamir*
P2192. Écorces de sang, *Tana French*